Josué Mercier est né en 2001 à Cambrai et, depuis son plus jeune âge il a l'âme d'un créateur, imaginant des péripéties à ses plus grands héros en passant par *Spider-Man* ou bien encore *Iron-Man*. Aujourd'hui, après avoir sorti son premier roman « *Whirlwind* » en 2020, il décide d'écrire une tout autre histoire qui lui tient particulièrement à cœur.

Du même auteur :

Jörkenheim Chapitre 2 : *Au Nom Du Père (à paraître).*
Whirlwind Chapitre 1 : *La Naissance D'un Nouveau Monde (paru en décembre 2020).*

JÖRKENHEIM

CHAPITRE 1 : COMPLEXE DE SUPÉRIORITÉ.

JOSUÉ MERCIER

© 2022, Josué Mercier
Tous les dessins présents dans ce livre ainsi que la première et quatrième de couverture sont des propriétés privées appartenant tout droit à l'auteur.

Édition : BoD - Books on Demand, info@bod.fr
Impression : BoD - Books on Demand, In de Tarpen 42, Norderstedt (Allemagne)
Impression à la demande
Dépôt légal : Juillet 2022

ISBN : 978-2-3225-4360-1

*À Esteban Santana,
mon frère parti aux cieux avec ses rêves,
ce livre est pour toi.*

JÖRKENHEIM (COSTUME ORIGINAL)

JÖRKENHEIM (VISAGE)

GAVROL

GONTRAN

SIMUALD

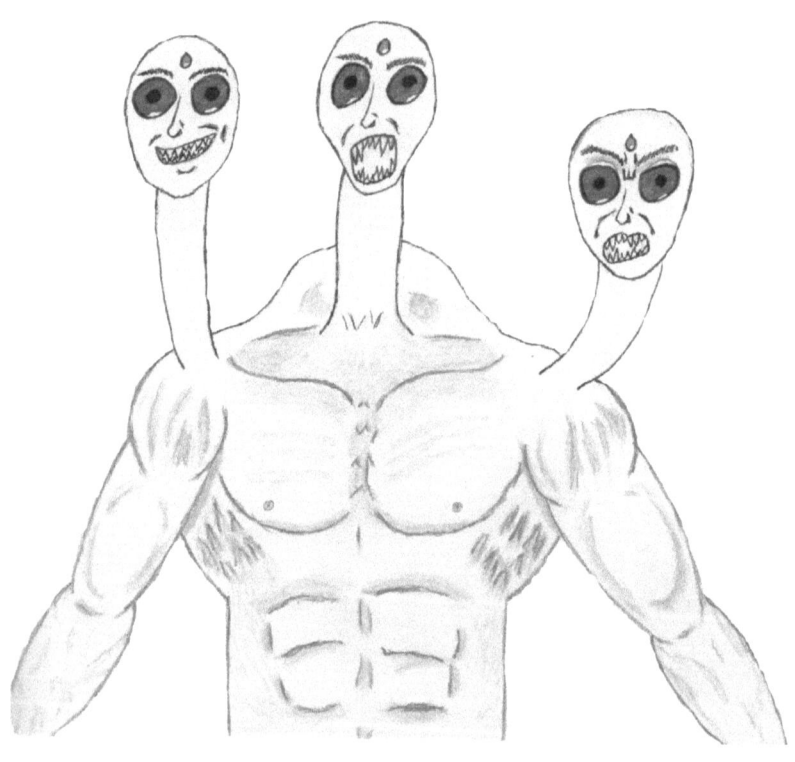

KAZIMOR

VEKOSSE

Mon nom est Yuri Santana, je suis franco-brésilien d'où mon nom de famille un peu exotique.

Je suis né en 2003 et autant vous dire que c'était pas du tout la joie à ce moment-là.

Pour que vous compreniez un peu mieux l'intérêt de toute cette histoire, il est important que l'on remonte un peu dans le temps et plus précisément... En 2001.

PROLOGUE.

*E*n Août 2001, cela faisait un an jour pour jour que la « *bataille divine* » avait frappé la Terre de plein fouet et mit à genoux nos plus braves concitoyens.
Des millions, pour ne pas dire précisément plus d'une centaine de millions d'humains, ont vu la Mort leur faire un grand sourire et leur tendre les bras après que deux êtres divins se soient arrêtés sur Terre pour se battre.
Tout a été ravagé, les plus grands monuments, les plus grandes villes et pays : New-York, la Grande-Bretagne, le Japon et... Le Brésil.
Pendant un an, les Terriens ont essayé de revenir à leur vie d'avant mais personne n'a réellement réussi ce défi qui paraissait pourtant être un jeu d'enfant.
Durant un an, l'économie a tourné au ralenti et cela a causé de nombreux problèmes d'inégalités autour du globe.
Les riches devenaient plus riches en faisant du profit sur les êtres divins, créant des films, des objets dérivés pour peut-être rappeler aux humains leur défaite monumentale...
Les plus grands pays du monde ont réussi à se relever de cette épreuve en créant des technologies révolutionnaires en s'inspirant, voire même en étudiant en secret la réelle nature des deux Dieux qui se sont battus sur notre planète.

Mêlant un savoir venu d'ailleurs et la technologie terrestre, certains pays sont devenus de véritables oasis de paix où reprendre une vie normale était dorénavant possible.
Ce fut le cas de la France.
En revanche, et c'est là où l'on entre dans la partie la plus compliquée de la vie de mes parents, les pays pauvres et ayant peu de moyens pour survivre se sont endettés jusqu'au cou pour survivre.
Les dirigeants, ne sachant que faire pour réussir, amenèrent, pour certains, une dictature douce par la peur afin de diriger et régner.
Au Brésil, en 2001 et depuis un an désormais, la famine avait fait des ravages, détruit des familles et annihilé tout espoir d'une nouvelle vie plus paisible.
Les coins les plus difficiles, les bidonvilles, sont devenus des endroits où revendre des matériaux volés d'une technologie avancée était la meilleure chose à faire...
C'était devenu plus rentable que de revendre de la drogue même si cela se faisait encore.
João Santana, c'était un homme malheureux, rempli d'espoir concernant l'avenir mais doutant de pouvoir y arriver. Du haut de son mètre quatre-vingt-six, il allait et venait pour trouver, hors des bidonvilles, dans les maisons les plus extravagantes du Brésil, des objets rares et des trouvailles qui pouvaient lui rapporter gros.
Mais c'était surtout mon père.
Il avait rencontré, quelques mois plus tôt, une belle jeune femme prénommée *Jeanne Leroy*. C'était une française venue en voyage d'affaires et qui, après une soirée

d'intégration, était tombée éperdument amoureuse de João.
Malheureusement, avec les tensions entre les différents pays, elle n'avait jamais pu retourner en France et avait été contrainte de survivre au Brésil avec mon père.
À deux, ils vivaient dans les bidonvilles.
João avait réussi, avec certains de ses amis, à construire un abri pour son couple afin qu'ils vivent hors du danger, même s'il rodait n'importe où.
Les meurtres, vols et viols étaient nombreux et courants dans ces milieux-là.
Un jour, mon père eut un éclair de génie... Ou de folie... Insufflé par son cerveau rongé par la peur et entouré de cheveux bruns et bouclés.
Il avait pensé, au détour d'une discussion avec certains de ses amis autour d'un feu de camp, à cambrioler la maison du Brésilien le plus riche.
C'était celle d'un mafieux détournant des cargaisons d'objets en tout genre et il était dit de plusieurs rumeurs qu'il gardait dans son sous-sol des objets ultra rares, d'une technologie que seuls les pays les plus riches possèdent.
Ça, ce n'était pas tombé dans l'oreille d'un sourd et João avait bien compris que s'il y arrivait, il pourrait enfin partir d'ici et rejoindre la France avec sa femme.
Alors, après une très courte nuit d'agitation où il rejoignit ses amis pour s'équiper d'armes à feu afin de se protéger en cas de situation complexe, il partit hors des favelas, seul.
Il prit son courage à deux mains et courut dans toute la

ville de Rio de Janeiro comme s'il eut à gravir la plus haute des montagnes de la Terre.

Ce grand brésilien arriva, essoufflé et haletant, bavant presque à terre, devant une énorme maison bourgeoise qu'on aurait dit être une villa.

Il y avait au moins trois ou quatre garages, deux piscines, un immense jardin qui pouvait être le terrain de construction de trois maisons et des voitures de sport garées dans l'allée.

João n'en revenait pas, il avait devant ses yeux l'objectif de sa vie et s'il n'y arrivait pas, il allait devoir dire adieu à sa misérable vie, à sa femme.

Heureusement, mon père était assez confiant et surtout, il avait des qualités que beaucoup d'hommes brésiliens n'avaient pas, c'était l'un des meilleurs voleurs de tout le continent.

Enfin... Ne jamais dire jamais... Il se pourrait qu'il rate pour la première fois de sa vie et ce serait bien sa veine.

Il avait étudié cette maison toute la nuit, essayant de savoir où se trouvaient les caméras et les systèmes de sécurité.

En faisant un plan précis, il en vint à la conclusion qu'avec un peu de précision, il pouvait se faufiler sans trop de problèmes.

João prit sa décision et escalada le portail d'entrée. Malheureusement, ce dernier était construit avec des pointes aiguisées sur le dessus de sorte à ce que personne ne puisse monter sans se blesser.

Mon père eut la mauvaise surprise de découvrir, après être atterri de l'autre côté du portail, qu'il s'était ouvert

l'arrière de sa jambe.
Il saignait mais rien de très grave et de toute façon entre nous, il s'en fichait pas mal. Ce que gardait ce mafieux était plus important qu'une simple blessure.
João fit le tour de la maison, en évitant bien sûr les quelques caméras postées sur chaque mur et en faisant attention à ce que personne ne le remarque.
Visiblement, d'après ce qu'il pouvait remarquer, le propriétaire ne semblait pas présent mais les assistantes ménagères elles, si.
Elles passaient et repassaient l'aspirateur sur les tapis, le sol des chambres.
João se baissa pour passer en dessous de la fenêtre d'une des chambre mais frappa de son pied droit un petit vase en terre cuite qui bascula et heurta le sol.

— Flavia t'as entendu ça ? demanda la femme qui passait l'aspirateur dans la chambre.
— Non pourquoi ? répondit l'autre femme plus loin dans la maison.
— Je sais pas... Y'a eu un bruit bizarre...
— C'est rien t'inquiètes !

Mon père, ayant eu peu de chance dans sa vie, fut stupéfait de remarquer que la femme de ménage regardait par la fenêtre.
Elle regardait le jardin, essayait de voir si rien n'était là, sans pour autant se pencher plus que ça sur la question et surtout sur João.
Lui, il était adossé au mur et s'efforçait de rester droit et

bien immobile pour qu'on ne le remarque pas.

— Bizarre... affirma la femme avant de reprendre son travail.

João souffla un coup, ses mains moites et tremblantes n'allaient pas lui faciliter la tâche s'il allait devoir crocheter quoi que ce soit.
Pour autant, il fallait qu'il continue, qu'il trouve un accès à la maison et au sous-sol.
Il resta accroupi et marcha doucement, en faisant attention à ce qui l'entourait pour ne pas de nouveau marcher sur quelque chose de sensible à l'ouïe.
Soudain, alors qu'il était arrivé presque au bout du jardin, il se mit debout, les yeux rivés vers une baie vitrée qui était ouverte et qui semblait mener à une pièce vide d'intérêt.
Il allait enfin être tranquille et pouvoir avancer jusqu'à l'endroit qu'il souhaitait atteindre.
Tout à coup, alors qu'il ouvrait entièrement la baie vitrée entrouverte, il entendit de sa fine ouïe un bruit étrange...
Un bruit qu'il reconnut après quelques secondes de réflexion.
Un grognement soudain, comme celui d'un monstre venu le capturer, arracha son cœur noyé d'un grand terrassement.
Quand il tourna sa tête, assez lentement pour ne pas être trop brusque, il claqua des dents et des sueurs froides envahirent son dos mouillé.
Devant lui, alors qu'il ne l'avait absolument pas

remarqué, un chien, un pitbull, se tenait là à grogner et à baver sur le sol en montrant ses crocs.

Il était prêt... Enfin le chien, pas mon père.

Parce que mon père lui n'était pas prêt à se faire manger vivant.

Mais l'instinct de survie, aussi caché soit-il, dans les moments les plus difficiles et les plus éprouvants, refait surface immédiatement.

Mon père, essayant de faire un pas lentement après l'autre, se dirigea doucement vers l'intérieur de la maison.

Il savait qu'il allait alerter les femmes de ménage mais plus rien n'avait d'importance, rien que sa survie.

Alors, ni une ni deux, d'un mouvement brusque, il atteignit la pièce vide et tenta de refermer la baie vitrée.

Le chien, qui aboyait violemment, arriva en un éclair devant mon père qui n'arrivait pas à refermer la vitre.

En fait, certaines fenêtres étaient dotées d'un système qui bloquait la baie-vitrée en position ouverte.

Si vous souhaitiez la refermer, il fallait activer le mécanisme qui se trouvait en bas de la baie vitrée mais ça... João ne le savait pas du tout.

Ses mains humides glissèrent sur la poignée et, alors qu'il implorait tous les dieux qu'on lui vienne en aide, le chien lui bondit dessus en grognant.

Mon père vit de ses yeux tétanisés ce clébard lui bouffer le pouce et l'index de sa main droite avant d'essayer de le mordre au visage.

Il criait et hurlait et c'est ainsi que les femmes de ménage vinrent à lui sans savoir quoi faire.

— Aidez-moi !! Pitié ! cria mon père en essayant de pousser le chien, sans succès.

Il était à terre en train de pleurer et les femmes de ménage avaient leurs mains posées sur leurs bouches pour exprimer leur choc lorsqu'un sifflement perçant les oreilles fit cesser les attaques du pitbull.
La bête recula, alors que mon père avait perdu l'usage de plusieurs de ses doigts, et devint toute calme.
Soudain, João tourna son regard vers son sauveur et c'est ainsi qu'il croisa le chemin d'Emilio Hugo, un célèbre, si ce n'est le plus célèbre des mafieux brésiliens de ces années-là.
Cet homme, à la chevelure brune plaquée sur le côté grâce à de la cire, à la barbe taillée au millimètre près et vêtu d'un costume d'une élégance hors du commun, tendit sa main vers mon père et l'emmena dans son bureau.

— Tenez Jana apportez des soins à notre jeune homme, il en a bien besoin, annonça le mafieux à une des femmes de ménage qui passait par son bureau.
— Merci... Monsieur...
— Tu peux m'appeler Emilio.

Mon père n'en revenait pas, il venait à sa grande stupeur de se faire sauver par l'un des plus grands riches du Brésil.

Il ne se doutait pas de ce que l'on allait lui demander en contrepartie de cela...
João regardait partout autour de lui, observant l'or qui se dégageait des meubles, tout était bien rangé, tout était à sa place.
Cette pièce resplendissait de luxe et d'objets qui auraient à tout moment pu permettre à mon père de redémarrer une nouvelle vie loin d'ici.

— Tu me fascines, affirma Emilio en se prenant un verre d'alcool fort alors que la femme de ménage revenait avec un étrange pistolet qui brillait d'une lumière jaune orangée.
— Ne bougez pas, dit Jana en visant les doigts arrachés de João.

Mon père, les yeux fortement ouverts et prit d'un grand désarroi, vit sous son regard un rayon chauffer sa peau. Ses doigts, remplis de sang à cause d'une hémorragie importante, commencèrent à se refermer et à former des moignons qui ne le faisaient plus du tout souffrir.
En un rien de temps, ses doigts amputés s'étaient refermés et ne saignaient plus. C'était comme de la magie à ses yeux et pourtant, il était tout à fait conscient qu'il existait des objets aussi incroyables.

— Tu as réussi à entrer ici sans déclencher l'alarme, ajouta Emilio en s'asseyant sur son siège. Tu peux t'asseoir aussi si tu veux.
— Merci, dit mon père.

— J'ai vu ce dont tu étais capable, tu n'es pas encore au top de ton niveau mais tu te débrouilles très bien... Tu es un bon voleur, tu contournes les systèmes de sécurité et pourtant... C'était pas un jeu d'enfant parce qu'il y a pas mal de caméras.

João contempla Emilio, il se demandait ce que ce mafieux allait lui demander.

— Moi aussi j'en ai bavé tu sais... Pour en arriver là, j'ai pas acquis toutes ces richesses sans rien faire... Parfois, pour avoir ce que l'on souhaite on doit être prêt à sacrifier beaucoup de choses qui nous sont chères... J'espère que tu comprends ?

Mon père fit un signe de la tête pour acquiescer.

— Bien... continua le mafieux en regardant João dans les yeux. Alors j'ai un travail à t'offrir. J'ai vu ce que tu faisais et je pense que tu peux être un très bon élément pour mon boulot. J'ai besoin d'un voleur aussi doué que toi pour effectuer des missions... Qui te rapporteront très gros. Je sais que c'est ce que tu veux, n'est-ce pas ? Une vie meilleure ? Plus agréable ? Sinon pourquoi viendrais-tu me cambrioler ?

Emilio s'arrêta quelques instants et avala une gorgée de sa boisson alcoolisée.

— Si tu me rejoins, je peux faire de toi l'un des meilleurs de mon équipe. Tes missions ne seront pas sans risques c'est sûr mais regarde-moi ! Regarde tout ce que j'ai ! Tout ce que je possède, tu l'auras aussi. N'est-ce pas magnifique ? Je sais que tu peux comprendre, si tu as une famille à nourrir... Ou bien une femme... Si tu acceptes de voler des objets rares, d'une technologie avancée, tu auras une bien meilleure vie que celle que tu as maintenant. Je te l'assure, ça te rapportera très gros et tu pourras enfin... Faire de tes rêves une réalité et vivre tu ce que tu veux vivre sans limites. T'es avec moi ?

Mon père doutait un peu au fond de lui mais il était bien tenté par ce genre de choses. Même s'il se demandait ce qu'il allait devoir sacrifier pour réussir sa vie, il était sur le point de dire oui.
Personne ne peut le blâmer pour son choix, car à cette époque-là, le monde était si cruel que la moindre offrande de ce genre que l'on pouvait susurrer à l'oreille des pauvres était acceptée sans broncher.
Alors, sans plus attendre ni réfléchir, João accepta le travail qu'on lui donna.
Il le fit pour sa femme, pour sauver son couple de la destruction, pour qu'ils puissent enfin se sauver de là et reprendre tout à zéro dans un pays propice au bon développement.

Des années durant, mon père effectua des missions aux

quatre coins du Brésil et de l'Amérique du Sud en compagnie d'une petite équipe de six ou sept autres mafieux dans la même débauche que lui.
Personne n'avait vraiment eu le choix, ils avaient tous accepté le deal comme João pour enfin avoir l'opportunité d'une nouvelle vie.
Ils allaient et venaient en volant des armes, des munitions, de la drogue, des objets para-médicaux hyper avancés et tout un tas d'autres artefacts.
Mais, parce qu'il y a toujours un « mais » quelque part, João avait beau faire toutes les missions qu'on lui demandait, il avait beau voler tout ce qu'il souhaitait, le patron ne le payait pas convenablement.
C'était comme s'il gardait tout pour lui dans un coffre fort quelque part.
Il ne donnait qu'une petite partie qui ne permettait même pas à mes parents de se sortir de leur misère.
Et moi, en 2003, je naquis, sortant des ténèbres en passant par un tunnel trop étroit pour mon corps afin d'enfin apercevoir la lumière éclatante dans mes iris aux reflets cuivrés.
João contempla mes cheveux lisses et noirs, ma douce peau métisse et comprit que jamais il ne sortirait de la misère.
Ma mère m'avait donné la vie dans un bidonville, entouré de criminels, de trafics de drogue et de viols.
Durant ma jeunesse, de 2003 à 2009, je voyais mon père partir plusieurs fois dans la semaine et revenir avec des blessures que ma mère soignait comme elle le pouvait avant de partir pleurer dans son coin.

Je survivais en gagnant une misère et en ayant les os brisés et les yeux gonflés car les plus grands des favelas organisaient des combats de rue illégaux entre enfants.
Je me battais et on me torturait si je n'arrivais pas à triompher de mon adversaire.
Un soir, au milieu de l'année 2009, mon père, emplit d'une grande colère contre son patron qui ne lui donnait qu'un sou pour vivre, contacta l'un de ses amis mafieux et concocta un plan machiavélique.
Ensemble, ils se mirent d'accord sur la nature égoïste de leur boss et décidèrent d'aller cambrioler sa maison et d'enfin accéder à son sous-sol qui devait être rempli d'argent.
Ils réussirent à entrer par effraction, maintenant qu'ils connaissaient par cœur la bâtisse, et partirent jusqu'au sous-sol sans alerter qui que ce soit.
Quand ils mirent le pied en bas, ils laissèrent tomber leurs bouches jusqu'au sol en admirant toutes les richesses que le patron avait en sa possession.
Ils étaient tellement avides d'argent, envieux et haineux qu'ils remplirent leurs sacs en un éclair.
João, après avoir incité son collègue à partir et à laisser le reste des richesses en bas, fut pris d'un intense sentiment de peur et de regret lorsqu'il aperçut en haut des escaliers une femme de ménage.
La femme cria à en alerter le Brésil entier et courut jusqu'à l'alarme avant de l'activer.
Les lumières de la maison se teintèrent d'un rouge saignant et une sonnerie paralysa les tympans des deux voleurs.

João courut aussi vite qu'il le put en direction de la sortie du sous-sol et remonta afin de croiser la route de la femme de ménage apeurée.
Sous le regard abasourdi de mon père, cette innocente fut envoyée à la morgue d'une balle dans le crâne.
Le collègue de mon père n'avait pas hésité une seule seconde avant de l'abattre.

— Mais t'es taré putain ! s'exclama mon père. On est foutus maintenant ! Le boss va nous retrouver !
— On n'a pas de temps à perdre, viens ! répondit l'autre voleur en courant vers la sortie.

Ils tracèrent leur route en voiture jusqu'aux bidonvilles.
Ce soir-là, j'étais en train d'essayer de dormir comme je le pouvais en ne pensant qu'à mes côtes cassées et à mon long nez brisé qui me tordaient de douleur lorsque j'entendis un véhicule déraper et mon père qui paniquait.
Il nous réveilla en sursaut, enfin du moins ma pauvre mère qui avait la peau sur les os et se rongeait les ongles, et nous implora de prendre toutes nos affaires avant de partir.
Avec le collègue mafieux de mon père, on quitta les lieux en trombe et on fit un petit détour chez un marchand illégal au pied de Rio de Janeiro.
João sortit de cet endroit avec un sac rempli de liasses d'argent et regarda partout autour de lui avec un air oppressé.
Il parla avec ma mère et discuta d'un potentiel ami à lui qui possédait un avion et une piste de décollage un peu

plus loin en périphérie.

Jeanne, ma mère, demanda presque en pleure à mon père qu'on lui explique la situation, ce qui était en train de se passer et ce qu'ils avaient fait pour en arriver là.

João ne souhaitait pas en parler et haussa le ton afin d'achever la conversation.

Soudain, alors qu'on se dirigeait vers la fameuse piste de décollage, je perçus de mes oreilles d'enfant un claquement sur la voiture, comme si l'on avait roulé sur quelque chose qu'il ne fallait pas.

Le collègue de mon père perdit le contrôle de la voiture durant quelques instants et nous dérapâmes en manquant presque de nous prendre une rambarde de sécurité de plein fouet.

- C'est bon je maîtrise la situation ! dit le collègue de mon père.
- Tu maîtrises rien du tout ! On a crevé un pneu ! s'exclama mon père en regardant derrière lui. Oh c'est pas vrai...

Avec ma mère, on se retourna vers la vitre arrière pour contempler ce qu'il se passait à l'extérieur.

Une grosse voiture, une berline noire aux phares menaçants, se rapprochait dangereusement de nous. Un bras sortit de l'une des fenêtres, armé d'une mitraillette, et tira sur notre véhicule.

- Baissez-vous ! dit le collègue de mon père.

Tout le monde obéit à ses ordres, des balles traversèrent la carrosserie et vinrent se loger dans le pare-brise.
Mon père fut touché au bras gauche et saigna beaucoup.
Ma mère, apeurée, des larmes coulant le long de ses joues, vint vers mon père pour lui demander si tout allait bien.
João, la tête dans les nuages, fut subitement surpris de voir que son carreau se brisa sous ses yeux. Une moto noire, au moteur rugissant des flammes venues des enfers, était juste à côté de nous.
Deux hommes étaient assis dessus, le passager s'amusait à tirer sur la voiture.
Mon père, ce génie, ouvrit avec brutalité sa portière et fit goûter la dureté du béton aux deux hommes.
La berline qui nous suivait écrasa sans aucun remords les motards qui furent déchiquetés en morceaux.
On était presque arrivés chez l'ami de mon père qui possédait un avion, c'était notre seule et unique chance de partir d'ici.
La piste de décollage était cachée dans une petite forêt aux grands arbres feuillus qui devaient sûrement abriter des animaux exotiques que jamais je n'avais aperçus de ma vie.
La berline heurta subitement notre pare-choc arrière et nous fit déraper alors qu'il ne nous restait plus beaucoup de chemin à parcourir et soudain, elle nous fit une queue de poisson si violente que notre voiture se retourna et fonça tout droit dans un arbre.
Une deuxième moto vint accompagner la berline, il y avait tout un régiment pour nous massacrer.

Je me souviens avoir été enlacé par ma mère une dernière fois, protégé par ses faibles bras cassants, alors que notre voiture se retournait dans tous les sens.

Mon corps et celui de ma mère frappèrent les recoins du véhicule avec tant de brutalité que je sentis tous les os de mon corps bouger pour la première fois de ma vie, je sentis une violente secousse dans mes entrailles comme celle que l'on ressent lorsque l'on fait des attractions à sensations fortes.

Puis, plus rien du tout, aucun souvenir ne me revint à la tête. Le blackout total.

Durant sûrement plusieurs secondes, j'étais inconscient dans la voiture.

Lorsque j'ouvris enfin les yeux, mon crâne me lançait une douleur horrible et mes oreilles sifflotaient.

Mes poumons, enfumés par le gaz qui s'échappait de la voiture enflammée, me firent tousser à m'en arracher les muqueuses.

Les premiers sons que j'entendis furent les paroles de ma mère, pleurant que je revienne à la vie :

— Yuri ! Yuri tu m'entends ?! Yuri réveille-toi s'il te plaît !

C'était comme naître une seconde fois, toutes les sensations perçues étaient violentes. Mes cinq sens, en alerte et hypersensibles, me faisaient souffrir.

— Venez ! cria mon père en nous tendant la main pour nous faire sortir de la voiture.

On prit une première bouffée d'air assez rapide avant de remarquer que l'on était toujours suivi par ces malfrats brésiliens.
Le collègue de mon père, armé d'un pistolet, tira en direction des méchants pour les faire tomber mais il ne touchait personne.

— Allez, venez on doit se grouiller, Frederico nous attend à l'avion ! s'exclama mon père.

Alors, ni une ni deux, on prit nos jambes à nos cous, traversant la petite forêt qui menait à la piste de décollage en essayant de ne pas trébucher sur une racine d'arbre.
Ici, les arbres avaient besoin d'exploiter le sol dans ses moindres ressources pour vivre et s'étaler dans la terre sur plusieurs dizaines de mètres et leurs racines étaient énormes.
Des oiseaux sifflaient et s'envolaient dans le ciel à la vue des flammes qui sortaient du canon des malfrats.

— João ! Il faut que tu m'expliques ! hurla ma mère en courant tandis qu'elle me tenait par la main.
— Jeanne on n'a pas le temps ! Tu veux te faire tuer ?! On doit rejoindre l'avion !

Mon père, convaincu qu'il aurait pu dire la vérité à ma mère un peu plus tard, courut vite pour nous amener à bon port.

Malheureusement, la roue de la chance avait tourné et était désormais en notre défaveur.

Les méchants nous suivaient et de très près, certains étaient même en moto en train de longer la route pour essayer de nous contourner et de nous piéger.

Soudain, alors que j'étais dans le stress le plus intense de toute ma vie, courant pour ma survie, une douloureuse balle perfora la cuisse de mon père qui tomba au sol.

Une deuxième s'arrêta dans son estomac peu de temps après.

On aurait pu entendre son cri de douleur résonner dans toute la ville.

Ma mère, implorant qu'on lui vienne en aide, prit mon père par la main pour le traîner tant bien que mal mais les mafieux nous rattrapaient bien trop.

João lança un regard intense, rempli d'amour, de compréhension et de tristesse, vers ma mère. Il plongea ses yeux une dernière fois dans ceux de Jeanne, criant les dieux qu'on l'aide.

- — Jeanne écoute-moi, dit mon père.
- — João non ! Tu dois venir ! Tu viens avec nous ! cria ma mère en tirant la main de mon père vers elle.

Mon père fit de même en tirant la main de ma mère vers lui et en pleurant une dernière fois.

J'étais là, dans un univers cruel, plongé dans une vie que je n'avais jamais demandé à avoir, rempli d'une souffrance meurtrière que je n'avais jamais demandé à ressentir.

Je contemplai une dernière fois le visage détruit de mon père, ses yeux marrons en amande, ses cheveux bouclés, sa barbe de trois jours qu'il n'avait pas pu raser, son visage creusé par le manque de nourriture...

- Prends-le, affirma mon père en tendant le sac chargé d'argent.
- Non s'il te plaît viens avec nous mon amour... Ne nous laisse pas, répondit ma mère en s'agenouillant vers mon père.
- Ne t'en fais pas Jeanne, je suis toujours avec toi quoi qu'il arrive... Je vais vous faire gagner un peu de temps pour que vous quittiez cet endroit... Promets-moi de prendre soin de Yuri et... De toi.
- Chéri je t'en prie, pas ça...

Ma mère pleura toutes les larmes de son corps en serrant fortement la main de mon père.

- Promets-le moi Jeanne, rétorqua João.

Ma mère tourna son regard vers João et fit un signe de la tête avant de l'embrasser de toute son âme.
Pour la première et dernière fois, je vis de mes yeux leurs âmes s'unir à jamais dans un élan d'amour inconditionnel.
João retira sa main de celle de ma mère et lui donna le sac.

- Va mon cœur, et vis une belle vie pour moi... Pour

nous, annonça mon père avant de se retourner vers les méchants.

Le collègue de mon père lui tendit son arme avant de nous ordonner de partir vers l'avion qui se trouvait un peu plus loin.

— Prends en soin, c'est mon préféré, dit-il en posant son flingue dans la main hésitante de mon père.

On courait encore et encore, s'éloignant de plus en plus de mon père, lorsqu'un violent cri perçant nous arrêta.
On se retourna vers mon père, qui était en train de se battre contre les mafieux et venait de se faire planter par l'un d'eux.
Un couteau aiguisé avait croisé le chemin des intestins de mon père qui se mit à genoux face à eux.
Il s'était battu toute sa vie pour nous, pour que l'on soit heureux et il allait avoir une mort héroïque.
Les feux de notre voiture, écrasée un peu plus loin, éclairaient les mafieux et João.
On apercevait toute la scène, dans les moindres détails.
Un des malfrats immobilisa João et tourna son corps et son visage vers nous, il nous voyait et nous aussi.
On pouvait remarquer ses yeux humides et rouges, du sang coulant hors de ses narines.
Un autre mafieux s'arma de sa machette et commença à découper la gorge de João qui hurlait à la mort en essayant de se débattre.
Tout le monde le tenait pour que l'on nous offre un

spectacle que nous allions retenir toute notre vie... C'était ça les règlements de comptes entre mafieux au Brésil.

La voix de mon père s'éleva, ses cris horrifiants tétanisèrent les écureuils qui rentrèrent immédiatement dans leurs tanières.

Le plus terrifiant à entendre, au-delà de ses cris répétitifs, ce fut son dernier.

Lorsque l'on décide de décapiter un homme, ses cordes vocales continuent à s'user jusqu'au moment où la lame rompt le contact entre elles. C'est à ce moment précis où la lame tranche en deux les cordes vocales que le cri le plus effroyable est entendu.

C'est un cri d'horreur, que seuls les amateurs de films d'épouvante ont pu entendre... Ou ceux, comme moi, qui ont vécu une scène aussi traumatisante que celle-là.

J'étais debout, j'assistais à cet événement, voyant mon père entre les mains d'êtres diaboliques, tandis que ma mère aussi choquée que moi n'avait même pas pensé une seule seconde à me couvrir les yeux pour que je sois incapable de vous raconter ça.

Soudain, les malfrats arrachèrent le restant de peau qui liait encore le cou au torse de mon père et l'un d'eux brandit son visage vers nous comme un trophée qu'il souhaitait nous montrer.

Les nerfs, encore en action à ce moment-là, firent trembler la paupière droite de mon père.

Souvent, on dit qu'un être décapité peut encore vivre quelques secondes sans problèmes.

Si cela est vrai, alors il s'était vu hors de son corps avant d'être jeté tel un vulgaire déchet un peu plus loin dans la forêt entre les limaces et les escargots qui allaient lui monter dessus.

Ma mère hurla à s'en détruire la voix et jura sur le nom de Dieu qu'ils iraient en enfer et qu'un jour, elle allait les retrouver pour leur faire ce qu'ils ont fait à son mari.

Moi, je ne savais rien dire, rien faire, mon esprit était comme sorti de mon corps et mon corps était entré dans un état de choc si intense que plus aucune émotion ne me traversait désormais.

J'étais devenu une coquille vide qui ne souhaitait qu'une seule chose : partir de ce monde pour rejoindre mon père.

> — C'est trop tard Jeanne ! On ne peut plus rien faire il faut partir ! Sinon on va tous finir comme lui ! cria le collègue de mon défunt père.

On courut aussi vite que possible vers l'avion alors que les mafieux nous rattrapaient.

Un homme, un vieux d'une cinquantaine d'années, possédant une grosse calvitie et un cigare au bord des lèvres, sortit de l'avion, nous ouvrit les portes et empoigna un gros fusil au canon scié.

Une moto vint devant lui et il la fit exploser en tirant sur son réservoir d'essence.

> — Montez ! Vite ! dit le vieil homme avant de tirer sur les autres mafieux venus à pieds.

Ma mère jeta un dernier regard vers la forêt avant de monter avec moi et le collège de mon père dans l'avion.
On démarra de la piste en esquivant les tirs des malfrats et en renversant au passage une dernière moto.
L'un des mafieux fut expulsé du véhicule et rencontra, dans un dernier souvenir de vie, les pales de l'avion. Une sauce rouge visqueuse peignit la vitre par laquelle je regardais le pays et m'empêcha durant quelques secondes de bien apercevoir les ravisseurs de mon père.
Ma mère me prit dans ses bras en pleurant, en m'affirmant que tout irait bien et qu'on irait démarrer une nouvelle vie, en me déposant des bisous sur le crâne.
Moi, je n'avais même pas encore pris conscience de ce que je venais de vivre, je n'avais pas la force de pleurer mais seulement que de regarder au loin la forêt s'allonger sur la ville de Rio de Janeiro.
Les lumières de la ville brillaient dans le ciel alors que des éclairs, des balles, coururent jusqu'à nous afin de nous atteindre une dernière fois.
Je contemplai une ultime fois la forêt dans laquelle j'avais tout perdu, dans laquelle la flamme qui allumait ma vie jusque maintenant s'était éteinte pour toujours.
Un oiseau blanc, peut-être une colombe, glissait entre les nuages et rejoignit les cieux et les étoiles, emportant avec elle l'esprit de mon père.

1.

Année 2013.

$\mathcal{L}$es années se sont écoulées, parfois vite, parfois lentement, elles n'étaient pas vraiment remplies de rebondissements.
J'avais désormais dix ans et je vivais seul avec ma mère dans une toute petite maison en Haute-Savoie.
Ma mère avait toujours rêvé de partir près des montagnes, pour se sentir en harmonie avec la nature.
On habitait dans un petit village qui se prénommait « *Saint-Jean-d'Aulps* », à proximité des plus belles montagnes.
Ma vie, à cette époque-là, n'avait rien de magique pour un enfant de dix ans.
Le Père-Noël, et je le savais pertinemment, c'était ma mère, qui peinait à m'acheter des cadeaux d'ailleurs.
En quatre années passées dans cet endroit, on avait dépensé presque tout l'argent que mon père nous avait donné... Dans les courses, le loyer, les crédits, l'école...
Alors, pour espérer continuer à vivre, ou dirais-je plutôt à survivre, ma mère avait trouvé un petit boulot

exaspérant et dénué d'intérêt en tant que secrétaire dans un office du tourisme.

Tous les soirs, elle revenait éreintée d'être restée assise sur une chaise durant huit heures et tous les soirs, elle venait me chercher à la garderie de mon école.

J'étais un garçon totalement différent des autres, ou du moins j'en avais l'impression lorsque j'essayais de discuter avec mes copains de l'espace, des aliens et des vaisseaux extraterrestres que j'avais cru voir dans le ciel, les yeux rivés vers les nuages lorsque je regardais à travers la fenêtre de ma chambre.

Parfois, alors que ma mère venait me border et me dire au revoir, je regardais les étoiles brillantes et, les pointant du doigt, je demandais :

— Est-ce qu'il y a de la vie ailleurs maman ?
— Dors chéri, tu vas être fatigué demain, répondait-elle avant de me laisser.
— Maman ?
— Oui mon cœur ?

Je me souviens de cette nuit où j'ai lancé un regard rempli de tristesse à ma mère.

— Est-ce que papa il est dans le ciel ?

Ma mère ne savait pas quoi répondre, elle était stupéfaite que je pose une question qui lui rappelait tant de mauvais souvenirs.

— Il te surveille, si t'es pas sage il viendra te chatouiller les pieds cette nuit, disait-elle en me souriant avant de fermer la porte de ma chambre.

À vrai dire, j'ai beau raconter ce que je veux, à cet âge là j'avais encore du mal à réaliser que mon père était décédé.
Cette nuit, il y a quatre ans, au Brésil, où j'ai vu de mes yeux d'enfant candide mon père se faire trancher la tête, m'avait choqué à un tel point que mon cerveau s'était mis en veille durant des années.
Et en fait, je n'ai jamais vraiment réalisé qu'il était décédé, jusqu'à la fin de mon aventure en tout cas. Sûrement car je refoulais tout ce que je ressentais vis-à-vis de lui et de mon passé, je ne voulais plus y penser.
Alors, je me réfugiais dans l'espace, à m'imaginer qu'un jour moi aussi je quitterais la Terre pour aller vivre des aventures hors du commun.
J'étais certain qu'il existait des formes de vie ailleurs qu'ici, et les documentaires et témoignages que je visionnais me confortaient dans cette idée.
Parfois, alors que je redescendais pour aller faire mes besoins aux toilettes, je surprenais ma mère dans le canapé en train de revoir des anciennes photos d'elle et de papa... Elle s'effondrait dans le fauteuil, une bouteille de rhum à la main qu'elle renversait parfois sur le sol collant.
Personne, à moins de l'avoir vécu, ne pourrait comprendre la sensation, les émotions que l'on ressent lorsque l'on a vécu un événement aussi traumatisant.

C'est comme vivre un cauchemar en étant éveillé, comme mourir de l'intérieur et continuer à se déplacer, à manger, à boire, à vivre sans aucune envie de rester ici.

J'avais déjà tenté d'en finir avec ma vie mais je ne pouvais pas laisser ma mère seule face à tant de problèmes, c'était hors de question.

Seules les étoiles, le ciel rempli de tâches brillant dans la nuit, me faisaient rêver et je m'évadais alors dans mes pensées les plus fantastiques avant de m'endormir.

Un soir d'hiver, je m'en souviendrais toute ma vie, vers 18h30, j'étais assis dans la garderie de mon école primaire, attendant une fois de plus que ma mère vienne me rechercher.

Je faisais mes devoirs en regardant de temps en temps la neige s'abattre sur les fenêtres gelées de la pièce.

Le chauffage était activé, les femmes de ménage passaient et repassaient pour discuter avec le directeur, avec les autres enfants.

Je dessinais des aliens, des vaisseaux extraterrestres, des planètes entourées d'un grand soleil jaune, lorsque ma mère pointa le bout de son nez.

Elle était à deux doigts de s'endormir au volant lorsqu'elle reprit la route vers la maison.

Mon école était un peu éloignée de là où on habitait, d'à peu près vingt minutes, et il nous fallait passer dans des petites routes sinueuses aux abords d'une forêt peu rassurante que j'admirais chaque soir.

Elle me faisait frissonner et encore plus lorsque l'hiver était de mise. La neige ne facilitait pas la conduite car la voiture glissait et s'embourbait parfois.

Moi, je contemplais encore les arbres qui bougeaient et menaçaient de s'abattre sur la voiture, ils se déformaient au gré du vent et du poids des flocons.

La nuit qui nous enveloppait ne me permettait pas de voir si un monstre rodait dans les parages mais ce que je savais, c'était que les roues de devant étaient complètement emportées par la boue mélangée à la neige fondue.

Nous n'arrivions plus à redémarrer.

Je commençais à paniquer, car étant petit, rester coincé dans un endroit pareil me terrorisais.

Je regardai partout autour de moi, en demandant à ma mère si tout allait bien et si nous allions rester ici pour toujours.

Elle me répondait en s'énervant, me demandant d'arrêter de poser des questions aussi débiles alors qu'elle poussait de toutes ses forces sur la pédale d'accélérateur.

Soudain, une lueur, aussi aveuglante qu'hypnotisante, s'abattit sur nous. Nos yeux rivés vers le ciel furent enveloppés d'un voile blanc crème, nous nous arrêtâmes subitement.

Nous étions immobilisés ma mère et moi, même si j'avais une folle envie de rentrer chez moi pour qu'on me laisse tranquille et que je puisse enfin dormir.

Je repris le contrôle de mon corps quelques longues secondes plus tard et fut pris d'une intense curiosité qui me poussa à ouvrir ma portière afin d'aller voir de plus près ce qui se passait.

J'entendis ma mère hurler mon prénom et sortir elle aussi de la voiture tandis que j'avançais toujours plus vers la lumière. C'était comme si on avait été aspiré vers un espace totalement différent, une dimension parallèle peut-être.

Tout était coloré de blanc autour de moi, d'une brume épaisse à couper au couteau, mais je continuai ma route, oubliant même que ma mère était sûrement morte de peur à l'heure qu'il est.

Je perçus une dernière fois mon prénom résonner en moi avant de m'arrêter, bouche-bée.

Devant moi, alors que la curiosité m'avait sans aucun doute mené à faire une chose insensée, je remarquai une silhouette qui se dévoilait dans cet espace blanchâtre.

Une petite ombre, à peine plus grande que moi, avec deux longs bras qui tombaient presque sur le sol et une tête ovale plus grosse que la norme, avançait en même temps que moi.

Elle me suivait et semblait faire les mêmes mouvements que moi, c'était peut-être mon reflet mais si je ressemblais à ça il y avait de quoi avoir peur.

Alors que j'étais prêt à m'enfuir, à retourner vers ma mère pour au moins avoir un refuge vers lequel me tourner, cette silhouette commença à courir vers moi.

Ses pas résonnèrent autour de moi et vinrent de plus en plus fortement taper mes tympans sensibles.

Soudain, cette ombre bondit sur moi tel un lion chassant un zèbre et, avec ses mains crochues, elle m'attrapa la gorge.

Je pus, durant une seconde trop courte pour apercevoir tous les détails, observer un visage horrifiant accompagné d'une gueule remplie de dents acérées.

Moi, haut comme trois pommes et trop apeuré pour continuer à subir ça, je m'évanouis et entrai dans un sommeil profond.

Je me rappelle avoir été réveillé par les frappes d'un homme au carreau de ma mère. La douceur de l'hiver et la fraîcheur des environs enveloppaient ma peau lisse et faisaient s'hérisser mes poils.

Je grelottais et mes dents claquaient alors que mes paupières s'ouvrirent doucement.

Ma mère avait émergé en même temps que moi, essayant de comprendre ce qu'il nous était arrivé et si ce que l'on avait cru vivre quelques minutes plus tôt était réel.

> — Madame ? Ça va ? demanda le vieil homme dehors en frappant à la vitre.

On avait refait surface et on s'étonnait de voir que l'on était encore dans la voiture, tous les deux assis en se regardant.

Ma mère tourna son regard vers le vieillard qui devait au moins avoir soixante ans et possédait un énorme ventre qui cognait presque contre la portière.

Elle baissa le carreau en regardant avec désarroi l'homme qui ne comprenait pas ce qu'il se passait.

> — Ça fait dix minutes que j'essaie de vous réveiller madame, vous bloquez la route, ajouta le vieux monsieur en regardant sa voiture. Je peux pas vous dépasser avec toute la neige... Vous allez bien ?

— Euh... Oui oui, rétorqua ma mère qui ne comprenait rien. Je suis vraiment... Désolée... J'ai dû m'endormir au volant j'étais... Très fatiguée.
— Vous habitez loin ?
— Non pas vraiment... Mais c'est rien je vais reprendre la route, je suis désolée de vous avoir gêné.
— Non c'est rien, ça va aller pour vous ?
— Oui... Oui vous inquiétez pas.
— Bon... Faites attention à vous.
— Ça marche monsieur merci...

Je regardai l'horloge sur le tableau de bord. Elle indiquait une heure du matin... On s'était vraisemblablement endormi durant des heures. Je ne comprenais pas ce qui s'était passé, j'étais pourtant sûr d'avoir vu ce que j'avais vu... Un petit être étrange aux proportions bizarres, une lumière blanche qui nous avait aspiré ma mère et moi... Cette peur, cette sensation d'être avalé dans un espace qui n'est pas le nôtre sans pour autant pouvoir faire machine arrière.
Quelque chose ne tournait pas rond.
Ma mère conduisit jusqu'à la maison, en faisant attention à tout ce qui l'entourait, je la surprenais même à regarder le ciel parfois avec insistance... Comme si elle savait que quelque chose s'était passé au bord de cette forêt plus que singulière.

On rentra à la maison et ma mère ferma toutes les portes à clés, regarda dehors une dernière fois avant de fermer tous les volets.

Elle clôtura même le mien, elle qui n'avait jamais fait cela auparavant et m'avait toujours laissé regarder les étoiles, avant de me mettre au lit.

J'avais dix ans, je ne pouvais pas avoir un éclair de lucidité d'adulte pour comprendre ce qu'il venait de se dérouler sous mes yeux mais visiblement ma mère, elle, elle savait quelque chose.

Je tentai de lui soutirer des informations en parlant avec elle mais elle coupa net la discussion en me rétorquant que j'avais besoin de sommeil pour ma journée de cours du lendemain.

Elle s'évada en bas sur le canapé et fit beaucoup de bruit en trifouillant dans les tiroirs pour je ne sais quelle raison.

Je n'aurais jamais pu comprendre, mais quelque chose cette nuit-là avait changé notre vie à jamais... Une présence malsaine, qui me faisait peur, accompagna mes rêves lorsque je fermai mes yeux.

Un cauchemar, débordant d'ombres aux proportions étonnantes qui m'entouraient, fit surface.

C'était le début d'une longue lignée de mauvais rêves qui allaient me hanter des années durant.

2.

Année 2020.

Si je devais décrire ma situation mentale à cette époque, je dirais que j'étais au bord du précipice des Enfers.
J'étais au lycée dans une ville prénommée « *Abondance* », à une vingtaine de minutes de chez moi. C'était le plus proche pour moi et le meilleur lycée des environs.
Même si je n'en avais que faire des études car les professeurs avaient tendance à être un peu trop sur mon dos, j'essayais d'apprendre et de faire des efforts quant à mes notes scolaires.
Je le devais, c'était ma mission, car ma mère avait perdu son travail. Elle s'était faite licencier depuis quelques longs mois et on payait le loyer grâce à des aides de l'état que l'on nous fournissait encore malgré tout.
Ma mère était dans un sale état, elle avait perdu près de dix kilos, avait les cheveux sales et gras qu'elle s'arrachait très souvent et elle ne se lavait presque plus.
Tout s'était écroulé en si peu de temps et elle n'arrivait pas à tourner la page, terrorisée par les souvenirs de mon père décapité.

Cela la hantait tous les soirs et tous les soirs depuis mes dix ans, elle buvait encore et encore et pleurait devant les photos de João.

Moi, je ne pleurais pas, mais depuis quelque temps maintenant mes cauchemars avaient repris de plus belle et me hantaient jour et nuit.

Je me revoyais, à dix ans, au bord de cette froide forêt, peu confiant et entouré d'une présence maléfique qui me tétanisait.

Il y a quelques jours, ma mère m'avait avoué qu'elle aussi avait eu de nombreux cauchemars tous plus précis et répétitifs les uns que les autres... Avec la même thématique : celle d'avoir été enlevé par une civilisation inconnue.

Un soir, alors que j'avais réussi à trouver le sommeil en regardant avec terreur le ciel noir nuageux, mon cerveau me fit vivre le cauchemar le plus intense de toute ma vie.

Je me voyais allongé sur une table froide et dure qui me donnait mal au dos.

J'avais des appareils branchés à mes veines, des tubes qui sortaient de mes bras, des bruits intenses faisaient vibrer mes oreilles.

Autour de moi, et c'était là le produit imaginaire le plus horrifiant que j'ai vu jusqu'ici, des êtres étranges m'entouraient, me touchaient, discutaient dans une langue que je ne pouvais comprendre.

Si je devais vous dire à quoi ils ressemblaient, vous seriez vous-mêmes choqués.

Ils avaient la peau grise, une taille variant d'un individu à un autre, des grands yeux globuleux et noirs qui ressemblaient à des perles dans lesquelles on pourrait voir le reflet de notre mort avant même qu'elle ait sonné.

Ils possédaient des oreilles taillées en pointe, de longs bras disgracieux telles des brindilles sur lesquelles on aurait accroché des mains crochues aux ongles aiguisés et pointus. Ils avaient également une grande gueule aux dents acérées, qui menaçaient de me taillader la peau et de me manger vivant si je ne restais pas immobile.

Ils me découpaient la peau et moi je ne pouvais ni bouger ni crier, même si j'en avais la volonté.

C'était sûrement à cause d'un produit qu'ils m'avaient injecté, comme une sorte d'anesthésie.

Ils souhaitaient voir ce que cachaient mes organes, mon ventre et même mon cerveau entier.

L'un d'entre eux, qui me paraissait être le plus intelligent de tous car il donnait des ordres à toute son équipe, vint derrière moi, regarda mon crâne attentivement en grognant et demanda à l'un des siens de lui donner quelque chose.

L'autre lui apporta un scalpel qui me fit ouvrir grand les yeux, je ne voulais pas qu'ils fassent ça, qu'ils me découpent le visage et m'ouvrent le crâne.

Pourtant, c'est ce qu'ils firent.

Ils découpèrent le tour de ma tête et tirèrent un peu sur mes cheveux.

Je sentis de l'air froid glisser dans mon cerveau, c'était une sensation étrange que je ne recommande à personne et que je ne pourrais décrire précisément car il faut l'avoir vécu pour le comprendre.

Je me réveillai en sursaut dans mon lit, un beau samedi

matin, le soleil faisait surface sur le jardin et remplissait tous les coins de ma chambre.
J'avais terriblement mal à la tête, une migraine horrible qui faisait trembler ma vue et mon crâne à chaque pas que j'effectuais jusqu'à la cuisine.
Je me dirigeai vers la salle de bain en admirant mon visage, essayant de savoir si ce que j'avais rêvé la nuit dernière était vrai, car ça semblait réel.

— Oui allô Monsieur Favre ? dit soudainement ma mère au téléphone dans le salon. Oui, c'était pour savoir si c'est possible de prendre rendez-vous avec vous ? Demain matin ? Parfait pas de soucis. Ok très bien ça marche, bonne journée à vous merci. Au revoir.

Ma mère entra dans la salle de bain, me fit un bisou sur mon crâne douloureux et me regarda. Elle ne comprenait pas pourquoi je tirais une tête aussi dérangée.

— Ça va mon cœur ?
— Oui... Oui ça va, dis-je en contemplant mon crâne qui semblait n'avoir aucune trace.
— Bon... J'ai pris rendez-vous avec un médecin pour nous deux pour demain, ajouta ma mère soudainement.
— Comment ça ?
— Tu sais... Pour nos cauchemars. J'ai trouvé quelqu'un, une amie m'a parlé d'un médecin qui peut nous guérir.

- Guérir ? D'accord... Mais tu m'as même pas demandé mon avis.
- Chéri... C'est pour ton bien, pour notre bien, tu vas pas refuser quand-même ? Et puis qui sait ? Peut-être que ça peut vraiment régler nos soucis.
- L'alcool ça marche pas mieux pour toi ? rétorquai-je en sortant de la salle de bain énervé de ce que ma mère avait fait sans mon accord.

Le lendemain matin, on alla malgré tout en direction de ce Monsieur Favre. Gaspard Favre, un hypnothérapeute nous promettant de pouvoir retourner dans nos souvenirs enfouis dans notre mémoire.
Il était très grand, mesurant plus d'un mètre quatre-vingt-dix, avait les cheveux bruns gâchés par une calvitie très prononcée et possédait un bouc bien fourni.
Il avait un léger embonpoint.
Il nous fit nous asseoir ma mère et moi l'un en face de l'autre. On se regardait avec incompréhension, surtout de mon côté car je ne souhaitais pas être ici.

- Bien, alors on va commencer la séance, affirma l'homme qui s'était également assis avec sa chaise à roulette et nous regardait.
- Ça va bien se passer, me dit ma mère en souriant.
- Mouais, répondis-je un peu agacé.
- Il est important de comprendre que cette séance est avant tout une manière de retourner dans vos souvenirs que votre cerveau a choisi de garder enfoui pour une raison inconnue. Je suis

hypnothérapeute, pas magicien, je ne crée pas de souvenirs, je les fais simplement ressurgir comme les flashs que vous avez parfois lorsque vous vous souvenez de moments précis de votre enfance par exemple. L'hypnose est très dangereuse si elle est mal exploitée, c'est pourquoi il est important que... Vous ne fassiez pas les choses que je vous demande pour me faire plaisir d'accord ?
— Oui, acquiesça ma mère.
— Je vais vous donner des consignes d'accord ? Que vous devrez respecter, écoutez-moi attentivement et tout devrait très bien se passer, c'est bon pour vous ?
— Ça marche, répondit ma mère.

L'hypnothérapeute se retourna vers moi pour avoir mon accord.
Je fis un signe de la tête pour lui faire comprendre que j'avais compris ce qu'il nous disait.

— Bien... Je vais prendre votre main gauche à chacun et je vais la placer comme ceci, devant votre visage, affirma le médecin en venant vers nous. Vous allez vous concentrer sur la paume de votre main et fixer un point et lorsque vous l'aurez visualisé vous me direz que c'est bon.
— C'est bon, dit ma mère.
— C'est bon, annonçai-je également.
— Ok. Alors ce point est la chose la plus importante pour vous d'accord ? C'est ce point qui est à

l'intérieur de votre main... Et au fur et à mesure que je vous parle vous vous rendez sûrement déjà compte que votre vision autour de ce point devient floue.

Ma mère et moi fîmes un signe de la tête pour affirmer la véracité de ses propos.

— Et plus je vous parle, plus vous vous sentez détendu. Tous vos muscles se relâchent petit à petit en commençant d'abord par vos pieds puis vos jambes. C'est au tour de vos épaules de se relâcher. Et au fur et à mesure que je vous parle, votre vision se remplit d'un voile opaque autour de votre main. Vous sentez cette sensation d'apaisement remplir votre corps, votre cœur commence à ralentir, votre respiration est elle aussi de plus en plus calme. Et au fur et à mesure que je vous parle, le point que vous fixez sur votre main devient de plus en plus clair, de plus en plus important pour vous. Et désormais vous vous rendez compte que... Que ce soit sur votre gauche ou votre droite, toujours en restant concentré sur ce point dans votre main, la vision de la pièce et de ce qui vous entoure devient totalement floue et n'a plus d'importance pour vous. Alors maintenant que vous avez pris conscience de cela, le point que vous visualisez depuis tout à l'heure devient lui aussi de plus en plus flou. Et au moment où le point devient de plus en plus flou,

vos paupières commencent elles aussi à devenir de plus en plus lourdes. Vous avez beaucoup de mal à les garder ouvertes et vous me direz alors que... C'est bon.
— C'est bon, annonça ma mère.
— C'est bon, affirmai-je sentant que je basculais petit à petit vers un sommeil profond malgré moi.
— Ok. Alors quand le point devient flou comme ça à l'intérieur de votre main, vous allez remarquer que votre main commence à... S'approcher de votre visage... Sans que vous ayez besoin de faire quoi que ce soit. Lorsque votre main va toucher votre visage vous allez laisser vos paupières se fermer et alors... Je baisserai votre main et...

Il m'était impossible de faire quoi que ce soit, de bouger, de réagir, c'était comme si mon corps était dorénavant hors de mon contrôle.
L'hypnothérapeute empoigna ma main et soudainement il la baissa.

— Vous vous endormez, annonça l'homme subitement.

Je fus emporté dans un espace totalement inconnu, comme endormi mais tout en ayant conscience de ce qu'il se passait.
J'entendais la voix de l'hypnothérapeute qui nous parlait et nous ordonnait de revenir dans nos souvenirs, au moment où l'on s'était égaré dans la forêt sept ans plus

tôt.

Sa voix résonnait en moi et m'emmenait quelque part, m'invitait à revisiter un souvenir que j'avais laissé de côté, que j'avais enfoui pour ne plus avoir à le revivre car il me hantait beaucoup trop chaque jour et chaque nuit.

— Vous replongez alors dans ce souvenir douloureux mais important, sept ans plus tôt, où vous étiez tous les deux en voiture, roulant sur une route enneigée et glissante, affirma l'homme. Vous m'aviez dit Madame Leroy, que vous aviez senti une présence, une lueur s'abattre sur vous qui vous a aveuglé vous et votre fils c'est bien ça ?
— Hmm, ma mère n'arrivait pas trop à parler.
— J'ai besoin que vous témoigniez tous les deux de ce que vous voyez actuellement, lorsque vous plongez dans cette lumière étrange qui vous enveloppe.
— J'ai... Je vois Yuri... Qui part en direction de la lumière, elle m'aveugle et... Je sors à mon tour de la voiture pour le suivre mais j'ai l'impression de me perdre, déclara ma mère.
— Et vous monsieur que voyez-vous ?
— Je... Je suis dans un espace blanc, comme si je ne voyais plus rien autour de moi, comme une... Une tempête de neige... J'entends ma mère... Mais... Mais j'entends aussi... Des grognements... Je ne sais pas si c'est des animaux ou autre chose... Je suis terrifié.
— Très bien, que se passe-t-il lorsque vous vous

approchez de la lumière de plus près ? Vous voyez... Une ombre n'est-ce pas ?
— Oui... J'aperçois une silhouette... Elle est... Elle sort de nulle part... Elle me tétanise, je ne peux plus bouger...
— D'accord, que fait-elle ensuite.
— Elle... Elle marche dans ma direction... Je... Je ne peux pas bouger, je suis immobile. La silhouette me terrifie, son physique est horrible...
— Décrivez-moi cette silhouette Monsieur Santana.
— Elle... Elle est petite, aussi petite que moi... Elle a de longs bras qui lui arrivent plus bas que ses genoux... Elle est sans vêtements à part pour cacher son bas... Elle... Elle a un visage horrible, des dents pointues, des oreilles comme celles d'un elfe, des... De grands yeux, ce n'est pas humain.
— Vous me certifiez que ce que vous me dites est la stricte vérité ?
— Oui tout à fait.
— Très bien, que se passe-t-il ensuite ?
— Dans mon souvenir... Jusque maintenant, cette silhouette me saute dessus... Et je m'évanouis de peur... Mais... Mais là... Ça ne se passe pas comme ça...
— Moi non plus, dit ma mère.
— Qu'est-ce qu'il y a ? demanda l'homme.
— Je... J'aperçois mon fils accompagné d'un petit être, j'ai peur, je suis terrorisée et je cours pour sauver mon fils... La lumière dans laquelle on est

enveloppé finit par s'estomper, annonça ma mère. Et là... Je vois... Je... Mon fils monte dans un vaisseau... Une sorte d'ovni... Et moi aussi je les rejoins... On me parle... On m'explique des choses mais je ne comprends pas leur langue et je prends mon fils dans mes bras. On me donne un appareil qui traduit leurs paroles et là je commence à comprendre.

— On me donne aussi cet appareil, dis-je. Ils expliquent à ma mère qu'ils ont besoin de moi, qu'ils m'ont repéré comme étant un garçon aux propriétés hors du commun et que... Je pourrais résister à leurs tests... Qu'ils allaient me faire des opérations pour me rendre meilleur mais je ne veux pas, je veux juste retourner à la maison.

— Oui, affirma ma mère. Ces aliens sont horrifiants, ils me demandent de comprendre, que c'est l'avenir de l'Univers qui est en jeu... Ils me disent que Yuri subira des opérations pendant des années mais que... Ça sera bénéfique pour lui et qu'il se sentira beaucoup mieux... Quand il prendra conscience de son potentiel... Il découvrira chez lui des aptitudes incroyables.

— Vous êtes sûre de ce que vous m'annoncez ? questionna l'hypnothérapeute.

— Oui, répondis-je. Ma mère dit la vérité... J'entends les mêmes choses...

— Le problème c'est que je m'énerve, ajouta ma mère. Je m'énerve et... C'est insupportable pour eux... Le chef des aliens... Il dit à ses amis qu'il va nous

effacer la mémoire à Yuri et moi... Pour qu'on ne raconte rien à personne et que ça reste... Un secret.
— Et ensuite ? demanda l'homme.
— Ensuite... Plus rien... Le noir total... Je suis... Je suis réveillée par un homme qui frappe au carreau de... Ma voiture.
— Très bien... Alors... Vous allez m'écouter attentivement. Je vais désormais saisir votre main gauche et la remonter vers votre visage... Celle-ci monte doucement vers votre visage et lorsqu'elle touche votre visage... Vous vous réveillez !

Je fus aspiré hors de mon songe afin de revenir à la réalité. Quand j'ouvris doucement les yeux, je remarquai que ma mère n'avait pas émergé malgré les paroles de l'hypnothérapeute.

— Madame Leroy vous m'entendez ??
— Non allez-vous-en ! s'exclama ma mère en se débattant.
— Madame ?!
— Qu'est-ce qu'elle a ?! demandai-je inquiet.
— Elle est dans un état de choc, elle n'arrive pas à se réveiller, rétorqua l'homme en essayant de reprendre la main de ma mère.
— Non !! cria ma mère choquée et bougeant dans tous les sens sur sa chaise. Laissez mon fils tranquille, allez-vous-en ! Laissez-moi !!
— Madame Leroy réveillez-vous, ce n'est qu'un

souvenir il ne peut rien vous arriver !
— Je veux partir d'ici ! Il ne restera pas avec vous ! Non pas ça !! Non !

Ma mère cria de toutes ses forces et cela nous brisa les tympans. L'hypnothérapeute et moi bouchâmes nos oreilles avec nos mains en faisant une drôle de tête.

— Elle est en train de faire une crise d'épilepsie, il faut qu'on la sorte de là ! annonça l'homme
— Comment on fait ? demandai-je en me levant pour retenir ma mère de frapper le médecin.
— Il faut... Employer la méthode forte.
— Grouillez-vous alors !

L'hypnothérapeute bondit de sa chaise et prit un grand bol un peu plus loin dans un placard. Il partit aux toilettes la remplir d'eau froide avant de revenir.

— Bon... Allez trois, deux, un...

Il versa toute l'eau froide, qui me gela les mains au passage, sur la tête de ma mère. La pauvre, elle était mouillée de partout et tremblait de froid. Elle s'était enfin réveillée.

3.

— *O*h... Je n'arrivais pas... Je n'arrivais pas à sortir de mon souvenir... J'étais piégée avec ces monstres...
— C'est rien maman, c'est rien, t'es avec moi maintenant, dis-je en la rassurant et en appuyant sa tête contre mon torse.

Je lui fis un bisou sur son front et la rassurai du mieux que je le pus en lui disant que jamais je ne l'abandonnerais, que je resterais toujours auprès d'elle. Je ne souhaitais pas la quitter, pas elle, elle était tout pour moi et ce n'était pas de vulgaires aliens qui allaient m'empêcher de rester avec ma mère.
Elle avait tant souffert.
Après le rendez-vous, on repartit à la maison rassurés d'avoir découvert ce que nous cachait notre inconscient mais apeurés de revoir ces aliens, surtout ma mère.
Lorsque l'on arriva à bon port, ma mère m'ordonna de ne plus quitter la maison, excepté pour aller en cours. Elle prit des planches de bois restées dans le garage, une

visseuse et barricada toutes les fenêtres et les portes. Toutes sauf celle de ma chambre, je l'avais supplié pour qu'elle la laisse comme elle était afin que je puisse quand-même admirer le ciel le soir pour m'endormir.
Elle avait accepté mais, en contrepartie, elle avait installé un cadenas afin que je ne sorte pas en passant par ma fenêtre.

Les journées passèrent, les soirées aussi.
Je contemplais toujours le ciel en espérant un jour voir débarquer ces extraterrestres mais rien n'y personne ne tomba des cieux, excepté peut-être quelques oiseaux fatigués qui se posaient sur le sol pour reprendre leur souffle.
J'entendais parfois du bruit venant de dehors, des personnes chahutaient et rigolaient tellement fort que ça me réveillait de temps en temps.
Et à chaque fois, lorsque je me penchais par la fenêtre pour espérer apercevoir un être venu d'ailleurs, je ne contemplais que la débauche incarnée par mes voisins revenus d'une soirée un peu trop arrosée.
Julien et Mathilde, un grand blond aux cheveux frisés et à la coupe au bol, et une petite désagréable à la tignasse brune très lisse et aux reflets blonds.
Julien était fils de riches et son père lui avait offert un chalet juste à côté de notre maison afin d'y vivre avec sa fiancée.
Plusieurs fois par semaine, ces abrutis revenaient, alcoolisés à souhait, en reprenant le volant et en ne faisant attention à rien. À tel point qu'ils se garaient de

travers et avaient plus d'une fois failli défoncer la clôture de notre maison.

Si un jour on venait à m'annoncer que ces deux irresponsables étaient décédés dans un accident de voiture, tombés dans un ravin ou qu'ils avaient écrasé une pauvre vieille dame... Cela ne m'étonnerait pas du tout.

Ce qui me paraissait étrange en revanche, c'étaient les cauchemars que je faisais chaque nuit qui semblaient plus vrais que nature.

Je me réveillais toujours avec un mal de tête affreux qui m'accompagnait toute la journée.

Mon quotidien, durant de trop longues semaines, ne se résumait qu'à partir au lycée, étudier et voir mes potes, puis rentrer en bus en admirant les sublimes montagnes qui nous surplombaient et qui ne me faisaient plus le même effet d'admiration qu'en étant jeune et innocent.

Un jour, étant en cours de maths et utilisant ma paire de ciseaux pour consacrer mon temps à créer une sarbacane, quelque chose d'étrange se produisit. Et ce n'était pas la première fois que j'avais remarqué des changements dans mon attitude, dans mes réflexes ou ma force mais là... C'était une toute autre chose.

Je me coupai malencontreusement le doigt, tranchant alors ma peau si profondément qu'une giclée de sang atterrit sur ma table.

Lorsque j'aperçus cela, mon premier réflexe fut de lever ma main pour demander au professeur d'aller à l'infirmerie mais quelque chose m'arrêta dans mon élan ce jour-là.

Ma blessure, aussi impressionnante fut-elle, s'était refermée sous mes yeux en un claquement de doigts sans que je ne sache comment ni pourquoi.

Et comme je le disais, ce n'était pas du tout la première fois que j'expérimentais des événements étranges qui m'interpellaient.

Une autre fois, j'avais remarqué que mon manque de sommeil ne paraissait plus du tout m'affecter, à tel point que je pouvais rester éveillé et totalement productif sans dormir durant des nuits entières.

Je me souviens d'un soir en particulier, le soir le plus étrange de toute cette période de ma vie.

J'étais dans ma chambre et j'écoutais de la musique électronique en regardant par ma fenêtre. Une tempête faisait rage et de l'orage affublait les murs de la maison de tremblements intenses et d'un vacarme inégalé.

La pluie frappait ma fenêtre avec une telle violence que je n'arrivais même plus à observer les étoiles qui devenaient difformes et s'éteignaient dans les cieux.

Mes voisins, que je pouvais remarquer encore malgré tout, rentrèrent chez eux en courant et en trébuchant sur leur paillasson après être revenus de soirée.

Soudain, d'entre les nuages que j'essayais tant bien que mal d'admirer, une forme ovale singulière naquit et descendit, perdant de plus en plus d'altitude jusqu'à arriver à ma hauteur.

Cette forme, entourée de lumière comme un disque étincelant, s'arrêta un peu plus loin dans le champ mouillé et qui avait été moissonné quelques jours plus tôt, derrière le jardin.

Je savais, je n'étais que trop sûr de ce que c'était et je courus directement en bas, faisant malgré tout attention à ne pas réveiller ma mère qui s'était endormie devant la télévision.

Je pris sa clé, qu'elle gardait près d'elle, sous son oreiller, et admirai durant quelques secondes le programme télévisé qui passait en boucle. C'était une chaîne d'informations qui s'amusait à relayer les braves actions héroïques d'un certain « *Whirlwind* ». Un être aux pouvoirs étrangement similaires à ce Dieu venu en 2000... Il avait presque le même physique, enfin du moins son costume dont l'inspiration était clairement visible.

Je ne perdis pas plus de temps et passa par ma fenêtre en déverrouillant le cadenas.

Mes vêtements qui se remplissaient de pluie devenaient de plus en plus lourds et froids.

Le toit était si glissant que je manquai plusieurs fois de tomber et de me fracasser le crâne contre le sol en bas mais heureusement mes réflexes m'aidaient à tenir droit.

Tant bien que mal, je finis par arriver devant le champ, en passant par-dessus la clôture de mon jardin, et devins subitement immobile en inspectant chaque détail de ce véhicule volant.

Mes théories se confirmèrent, j'avais raison, ils existaient et nous n'étions pas fous ma mère et moi. Gaspard Favre n'avait qu'à bien se tenir face à ce que je venais de voir de mes propres yeux, lui qui ne nous croyait pas du tout quant à nos révélations lors de sa séance.

Dans le champ, la chaleur projetée par le vaisseau brûla l'herbe en dessous de lui, elle devint de plus en plus jaunâtre et prit subitement feu.

Une intense lumière, comme un éclair, s'abattit sur moi et me fit perdre la notion de la gravité en m'emmenant voyager dans les airs.

La porte du véhicule s'ouvrit devant mes yeux et une silhouette familière se présenta à moi, de la manière la plus respectueuse et rassurante possible.

Elle me tendait la main.

Je l'attrapai et, en sentant la chaleur de sa peau grise et de son sourire en coin qui traduisait un sentiment de joie, je fus aspiré à l'intérieur du vaisseau.

Lorsque la lumière qui m'enveloppait se dissipa, un étrange être venu tout droit de mes songes se tenait devant moi avec quelques uns de ses collègues.

Cet être était ce que l'on appelait un extraterrestre dans la culture Terrienne et ressemblait à peu près à l'image que l'on se faisait de lui.

Je les ai déjà décris plus tôt dans mon aventure, lors de mes cauchemars, lors de mon hypnose avec Monsieur Favre.

Mais celui qui me regardait droit dans les yeux, comme pour sonder mon âme, semblait avoir un statut bien différent des autres, notamment de par ses habits. Il avait des vêtements plus sophistiqués, était plus grand que moi et plus maigre aussi.

Il me tendit le même appareil que celui dans ma vision, afin de traduire nos paroles et de nous comprendre, puis commença à me parler.

— Bienvenue à toi Yuri, ça fait longtemps que

j'attends ce moment.
— C'est... C'est vous... Celui que j'ai vu dans mes cauchemars... Dans ma vision... Lorsque j'étais enfant, annonçai-je en l'admirant de haut en bas.
— À vrai dire, ce n'était pas des visions ou des cauchemars.

Je le regardai soudainement, fronçant mes sourcils en guise d'incompréhension.

— Oui Yuri, reprit-il. Ce que tu considères comme étant des cauchemars n'en sont pas vraiment... Nous t'avons fait subir des tests, des... Petites améliorations... Qui n'allaient se manifester qu'avec le temps.
— Attendez... Vous... Vous m'avez kidnappé contre ma volonté... Pour me charcuter le crâne... Me planter des trucs dans le corps... Mais vous êtes des tarés ma parole !
— Du calme Yuri tu comprendras...
— Non je ne me calmerai pas ! Je vous ai dit que je voulais rester avec ma mère quand j'étais petit, mais vous... Vous n'avez même pas respecté mon souhait... Vous avez détruit ma mère encore plus qu'elle ne l'est... Vous devriez avoir honte.

L'alien me contempla dans les yeux avec une expression faciale étrange, il essayait peut-être de me comprendre... Ou de me convaincre par le regard que ce qu'il avait fait lui semblait juste.

— Suis-moi, dit-il en partant dans le vaisseau.

On traversa ce véhicule volant, qui était plus gigantesque que lorsqu'on le voyait de l'extérieur. Il y avait des tas d'extraterrestres qui travaillaient sur n'importe quoi, se baladaient et essayaient de voir si l'état du véhicule était correct.
Nous arrivâmes au pied du tableau de commande et du « *pare-brise* » si l'on pouvait l'appeler ainsi. C'était un énorme carreau, construit pour envelopper notre vision à 180 degrés, qui affichait des tonnes d'informations diverses et variées, sur des planètes aux alentours, des systèmes stellaires, des galaxies entières et toutes leurs coordonnées.
Le chef des aliens fit un signe de la tête vers son collègue assis.

— Lancez les réacteurs supraluminiques, annonça-t-il en se tenant droit.
— Les quoi ??

Je ne compris que quelques minces secondes plus tard ce qu'il voulait dire par là, lorsque le ciel de la Terre fut transformé en une vulgaire poussière et que les étoiles que j'admirais jusqu'ici se rapprochèrent de nous.
On atterrit devant un amas d'étoiles, je restai bouche bée devant autant de beauté, j'étais subjugué.
Aucun mot ne me venait, et même encore aujourd'hui je ne pourrais décrire ce spectacle si intense et sublime qui

s'était dévoilé à moi.

Mes yeux brillaient et le reflet des étoiles jaunes, violettes, rouges éclairait mes rétines.

C'était comme de la poussière rose orangée et dorée qui avait éclaté dans un espace noir et vide, c'était somptueux.

On fonça à l'intérieur, se retrouvant alors par miracle dans un univers qui m'était plus familier et qui ressemblait au système solaire, avec deux grandes étoiles jaunes qui se tournaient autour tels deux tourtereaux, entouré d'exoplanètes extraordinaires.

Quelques secondes plus tard, on termina notre route, qui me parut être aussi longue qu'un œil qui se ferme pour s'humidifier, en atterrissant devant une grande planète verte et bleue.

De violents orages et ouragans s'abattaient sur l'un des côtés de la planète.

— Je suis issu d'un peuple au bord de l'extinction, torturé par les guerres et les maladies... Contrôlé par un dictateur que l'on nomme « *Le Tyran* ». Je suis ce que l'on appelle « *un Zerkane* », né sur la planète Zerk. Cette planète que tu vois ici est la mienne, rongée depuis des années par des dirigeants ne sachant pas comment la remettre sur le droit chemin. Lorsque le Tyran est arrivé au pouvoir, il a oppressé un bon nombre de citoyens, tués des enfants, des femmes et des hommes au nom des Zerkanes... Mais nous n'étions tout simplement pas de son côté. Alors, j'ai décidé de

créer une alliance, avec des amis, des gens qui ont souffert, ont perdu leurs familles, leurs enfants et leurs vies à cause de ce dictateur. Nous sommes la Résistance Yuri.
— Mais... Qu'est-ce que je viens faire dans votre histoire ? demandai-je intrigué. J'ai jamais demandé à faire partie de ça, je suis un Terrien moi.
— Justement, tu es la solution Yuri, la clé pour éviter notre extinction, répondit-il en me regardant intensément avant de tourner ses yeux de nouveau vers Zerk. Nous avons voyagé durant des années dans l'espace, essayant de trouver un être capable de supporter nos tests, nos épreuves... Tout le monde a échoué, les sujets que nous avons eus nous ont lâchés ou ont sombré dans... La folie... Personne jusqu'ici n'a encore été capable de supporter ce qu'on leur donnait. Mais quand nous t'avons trouvé... Nous t'avons étudié pendant de très très longues années... Cela nous est apparu comme une évidence Yuri, c'était toi la solution ! Quand nous avions décidé de te parler, il y a des années de cela, ta mère n'était pas d'accord et pour lui éviter un bon nombre de soucis... Nous avons décidé...
— De nous effacer la mémoire, déclarai-je en comprenant soudainement.
— Et de faire des tests... Exactement Yuri. Nous t'avons fait subir des tests. Durant ton sommeil nous t'avons fait voyager avec nous, nous t'avons

> changé !
> — J'ai eu des expériences bizarres ces derniers temps...
> — C'est enfin apparu Yuri ! Tu es le premier et le seul à réussir cela, à endurer ces dons sans effets secondaires. Tu es un miracle ! Tu es... Un héros.

Lorsqu'il m'annonça cela, un éclair apparut en moi, comme un flash... Ses paroles résonnaient, j'étais un héros.
Étrangement, ce qu'il me disait commençait sérieusement à me faire flipper, je n'étais de toute évidence pas prêt et l'idée d'être un héros à 17 ans, alors que je n'avais encore rien fait de ma vie, que je me contentais juste d'aller en cours, de parler à mes amis et... De revendre de la drogue de temps en temps pour alléger les idées suicidaires de ma mère... Cette idée me remplissait d'effroi.
Plus il m'expliquait son histoire, plus je commençais à bouillir, à sentir des sueurs froides couler le long de ma nuque, je ne souhaitais qu'une chose : vivre ma vie comme un terrien normal et non pas comme un guerrier de l'espace qui s'amuse à sauver un peuple qui n'est même pas le sien.

> — Mais pourquoi moi ? dis-je soudainement en repensant à toute ma vie. Il y en a tellement des terriens, pourquoi moi ? Il y en a qui... Qui peuvent voler avec des tornades... C'est passé aux infos tout à l'heure... Je suis pas unique et... Je ne veux pas l'être monsieur. Je ne veux que vivre

normalement... Je n'ai jamais demandé tout ça.
- Ne vois-tu pas Yuri ? rétorqua-t-il en s'approchant de moi. Toutes ces merveilles que tu peux accomplir maintenant ? Tu es spécial, tu verras très bientôt encore d'autres aptitudes se manifester en toi... Cela fait de toi un être supérieur ! Tu as beaucoup trop souffert de la mort de tes proches, toi seul peut comprendre... Toi seul peut... Sauver notre peuple.
- Mais à quel prix ? C'est quoi les sacrifices ? Je suis pas débile non plus j'ai pas dix ans, je sais qu'il y a des choix à faire...
- Il va te falloir abandonner ceux que tu aimes Yuri, tu n'as pas le choix, c'est une question de temps désormais... Tu es notre création, tu nous appartiens et tu dois abandonner ta mère.
- Jamais ! Non mais vous êtes malades ou quoi ?! Tu crois vraiment que parce que vous avez fait de moi votre petit chien de laboratoire, à tester sur moi tout un tas de trucs dont je n'ai aucune connaissance... Tu crois vraiment que je vous appartiens ? Regarde-moi bien dans les yeux quand je parle... Je... Je ne quitterais pas ma planète, encore moins ma mère pour vous, je resterai auprès d'elle jusqu'à ma mort.
- Tel est ton choix Yuri, telle est ta façon de penser.

Le chef fit un signe de la main à son collègue assis.

- Ramenez-nous sur Terre, exigea-t-il.

On réapparut sur Terre, pile au milieu du champ à l'herbe brûlée qui n'attendait que mon retour.

— Je te laisse le choix, dit le chef après m'avoir amené vers la porte de sortie. Soit tu restes avec nous et nous t'apprenons à maîtriser tes pouvoirs, à devenir la meilleure version de toi-même et à accomplir des miracles, soit tu retournes vivre ta vie, profiter de ta mère tant qu'il en est encore temps.
— Je... Je crois que la question... Ne se pose pas, répondis-je fermement.
— Très bien, affirma le chef avant d'ouvrir la porte par laquelle j'étais entré quelques minutes plus tôt. Alors bonne continuation à toi Yuri, et bonne nuit.

Je contemplai le champ qui n'était qu'à quelques mètres en bas, puis me retournai vers le chef.
Je ne savais pas si c'était le bon choix, mais de nature têtu je décidai de bondir hors du vaisseau.
Lorsque je me retournai pour admirer le véhicule volant, ce dernier ne resta en l'air que quelques maigres secondes avant de disparaître en un éclair entre les nuages.
J'étais seul, dans le noir le plus total, congelé par le froid de la nuit qui faisait sortir de ma bouche de la vapeur chaude comme le faisait un feu de camp.

Je grelottais et tremblais et repassai par le jardin en escaladant la clôture avant de me diriger vers ma chambre.
Je peinais à escalader la toiture, heureusement qu'une des poubelles était là pour m'aider à monter en soutenant mon poids de toutes ses forces.
Je plongeai dans mon lit en repensant à toutes ces absurdités dont faisaient preuve ces Zerkanes.
Comment avaient-ils pu penser que j'allais abandonner ma pauvre mère, elle qui s'était battue toute sa vie pour m'élever sans mon père, pour venir en France afin de m'offrir la meilleure vie en sacrifiant la sienne dans les bouteilles de rhum qui s'accumulaient autour de son cadavre le soir.
Elle n'avait sûrement rien entendu de mon départ et de ma rencontre avec ces aliens dépourvus de bon sens et dormait sans aucun doute à poings fermés.
La nuit allait être longue, moi qui observais le ciel du haut de ma chambre afin d'être à l'affût de chaque mouvement qu'une étoile faisait.

4.

Une semaine plus tard, j'avais déjà pris pleinement conscience de mes pouvoirs et j'avais découvert d'autres aptitudes qui me permettaient de subvenir à mes besoins et à ceux de ma mère.

Malgré mes conseils et mes envies de la voir remonter la pente, elle n'arrivait pas à tourner la page et se noyait de manière maladive dans l'alcool et la cigarette.

Le salon, et plus précisément le canapé, empestait le tabac froid qui me donnait mal à la tête et me lançait des remontées nauséeuses.

Plusieurs fois dans la semaine il m'arrivait d'utiliser mes pouvoirs, et plus particulièrement ma capacité à me déplacer si vite que l'espace-temps en était modifié, afin de voler de la nourriture, des vivres au supermarché du coin.

Les caméras de sécurité ne pouvaient même pas me remarquer à la vitesse où j'allais.

J'avais aussi découvert, un soir en ayant envie d'escalader le toit pour revoir ces Zerkanes qui ne s'étaient plus jamais montrés, que je possédais la faculté de voler.

Mais malheureusement, tout cela n'était pas sans conséquences car si j'utilisais trop intensément mes pouvoirs et surtout ma super-vitesse, cela me désagrégeait mes organes à un tel point que j'en crachais du sang et que je pouvais sans aucun doute mourir si j'allais trop loin.

Lorsque je courais, j'avais cette étrange impression de peser dix fois plus lourd que d'habitude, comme si ma masse augmentait considérablement au rythme de la vitesse que je prenais.

Malgré mes pouvoirs, ma vie ne s'était pas du tout améliorée, loin de là.

Surtout en voyant ma mère dans cet état ce qui me donnait envie de déplacer des montagnes pour elle mais... Pour un adolescent de dix-sept ans, je ne pouvais rien faire d'autre qu'étudier afin d'être le meilleur.

Malheureusement, j'avais énormément de mal à tenir le coup et mes notes baissaient au fur et à mesure que le temps passait.

Je vendais toujours de la drogue aux plus jeunes élèves à la sortie des cours, les collégiens étaient les plus demandeurs car trop envieux d'expérimenter de nouvelles choses.

Bien sûr, mes quelques amis, notamment Tristan et Ben, m'aidaient à m'en sortir financièrement en me prêtant un peu d'argent de poche de temps en temps.

Je devais être davantage rentable dans mes ventes de stupéfiants afin de leur rendre la pareille.

Un soir, alors que je sortais des cours et que j'allais commencer mon petit business, des policiers qui tournaient autour du bâtiment scolaire m'arrêtèrent.

> — Bonjour Monsieur, petit contrôle, rien de grave, affirma un homme imposant, les cheveux très courts et châtain foncé. Est-ce que vous pouvez ouvrir votre sac s'il vous plaît ?
> — Euh... Ouais, pourquoi ? dis-je si surpris que je n'avais même pas pensé à me justifier de quoi que ce soit.

Malheureusement pour moi, je n'avais jamais pensé à ce que les flics se pointent ici.
J'avais toujours ma consommation cachée dans mon manteau que je portais mais là, ils me prenaient au dépourvu.
Après avoir vérifié mon sac, les policiers décidèrent d'effectuer une fouille corporelle et tâtèrent mon corps entier.

> — Vous ne consommez pas de drogue ? demanda le policier qui me fouillait.
> — Non... Non pas du tout.
> — Pas d'alcool non plus ?
> — Non.
> — Je peux regarder les poches intérieures ?

Et là, ce fut la question piège, que je ne pouvais pas contrecarrer.
Cet homme souhaitait regarder pile à l'endroit où ma consommation se trouvait et je n'avais qu'une seule

solution : fuir.

Je pris alors mes jambes à mon cou et usai de mes pouvoirs afin de déguerpir de là en vitesse.

Je savais qui était la balance dans cette histoire, quelqu'un qui était au courant de ma vie privée, de mes problèmes, de ma vente de stupéfiants... Ce n'était pas Ben car il en revendait également et n'allait pas se permettre de me balancer au risque de se compromettre.

Ça ne pouvait être qu'une seule personne : Tristan. Et je savais où il habitait.

Je me rendis chez lui sans attendre et en un claquement de doigts j'étais arrivé devant une belle maison bourgeoise, aux fenêtres respirant le luxe.

Une allée remplit de fleurs toutes plus chères les unes que les autres accompagnées d'un caniche noir fêtèrent mon arrivée.

J'avais repéré sa chambre, qui devait être celle entourée de posters de films de science-fiction. Une lumière jaunâtre à vomir éclairait la pièce et une forme humaine glissait sur les murs bleu ciel.

Je volai jusqu'à sa chambre et éclatai la fenêtre avec mes pouvoirs, effectuant une entrée fracassante qui le fit tomber à terre.

Ses mains faibles de traître heurtèrent le sol et rattrapèrent son poids, lui qui possédait un bide à bière à seulement dix-sept ans. Quelle honte.

J'étais dégoûté de lui.

> — Alors... Comme ça on me trahit en me balançant aux flics ? dis-je en avançant vers lui.

> — C'est pas ce que tu crois... C'est les profs... Ils m'ont menacé ! s'exclama Tristan en rampant presque sur le sol pour m'échapper.
> — Ouais ouais... Et t'as balancé qui d'autre hein ? Ça t'amuse de trahir tes potes ?
> — Je voulais pas le faire je te jure !

Je n'en étais pas si sûr, je savais qu'il cachait bien son jeu et qu'au fond, il souhaitait juste me nuire.
Tristan se releva soudainement, partant aussitôt jusqu'à sa porte pour s'enfuir et me laisser seul face à moi-même mais c'était sans compter mes pouvoirs.
Je posai ma main sur la porte, retenant sa frêle force qui n'arrivait même pas à entrouvrir cette dernière.

> — Je vais devoir t'apprendre les bonnes manières apparemment Tristan... Puisque tes parents ont mal fait ton éducation, affirmai-je avec un sourire au coin des lèvres avant de le frapper au visage.

Mon coup fut si fort qu'il emporta Tristan droit dans le mur. Lorsqu'il reprit ses esprits, il comprit qu'il pouvait dire au revoir à son nez dorénavant cassé.

> — Attends attends... Je peux... Je peux tout t'expliquer !

Il avait beau dire ce qu'il voulait, ma décision était déjà prise. À cause de son erreur, j'allais peut-être me diriger en prison et laisser ma mère seule et noyée de tristesse...

Elle aurait été brisée en morceaux.
J'empoignai mon ancien ami par son t-shirt et lui assénai plusieurs coups de poing dans son visage jusqu'à lui ouvrir le crâne.
Soudain, alors que j'allais le réduire en miettes, des sirènes de police retentirent et m'arrêtèrent instantanément.
Ils se tenaient devant la maison, à attendre que je sorte pour m'abattre.
Ah Tristan... Il savait que j'allais venir pour lui... Que j'allais lui faire mordre la poussière, alors il a appelé les flics...
Je sautai du haut du premier étage, me brisant un des os de ma jambe droite en m'écrasant sur le sol.
Heureusement, il se solidifia de nouveau en quelques secondes et me permit de me sauver dans une mince ruelle sombre plongée dans les ténèbres.
Alors que j'étais en train de courir de toutes mes forces, un violent flash bleu aveugla mes rétines et m'empêcha de continuer.
Cette attaque, je ne l'avais pas vue venir.
Je m'écroulai sur le sol en tremblant, désemparé par la ruse dont le policier en moto avait fait preuve.

— On sait que t'as des pouvoirs ! T'es en état d'arrestation !

Je ne sais pas comment, mais de toute évidence ils étaient au courant que je pouvais courir très vite et l'un d'eux m'avait très bien visé et avait réussi à me transpercer la

peau avec un taser afin de m'immobiliser.
Ils m'endormirent avec une piqûre, me laissant avec les paupières lourdes, la tête écrasée contre le béton froid et humide.

— Bon... Alors Monsieur Yuri Santana... dit un enquêteur venu dans la salle d'interrogatoire et claquant un dossier sur la table.
— Ouais c'est bien moi, répondis-je en regardant le sol.
— Tu sais pourquoi t'es là ?
— Laissez-moi deviner... Non ?
— Tu devrais... Vols en tout genre dans des supermarchés, revente de stupéfiants... Ça te dit rien ?

Je ne répondis pas.

— C'est moche ce que tu lui as fait à ton pote... Ça va alourdir ta peine, ajouta-t-il en s'asseyant devant moi.
— Il le méritait, rétorquai-je dans une colère passive.
— Alors... Je peux te proposer un truc.
— Allez-y toujours pour voir.
— Pour ce que t'as fait ce soir... On peut rien y faire... Tu vas devoir comparaître devant un juge... Tu n'iras peut-être pas en prison avec de la chance mais... On peut alléger un peu tout ça, en tout cas pour tes vols, ta vente de drogue.

— Ouais...
— Si tu me dis qui te fournit, tu t'en tireras juste avec quelques travaux d'intérêt pour redorer... ta réputation...
— Vous croyez vraiment que je suis comme les autres ? Je suis pas une balance désolé.
— Allez... Yuri réfléchis bien... Réfléchis... Tu crois vraiment que ta mère serait fière de ce que tu fais en dehors des cours ? Tu crois qu'elle réagirait comment si elle venait à apprendre que tu voles et que tu deales de la drogue ?
— C'est pour elle que je le fais d'accord ?! Si je le fais pas on finit à la rue, elle peut plus rien payer, elle a été licenciée et elle n'arrive pas à retrouver un travail ! J'essaie de l'aider comme je peux !
— C'est pour ça que je suis là Yuri, je peux t'offrir ce que tu souhaites, en échange de quelques contacts.

Je ne savais plus quoi faire, je pensais à ma mère et plus j'y pensais, plus mes émotions semblaient se mélanger, mes pensées se heurtèrent entre elles et ne devinrent plus qu'un vulgaire gribouillis sur une feuille de papier déchirée.

— Yuri... Repense à ce que tu peux perdre si tu ne fais rien, et pense à ce que tu peux gagner... Si seulement tu me files un nom, une adresse... Quelque chose de solide.
— Je...

— Si tu ne fais rien... Je ne pourrai rien pour toi et tu devras aller en prison... Ta mère ne s'en sortira pas sans toi, sans ton aide.

Décidément, quand j'y repense... Ils avaient le don pour convaincre les gens ces policiers.

— Karim Hamrine, il se fait appeler « *l'émoticône* », annonçai-je soudainement en repensant à ma mère. Je l'ai jamais vu mais à ce qu'on m'a dit il est dans un HLM abandonné.
— L'émoticône ? questionna l'enquêteur intrigué.
— On l'appelle comme ça parce que ceux qui l'ont vu n'ont pu qu'apercevoir son masque... Un masque connecté à son cerveau, à ses émotions, et qui matérialise un smiley différent à chaque sentiment que son cerveau lui procure.
— D'accord... Tu peux m'en dire un peu plus sur son physique ?
— Impossible... Je l'ai jamais vu, je connais juste ses partenaires qui me refourguent de la drogue et j'ai jamais été dans l'endroit où il crèche.
— Très bien... Bon... Merci pour ces informations, elles nous seront très utiles pour la suite.

Je me souviens avoir attendu des heures avant que ma mère débarque en pleure afin de me récupérer au commissariat.
Sur la route du retour, personne n'osait parler entre nous deux, elle était juste sous le choc.

Malgré tout, alors qu'on passait sur une route sinueuse aux abords d'un ravin, contournant une grande montagne, ma mère commença à parler.

— Me... Me refais plus jamais ça, dit ma mère les larmes aux yeux.
— Oh ça va c'est bon... Tu vas pas t'y mettre toi aussi, répondis-je en colère.
— Comment ça je vais pas m'y mettre ? Non mais tu me parles sur un autre ton !
— Ouais... Pardon.
— Tu vends de la drogue toi maintenant ? Je t'ai jamais appris comme ça.

Je restai silencieux car au fond, j'avais tellement à lui reprocher qu'elle n'arriverait pas à tout encaisser.

— Tu pourrais me répondre quand je te parle Yuri, ajouta-t-elle en me regardant quelques secondes.
— Ouais bah c'est bon on peut juste arrêter d'en parler ? Ouais je sais j'ai fait une connerie maintenant roule et... voilà.
— Comment on va me voir moi maintenant dans le village ? J'ai un fils dealeur... Non mais t'imagines la honte que c'est ! Tu crois que ton père serait fier de toi ?
— C'est bon, parle pas de papa.
— Pourquoi ?
— Parce que.

- Tu devrais avoir honte... Et ton copain ? T'as vu au moins dans quel état tu l'as laissé ? Il est à l'hôpital avec sa maman pour se faire recoudre tout le visage...
- Et toi, tu crois que papa serait fier de toi ?
- Quoi ?
- Oh t'as très bien entendu !

Ma mère me regarda encore, mais cette fois avec des yeux froids et méchants, avant de se concentrer de nouveau sur la route assez dangereuse.

- Tu passes ton temps à picoler... ajoutai-je en regardant mes pieds. C'est pour toi que je fais ça, depuis que t'as perdu ton boulot.
- Et bah je t'ai jamais demandé de faire ça, j'ai pas envie d'avoir un dealeur à la maison !
- Tu crois que c'est bien pour moi de te voir comme ça ? Maman ça fait sept ans que t'es comme ça ! Change un peu, essaye de tourner la page, d'avancer !
- C'est trop compliqué tu comprends ça Yuri ? Bien sûr que non tu peux pas comprendre... T'es trop jeune.
- Arrête de dire que je suis trop jeune ! À chaque fois tu dis ça, je suis pas trop jeune ! Tu passes tes soirées à boire des bouteilles de rhum, à fumer des cigarettes qui te détruisent les poumons ! Chaque soir quand je rentre des cours je te vois dans le

canapé, allongée avec une bouteille à la main. J'en peux plus moi ! T'es ma mère bordel pas une sdf ! Tu peux tout faire si tu le veux mais tu préfères te morfondre en regardant tes anciennes photos avec papa... Je te signale que j'ai vécu les mêmes choses que toi alors je peux comprendre et je comprends ! Tout ça je le fais pour toi, je ramène de la nourriture, je suis obligé de voler dans les magasins, de vendre de la drogue pour éviter qu'on finisse à la rue ! Alors à un moment au lieu de tout me reprocher, sors la tête de l'eau, avance et refais des efforts... Parce que moi j'vais pas en faire éternellement.
— C'est... C'est quoi ça ? annonça ma mère intriguée.

Là, dans la nuit, entre les arbres morts se reflétait une lueur blanche qui nous aveugla ma mère et moi.
Elle avançait face à nous à une vitesse affolante, menaçant de nous détruire.
J'espérais que ce soit les Zerkanes, revenant d'un long voyage, mais j'avais un gros doute.
Ma mère fit des appels de phare en essayant de freiner mais son pied glissa hors du frein, nous empêchant alors de nous mettre en sécurité.
Soudain, elle klaxonna en appuyant de toutes ses forces sur le volant alors que cette lumière hypnotisante vint devant nous.
Tout à coup, alors que j'avais mis ma main devant la lueur pour en saisir la source, un pare-choc se dévoila, naissant d'entre la brume épaisse.

Il était bien trop tard, ma mère klaxonnait encore et encore mais on ne pouvait plus reculer devant l'inéluctable.

Parfois, lorsque le destin décide de nous envoyer une pierre, on ne peut rien faire pour l'éviter, il est de notre devoir de l'accepter.

Même si c'est très dur.

Cette voiture, qui arrivait à une centaine de kilomètres à l'heure alors que la route était limitée à cinquante, heurta de plein fouet l'avant de notre véhicule. Ma mère avait tourné le volant pour essayer d'éviter un accident mais l'astre qui avait toujours protégé notre famille jusqu'ici n'avait pas décidé de pointer le bout de son nez ce soir-là. Vous vous souvenez d'un petit détail lors de ma description de la route ? Un détail très important qui mérite que l'on revienne dessus le temps d'une ligne, le temps de quelques mots… Le ravin.

Ce ravin qui nous entourait nous avait ouvert les bras afin de nous accueillir comme il se doit.

Alors, tandis que mes yeux s'ouvrirent grandement, que ma bouche se tordit dans tous les sens afin d'hurler à en faire sortir un démon, notre voiture et celle qui nous avait percutés foncèrent dans le ravin, tombant alors dans un vide tétanisant de quelques mètres de haut.

On atterrit sur le sol quelques longues secondes plus tard et je sentis mes organes frapper le bas de mon ventre à s'en extraire par le sphincter. Mes joues s'écrasèrent au rythme des tonneaux que l'on effectuait, des roches grises détruisirent la carrosserie avec une violence inégalée.

La voiture se retourna dans tous les sens et mon crâne s'éclata contre mon carreau alors que, de mon oreille gauche, j'entendis ma mère crier et pleurnicher.
J'ouvris les yeux après un petit temps à prier les dieux et contemplai cet arbre immense, vieux de plusieurs siècles sans doutes.
Notre véhicule termina sa course contre ce sapin, quelques branches transpercèrent le moteur et le pare-brise et une d'elles vint me trouer le cœur, me faisant perdre connaissance.
Lorsque mon corps eut fini de puiser dans ses réserves pour m'amener l'énergie nécessaire à mon réveil, mes lourdes paupières s'écartèrent afin de me donner la vue.
Je respirais, haletant afin de récupérer de l'oxygène, tandis que mon cœur saignant peinait à battre. Je descendis mon regard vers cette branche qui avait croisé mon chemin et l'enlevai en tirant dessus.
Je touchai mon corps, essayant de savoir si rien d'autre n'avait besoin de soins urgents, et fus frappé par l'idée de regarder si ma mère allait bien.
Mes yeux glissèrent le long du tableau de bord avant de s'arrêter net, eux qui furent immédiatement noyés d'eau, à la vue de celle qui m'avait donné la vie.

5.

$\mathcal{M}$a mère était assise péniblement et ne bougeait plus.

Ses yeux étaient devenus opaques, vidés de tout sens, son esprit aspiré par l'au-delà ne les animait plus.
Je pleurai en admirant ma pauvre mère, elle qui avait la tête penchée de mon côté, me regardant peut-être une dernière fois.
Une immense branche avait réduit le pare-brise en morceaux et s'était immiscée dans le crâne de ma mère, dont quelques bouts de cervelle tombaient au sol après avoir glissé le long du bout de bois.

— Oh non pitié pas ça ! Non non...

Aucune autre idée que celle de sortir d'ici me heurta. J'enfonçai ma porte et courus vers celle de ma mère afin de l'arracher.

— Maman s'il te plaît réponds-moi ! Tu dors juste c'est pas possible... dis-je en secouant ma mère pour essayer de la réveiller.

Vous savez, messieurs dames, lorsque l'on vit une telle épreuve, notre cerveau, remplit d'idées qui paraissent avec le temps idiotes, agit étrangement. On s'étonne en voyant quelqu'un secouer un mort, pour le tirer du sommeil, pour le faire revenir à la vie. Mais avec du recul, on sait que c'était juste la marque du désespoir.
Cette nuit-là, je ressentis la pire douleur de toute mon existence. Pour vous dire, ma mère était tout pour moi, mon refuge et l'un des derniers souvenirs encore en vie de mon enfance avec mon père. Sans elle dans ma vie, rien n'allait plus se passer comme avant.
J'allais peut-être devenir la pire version de moi-même.
On peut comprendre un être humain que lorsque l'on sait ce qu'il a traversé dans sa vie.
Et bien vous savez désormais.

> — Pitié Maman... Maman... Je peux pas... annonçai-je en pleurant toutes les larmes de mon corps et en me mettant à genoux face à la voiture, prenant entre mes mains celle de ma mère qui devenait froide et raide.

J'étais, les genoux sur l'herbe mouillée, en train de hurler aux cieux qu'on arrête ma vie, qu'on en finisse avec la mienne afin que je puisse, dans un ultime souffle de vie, rejoindre mes parents pour toujours.
Je n'avais plus rien, plus rien du tout... J'avais perdu tous ceux que j'aimais, tous ceux qui m'étaient chers.

— Je peux pas sans toi... Je pourrais pas tenir sans toi... Pas toi, pas après papa... ajoutai-je en laissant tomber des larmes chaudes sur la main de ma mère. Tu peux pas me laisser putain ! Maman !!

Je me mis debout en secouant encore une fois son corps.

— S'il-vous-plaît ! Les Zerkanes... Je vous en conjure... Ramenez-la !! Ramenez-la putain ! Ramenez-la... Ramenez-la.

Je tombai une fois de plus à genoux, commençant à comprendre, grâce au silence de la nuit, que personne n'allait venir pour accomplir mon souhait.

— Je veux pas te perdre maman, continuai-je calmement en faisant un bisou sur sa main. Pas toi... Pas encore... Pitié... Par pitié tout mais pas ça, j'ai déjà perdu papa... Je veux pas te perdre. Je t'aime trop... Je pourrais jamais tenir... Bordel pourquoi moi ?! Pourquoi... Je t'en prie Dieu arrête tout ça... J'en peux plus... C'est pas possible... C'est un cauchemar...

Alors que j'étais en train de sentir mon cœur se détruire, se réduire en poussière, que mes yeux gonflaient et devenaient rouge, s'accompagnant d'une grosse migraine, une voix résonna entre les arbres.
C'était un homme qui se réveillait... Dans l'autre voiture qui avait causé cet accident.

Moi, remplis d'une colère inexprimable avec les mots ou les images, je levai mes yeux vers ce son qui allait dicter mes pas durant les prochaines secondes.

Je marchai en direction de la voiture, que je pensais reconnaître... Cette Renault Mégane verte dégueulasse, d'une couleur kaki à s'en faire vomir de la bile, cette voix d'homme qui grognait en se réveillant...

J'arrachai la portière conducteur, admirant que celui qui avait conduit ma mère vers ses derniers instants de vie n'était autre que mon voisin.

Lui qui revenait déchiré, reprenant le volant en état d'ébriété au moins une fois par semaine, avait détruit toute ma vie.

Il était encore accompagné de sa fidèle femme qui avait le crâne ouvert en deux et pleurait en admirant son épaule déchiquetée. Derrière se trouvaient deux autres hommes que je ne connaissais pas mais qui dormaient encore.

— Toi...

Je pris cet homme, ce Julien, par son pull et le jeta sur l'herbe. Son crâne frappa une pierre qui fut immédiatement couverte de son sang noir.

— Non attends ! dit-il en mettant sa main face à lui comme pour se protéger.

Sa main ne le protégera pas.

Je l'étouffai de tout mon poids et lui dirigeai quelques droites, usant de ma force titanesque, et arracha des bouts de son visage à chaque frappe.

Soudain, alors que j'allais utiliser ma super-vitesse pour lui arracher le crâne et lui détruire sa vie comme il l'avait fait avec celle de ma mère, une intense lumière venant du ciel m'entoura.

Je perdis le contrôle de mon corps, je savais qui cela était. Ils n'allaient pas m'arrêter cette fois, je ne le voulais pas.

La gravité n'avait subitement plus d'effet sur moi et je décollai en agrippant encore mon ennemi, tel un lion entourant sa proie avec ses griffes.

Malheureusement, de mes yeux troublés de larmes, je vis ma main se détacher du pull de cet enfoiré.

Il atterrit sur le sol avec souffrance, se tenant le visage en hurlant et en gigotant comme une limace.

Et moi, je criai, je hurlai à en perdre la voix et priai que ces satanés Zerkanes me laissent accomplir mon vœux le plus cher à mes yeux.

Cette lueur m'emmena loin dans le ciel, alors que j'avais encore ma main pointée vers mon ennemi et que je m'arrachais les cordes vocales en pleurant.

Mon corps se posa dans le vaisseau des Zerkanes et la porte se referma sous mon regard catastrophé.

Le chef des résistants, se tenant derrière moi avec ses mains dans son dos, me regarda sans aucune émotion.

Je dirigeai mes yeux vers les siens, implorant par la vue qu'on me redonne la chance de me venger mais personne ne répondit à mon appel.

Ce soir-là, je sortis de l'atmosphère terrestre, me dirigeant contre mon gré vers une autre galaxie, vers une autre vie que je ne voulais pas.
Ce soir-là, je n'ai jamais pu venger la mort de ma mère.
Ce soir-là, je suis devenu un autre homme.

6.

Année 7614 sur Yorunghem 80-C (équivalent à l'année 2022 sur Terre).

— est bon tu l'as ?

— Tu me prends pour qui ? Bien sûr que je l'ai et il est juste devant moi, répondis-je à *Gavrol* dans mon oreillette.

Cette ordure de criminel n'allait pas tenir plus longtemps face à moi. J'étais le plus grand chasseur de primes de l'histoire de *Yorunghem* et il n'allait pas me faire honte.

— Alors, on décide de se rendre ou ça se passe comment ? annonçai-je en regardant mon ennemi à travers mon masque.
— Si tu crois que je vais me rendre, tu te mets le doigt dans le cul, profondément, *Jörkenheim*... rétorqua-t-il d'un ton violent et moqueur.

Cet idiot se foutait grandement de ma gueule et Dieu sait que je n'avais pas assez de patience pour encaisser autant d'insultes de sa part. Surtout quand on m'appelle par le pire surnom qui puisse exister : Jörkenheim.

Il était trop tard pour lui, trop tard pour reculer face à ce qui l'attendait.

Je comptais bien lui offrir un aller simple pour qu'il rencontre Satan et qu'il lui passe le bonjour de ma part.

Alors qu'il me regardait intensément avec un léger sourire sur le coin des lèvres, ce qui était d'ailleurs assez pour m'énerver, j'utilisai ma super-vitesse pour me rendre à quelques centimètres de son visage.

Quand j'usais de cette capacité, le temps se ralentissait d'une manière assez étonnante, ce qui me permettait d'observer chez ce salaud de violeur les cicatrices qu'il avait sur sa joue gauche.

Ah... D'ailleurs, il ne possédait pas des yeux comme moi, des yeux humains.

Ils avaient été remplacés par des prothèses mécaniques d'une technologie très avancée.

On ne faisait pas les choses à moitié sur Yorunghem 80-C... Quand tu avais un bras détruit, une jambe brisée en mille morceaux, les médecins ne s'amusaient pas à te recoudre, non... Ils t'amputaient et te proscrivaient des prothèses très intelligentes, connectées au réseau internet et d'une grande puissance.

Puisque j'en suis à ce stade, autant vous dévoiler également pourquoi je me tenais ici devant ce bel homme à la chevelure brune longue et soyeuse.

Cet homme, si l'on peut l'appeler comme ça parce qu'entre nous je dirais que c'est plus une mauviette qu'autre chose...

Cet « homme » se prénommait *Loktam Merkasse*, c'était un

Yorune d'une quarantaine d'années, père de famille, marié à une somptueuse blondasse que j'ai déjà caressé plus d'une fois... Si vous voyez ce que je veux dire.
Je sais que c'est pas très bien mais... Bon... Écoutez... On fait tous des erreurs d'accord ?
Je travaillais pour une agence contre le crime qui s'appelait la « *Mofkar* » et j'étais chasseur de primes à mes heures perdues. Mes pouvoirs, mon agilité et mon charisme prédominant faisaient de moi l'un des éléments les plus solides de l'agence.
Mon patron m'avait appelé pour une mission d'une haute importance : Un violeur, pédophile et tueur en série Yorune que l'on recherchait depuis des années venait de refaire surface dans un marché au sud d'une petite ville.
Je faisais équipe avec Gavrol, ma plus fidèle collègue, toujours là pour moi, pour me remettre dans le droit chemin quand j'allais un peu trop loin dans mes actes.
Mon patron, Vekosse, m'avait demandé de ramener la cible vivante si cela était possible bien évidemment.

- Yuri qu'est-ce que tu fous bordel ? me cria Gavrol dans mon oreille.
- Merde euh... Ouais... Excuse, j'étais dans mes pensées.

Je regardai soudainement ce criminel et, d'un seul geste, ma main attrapa son cou comme pour l'étrangler.
Je faisais attention à ne pas lui faire trop de mal car je ne sentais pas toujours ma force.

- Écoute-moi bien...
- Tu vas faire quoi hein ? dit brusquement Loktam en me coupant la parole
- Je vais t'arrêter, ça paraît logique non ?
- Pfff... T'as aucune couille, tu vas me laisser partir gentiment et faire aucune histoire.

Le violeur retira doucement ma main de sa gorge, j'étais à l'ouest, je pensais à un autre détail.
Bordel j'ai pas fermé les portes de ma caisse tout à l'heure... Et si on me la volait ? Et si on s'amusait à faire des tours au dessus de la ville avec avant de me la détruire en fonçant dans un immeuble ? Et si... Et si on découvrait que je cachais le corps d'un vieux, ivre mort, dans le coffre ?
Pas d'inquiétudes, je rigolais pour la dernière chose...

- Toi, dis-je en reprenant le contrôle de son cou au travers de ma main droite, tu vas moins faire le malin quand tu vas voir que j'ai des couilles.
- Ah ouais ? Bah vas-y montre les moi... répliqua l'assassin avec un regard étrange... Presque sensuel.
- Non mais... Je parlais pas dans ce sens-là... Ah t'es vraiment dégueu toi ma parole t'as un problème.

Avec un profond dégoût qui me fit presque vomir dans mon masque, je jetai mon adversaire sur le sol à quelques mètres de moi.
Cet imbécile se claqua violemment la tête mais se releva

presque immédiatement après avoir remarqué qu'une moto entrait dans son champ de vision et s'approchait de nous.

— Non, n'y pense pas une seconde... Non !

J'avais beau lui ordonner de rester en place, il n'écouta pas et éjecta le conducteur hors du véhicule avant de s'enfuir à travers le marché.
Je me retournai immédiatement en direction d'une maison en haussant les bras en guise d'incompréhension.

— Qu'est ce que tu veux que je te dise ? Tu l'as laissé s'enfuir, c'est pas moi qui ai des pouvoirs... Ducon.
— Oh ça va... Je lui laisse un peu d'avance sinon on va encore se plaindre que je me la raconte trop, rétorquai-je à Gavrol.
— Qui a dit ça que je lui coupe les bourses ?
— Wow !! Doucement Gav qu'est ce que t'es vulgaire bordel... Pour une femme... Non mais j'hallucine...

Un long silence pointa le bout de son nez et régna en maître durant trois longues secondes.

— C'est Szalmon, annonçai-je avant de m'envoler dans le ciel.

Mon erreur a été de le laisser partir, de le laisser avancer alors que je parlais avec Gavrol.
Je pensais pourtant pouvoir le rattraper facilement mais

plus je m'enfonçais dans le marché, plus je perdais espoir de le voir réapparaître.

Je remis le pied sur le sol afin de demander à des civils s'ils n'avaient pas aperçu un homme ragoûtant à bord d'une moto et conduisant très dangereusement mais personne ne me répondit favorablement.

Jusqu'à ce que, miraculeusement, je vis des oiseaux s'envoler brusquement, partant du marché vers le ciel bleu clair azur, à quelques kilomètres de moi.

Ce vilain petit canard avait réussi à s'éloigner fortement de ma personne, mais plus pour très longtemps.

— Je prends ma voiture pour te suivre, tu vas trop vite, dit Gavrol à l'oreillette.
— C'est marrant, c'est ce que Julietta m'a dit l'autre fois, que j'étais un rapide, répondis-je en pensant à ma conquête d'il y a deux semaines.
— Quoi ?
— Non rien, t'as rien entendu.

Je repartis dans le ciel en direction de ce qui me semblait être la dernière position de notre malfrat préféré.

Avec un fracas sans précédent, et une ferme intention de l'emmener avec moi dans les airs, j'atterris devant sa moto.

Le pauvre Loktam ne savait pas comment faire pour m'esquiver et perdit le contrôle de son véhicule avant de s'écraser contre le stand d'un marchand de livres.

— T'as pas honte ? De détruire la culture de notre

belle planète hein ? affirmai-je d'un ton humoristique
— Tu parles trop, ajouta le pédophile.

Je me tus quelques instants en voyant que mon ennemi se relevait en serrant ses poings et en montant sa garde.

— Allons, tu vas quand-même pas te battre ? On peut finir ça facilement, je t'emmène avec moi et on en parle plus, repris-je.
— Jamais je te laisserai m'attraper... Jörkenheim !
— Alors toi espèce de connard !

Je perdis immédiatement mon sang-froid, comme d'habitude, et fonçai vers lui pour lui asséner mes meilleurs coups de poings.
Il mangea, dans son visage, plusieurs droites d'une force incroyable et s'envola dans tout le marché.
Les gens couraient et se ruaient dans les maisons aux alentours afin de s'abriter, laissant leurs stands et leurs affaires étalées sur le sol.
Il y avait de tout, des armes, des couteaux et des sabres, des livres et des peintures...
Soudain, alors que j'esquivais ses frappes, mon adversaire bondit sur un « *Dézyntégrator H-4* », une arme redoutable qui avait la capacité de réduire en bouillie des hommes, femmes et enfants.
Cette arme avait servi à des soldats entraînés afin de gagner plusieurs grandes guerres mondiales.
Pour faire simple, si on s'en servait sur quelqu'un, il ne

restait de lui que certains de ses os.

— Loktam écoute... On n'est pas obligé d'en...

Mes paroles furent interrompues par un tremblement immense qui parcourut l'entièreté de mon corps.
Je sentis mes organes vibrer jusqu'à presque sortir de mon ventre pour s'échapper de cette torture que cette enflure me faisait vivre.
L'onde de choc fut si puissante qu'elle généra un amas de poussières épais autour de moi et fit s'envoler bon nombre de stands du marché.
Certains habitants derrière moi, qui n'avaient pas pu trouvé refuge, furent découpés en lambeaux comme de la petite viande qu'un bouché hachait devant vous avant de l'emballer pour votre plus grand plaisir.
Je me protégeai le visage comme je le pouvais avec mes mains mais ma peau, mes muscles et mes terminaisons nerveuses furent désintégrées immédiatement.
Quand le désastre fut passé, j'observai mes mains, mes avants-bras... Je bougeai mes doigts... Je contemplai le chef-d'œuvre que Loktam avait accompli sur moi.
Il ne restait plus que mes os blancs et solides, mon cœur et quelques rares muscles.
Personne ne pouvait voir mon expression faciale, premièrement car il ne restait plus personne de vivant dehors si ce n'était Loktam et moi, et deuxièmement car mon masque empêchait que l'on me reconnaisse.
Pourtant, j'avais les yeux et la bouche grands ouverts, étonné de voir que j'étais encore vivant malgré l'horrible

secousse que j'avais enduré.

J'étais horrifié par le mal que Loktam avait fait. S'il était capable de faire ça sans remords, que pourrait-il faire d'encore pire ? Je me devais d'intervenir.

J'allais mettre fin à son ignoble existence qui me débectait au plus haut point.

Un sentiment de rage immense m'envahit pleinement, me faisant perdre la notion du bien et du mal.

Même Gavrol n'aurait pu m'empêcher d'accomplir ma destinée.

— Je... Tu... Tu... Déjà tu m'insultes de... De Jörkenheim... Et... Et maintenant... Maintenant ça ?

Je cessai d'observer mes mains d'os pour me concentrer sur mon adversaire.

Il tremblait et je le voyais essayer d'aligner trois mots en bégayant, il n'allait plus ouvrir la bouche de toute sa vie désormais.

— Espèce de fils de pute !! criai-je en bondissant violemment vers mon ennemi pour le faire tomber sous mon poids.

Je pensais en avoir fini avec lui mais, malheureusement, alors que j'étais encore dans le ciel et que j'allais lui tomber dessus, il attrapa un sabre qui traînait sur le sol.

L'enlever de son fourreau allait lui poser beaucoup de problèmes et je ne m'inquiétais pas de cela.

Il n'allait rien pouvoir faire et son tremblement de mains

n'allait pas l'aider

Je tendis mes bras vers lui, comme un ours tend ses pattes vers sa proie lorsqu'il court en sa direction afin de la dévorer, quand tout à coup, un bruit aiguë vint transpercer mes oreilles et mon esprit.

Une sensation étrange enveloppa mon corps durant quelques secondes, la même sensation que lorsque l'on fait glisser son doigt le long d'une feuille de papier et que l'on se coupe.

J'atterris un peu plus loin sur le sol, en gémissant et en proférant des jurons tous plus extrêmes les uns que les autres.

Lorsque j'ouvris les yeux, la moitié de mon être n'était plus de ce monde.

Il avait réussi à trancher mes jambes et je les voyais un peu plus loin sur le sol.

- Oh putain merde... Merde ! hurlai-je d'effroi en observant ce spectacle affreux qui s'offrait à mes yeux.
- T'as eu ce que tu méritais, rétorqua Loktam en laissant tomber le sabre à terre.
- Crois-moi... Tu l'emporteras pas au paradis connard !

Loktam me regarda une dernière seconde, il avait de la pitié envers moi, c'était comme s'il me méprisait et je haïssait ça.

Ce criminel sans foi ni loi se retourna et s'immobilisa soudainement, restant bouche bée face à ce qu'il voyait

face à lui.
Moi, je souriais car j'avais très bien remarqué ce qui venait d'arriver.

— Tu bouges, je t'en colle une entre tes deux yeux le robot, annonça Gavrol en mettant son flingue sur le crâne de notre ennemi.

Après avoir mis les menottes à Loktam, Gavrol s'approcha de moi en souriant, comme pour se moquer de ma situation.

— Alors je peux tout t'expliquer, laisse-moi deux minutes le temps que mes jambes repoussent et c'est bon, lui dis-je en regardant le bas de mon corps.

Heureusement, ma faculté de régénération me permit de faire renaître mes jambes de ses cendres en quelques minutes seulement.
Je pus désormais me tenir debout sans aucune difficulté après un petit temps d'attente.
Je m'approchai de Loktam, l'emmenai vers la voiture de Gavrol et attachai une corde à ses menottes pour le relier au treuil de remorquage.

— Tu fous quoi là ? me demanda Gavrol.
— C'est moi qui conduis aujourd'hui, répondis-je avec une idée bien précise en tête. On va l'emmener faire un petit tour dans les nuages.

— Attendez... Qu'est-ce que vous faites ? Arrêtez ! cria Loktam soudainement apeuré.

Je rigolai en voyant l'opportunité qui s'offrait à moi et commençai à accélérer dans le ciel.
Le corps du criminel se balançait entre les nuages et on entendait ses cris résonner dans les airs faisant s'enfuir les oiseaux qui volaient aux alentours.
J'adorais cette situation, ce contrôle que j'avais, cette façon de faire flipper les assassins, cette manière de me venger de ce qu'il m'avait fait quelques minutes plus tôt.
D'ailleurs, mon corps avait retrouvé sa parfaite forme, mes mains et mes jambes s'étaient reconstruites.

— Ça t'apprendra à me traiter de Jörkenheim ! criai-je à mon ennemi qui se balançait de droite à gauche dans les airs.
— Oh merde son pantalon ! dit Gavrol en me regardant avec de grands yeux.

Je me retournai et vis soudainement que Loktam n'avait plus de bas pour cacher son intimité. Son sexe vibrait et claquait douloureusement entre ses cuisses ce qui le fit aboyer de plus en plus fort, proférant des insultes à l'égard de mes ancêtres avec une énergie débordante.
Avec Gavrol, on rigolait à en pleurer, cette situation me tordait en deux et j'avais du mal à garder une trajectoire correcte.
Gavrol était ma parfaite acolyte, toujours présente dans les bons comme dans les mauvais moments.

C'est elle qui m'a appris à devenir un vrai Yorune, à faire partie de la population, à me fondre dans la masse et qui m'a trouvé ce travail de chasseur de primes.

Gavrol était assez étrange, déjà de par son prénom qui ressemblait à un nom donné à un troll des montagnes dans une histoire de fantasy, mais aussi et surtout à cause de son physique.

Gavrol avait environ 21 ans et pourtant, elle ressemblait à une vieille grand-mère née il y a plus de soixante ans.

On pourrait croire qu'avec ses cheveux gris, sa peau fripée, ses paupières tombantes et son tremblement des mains elle ne serait pas capable de se battre mais c'est à s'y méprendre.

Bien au contraire, Gavrol était une guerrière surentraînée, descendante d'une race qui m'était inconnue, capable de battre les soldats les plus redoutables en quelques secondes.

Certes, son physique la trahissait, mais la sous-estimer était une grande erreur car elle pouvait vous faire voir ce qu'est la Mort en un claquement de doigts.

Elle était extrêmement à l'aise au corps à corps comme avec des armes.

Alors, même si son physique peut paraître étonnant voire même dégoûtant, je ne conseille à personne de croiser son regard de braise.

C'était une femme agile, ayant la santé d'une jeune femme de vingt ans, la force d'un bodybuilder sous stéroïdes et l'intelligence d'Hitman.

7.

Après quelques minutes à passer entre les buildings de la ville, nous atterrîmes en bas, sur la route, devant un gratte-ciel perçant les nuages, la « *Mofkar* ».
À l'intérieur, pour bien visualiser l'environnement, il faut s'imaginer rentrer dans le bureau d'un shérif au temps des cow-boys sur Terre, avec beaucoup plus de technologies avancées.
Des hologrammes par-ci, des robots par-là vous orientant dans la bonne direction selon votre requête.
Un hall d'entrée tout à fait banal comme on en voit tous les jours, avec un hôte d'accueil qui s'avère être un transhumain qui a amélioré ses capacités grâce à la technologie Yorune.

— Yo beau gosse ça va ? dis-je à l'hôte d'accueil accompagné de Gavrol et de Loktam cachant son sexe entre ses mains.
— Oh par Dieu vous êtes... Ah c'est répugnant, répondit-il en ayant des remontées d'acide de son estomac.

Cet homme que j'avais devant moi, et qui me faisait beaucoup rire d'ailleurs, se prénommait *Folimar*. Il avait des tatouages de la tête aux pieds, se baladait souvent torse nu dans les bureaux mais était écœuré de voir un homme nu... Va savoir pourquoi.
Il avait une énorme tonsure qui le faisait ressembler à un moine et se rasait tous les jours car il avait honte de s'afficher avec sa barbe à trous.
Il avait les yeux totalement noirs car il s'était, il y a des années de cela maintenant, injecté de l'encre à l'intérieur.
Il possédait des piercings à l'arcade, aux trois tétons... Oui... Aux trois tétons...
Cela m'avait choqué aussi quand je l'avais vu pour la première fois.
Il possédait donc deux tétons comme tout le monde et un troisième avait poussé à son adolescence et il se situait juste au dessus de son nombril.

— Bon... Vekosse est là ? demandai-je à Folimar qui se retenait la bouche pour éviter de vomir.
— Oui... me répondit-il en me pointant faiblement du doigt la direction de son bureau. Par là.

Je rentrai alors dans le bureau, sans frapper bien sûr, et vit El Cabrón Vekosse, assis les pieds sur son bureau et tenant une boisson enivrante qui l'aidait à oublier ses problèmes.

— Alors, toujours en train de picoler le vieux ?

affirmai-je en tenant Loktam à côté de moi
— Oh ferme-la un peu... répliqua-t-il avant de regarder notre proie. Alors... Vous l'avez enfin eu.
— Oui, maintenant tu nous paies si tu veux pas que je te tranche les burnes, déclara Gavrol en mettant ses mains sur le bureau de Vekosse.
— Du calme mamie, je vais vous payer...

Vekosse se tut durant quelques secondes pour faire signe aux gardes de prendre Loktam sous leur protection.

— Vous avez fait du beau boulot, du très beau boulot je dois l'admettre, reprit le patron en nous regardant Gavrol et moi. C'était vraiment pas gagné pour le choper, c'est pour ça que je vous ai mis sur le coup... Je sais que vous êtes les meilleurs de tous mes éléments et je n'aurais pas pu faire cette mission sans vous.

Vekosse sortit une liasse de billet de son tiroir et fit tomber des capotes par mégarde.

— J'ai rien vu... dis-je surpris en regardant ailleurs.

Vekosse tendit la liasse à Gavrol qui s'empressa de la saisir avec énergie.

— Mais... Parce qu'il y a toujours un mais quelque part...
— Connard, déclara Gavrol en coupant la parole du

boss après avoir retiré sa main du paquet de billets.
— J'ai besoin de vous pour une mission très... Délicate.
— Et c'est quoi au juste ? questionnai-je
— Un criminel... Un Zerkane plus précisément... Recherché pour vol et revente de stupéfiants, pour meurtres prémédités et d'autres crimes en tout genre, une véritable plaie pour la galaxie. À nos dernières nouvelles, il se trouverait dans la Forêt Rouge.
— Sur 80-B ? demanda Gavrol interloqué par ce que disait Vekosse.
— Exactement, sur Yorunghem 80-B, rétorqua-t-il. Il nous a échappé près de cet endroit et nous croyons qu'il recherche quelque chose en particulier, car il faut être suicidaire pour se rendre là-bas. C'est pour cela que j'ai besoin de vous, je sais que vous pourrez y arriver.
— Mais vous êtes un grand malade, vous savez ce qu'il y a là-bas au moins ? s'offusqua Gavrol.
— Je sais... Mais ce ne sont que des légendes, on n'a jamais été sûr de ce qu'il y avait réellement là-bas... Peut-être que vous pourrez nous raconter... Si vous sortez de là-bas vivant.

J'écoutais tout ce que le patron racontait, cela ne présageait rien de bon pour Gavrol et moi mais nous n'avions pas d'autre choix que d'accepter la mission.
Il faut bien gagner sa vie comme on peut.

Après une longue discussion, Gavrol et moi sortîmes du bureau.

— Je vous conseille de bien vous préparer, ça risque d'être plus compliqué sur le terrain, ajouta Vekosse en s'asseyant sur son siège.
— C'est quoi cette Forêt Rouge ? demandai-je à Gavrol alors qu'on sortait du bureau.
— Une Forêt sur la planète d'à côté... Quand j'étais enfant, j'ai entendu des tas d'histoires à son propos... Il paraît que ceux qui osent entrer dedans n'en sortent pas vivant... Il paraît surtout qu'un être bizarre rode là-bas, un monstre mesurant plus de trois mètres et qui a trois têtes.
— T'inquiètes, j'ai vu pire que ça crois-moi, ajoutai-je en haussant les épaules.
— Mouais je suis pas si sûre... Enfin bon, retourne chez toi, on s'appelle dès qu'on a du nouveau sur cette histoire.

Le soleil se couchait sur Yorunghem 80-C et plus précisément sur *Karanne*, la ville où j'habitais depuis quelques années maintenant.
J'avais pris les commandes de ma voiture volante et je passais entre les gratte-ciels pour me vider la tête.
J'avais trop de pensées qui fusaient dans mon cerveau et voyager m'aider à apaiser mes ressentis.
Le problème, c'étaient les bouchons qu'il y avait en fin d'après-midi, autant sur terre que dans les airs et ça, ça avait le don de me mettre en rogne.

— Allez mais putain avance sale con ! gueulai-je au gars devant moi qui laissait trente mètres entre lui et la voiture devant.

Cet homme me lança un regard noir dans son rétroviseur intérieur, marmonna des injures à mon égard avant de décamper de là.
Quelqu'un s'était écrasé contre un building avec sa voiture volante un peu plus loin et ça ralentissait considérablement le trafic.
Les forces de l'ordre venaient d'arriver sur les lieux et n'avaient pas eu le temps de cacher le corps inerte qui avait été déchiqueté en morceaux.
Ses intestins s'étaient comme collés aux vitres, son bras pendait et allait tomber du bâtiment.
Le reste de son corps n'était même plus identifiable, certaines parties semblaient manquer à l'appel comme ses jambes.
Il avait dû faire un terrible excès de vitesse pour finir aussi mal, ou alors il s'était simplement suicidé.
C'était fréquent ici.
J'avais déjà aussi essayé de le faire plus d'une fois mais bon... Ma faculté auto-régénératrice fonctionnait trop bien.
Avec l'argent de mon boulot, j'avais acheté un loft au style industriel pas trop moche dans une ancienne usine réaménagée.
J'avais beaucoup de place, de la lumière de partout grâce aux verrières, des éléments de décorations atypiques

comme un gros conteneur dans un coin de la mezzanine qui cachait au final une grande baignoire, un lavabo, un chauffe-serviette bref, une salle de bain de luxe.

J'avais de tout pour être heureux, des enceintes incroyables pour mettre de la musique et faire vibrer tout le building et faire chier mes voisins, surtout mon connard de voisin d'en face qui avait déjà essayé de brûler ma porte d'entrée parce que sa copine le trompait... Avec moi.

J'avais une fantastique vue sur l'ensemble de la ville, ses bâtiments imposants, ses habitants qui se cassaient le cul à se lever à cinq heures du matin pour aller bosser dans des usines dégueulasses et se faire si peu de blé.

Et surtout, ce coucher de soleil sublime qui laissait les nuages se revêtir d'un mauve doux et voluptueux.

La planète n'était pas très différente des autres dans la galaxie.

Ses habitants, les Yorunes, étaient pour la plupart des humanoïdes comme moi, mais beaucoup venaient de loin dans l'univers.

Certains avaient la peau verte, bleue, rouge, des couleurs de cheveux assez étranges, quatre jambes ou un seul œil.

D'autres s'amusaient à modifier leurs corps avec des prothèses, des exosquelettes, des yeux bioniques, des mains en métal hyper puissantes ou encore des jambes pouvant leur permettre de sauter à plusieurs dizaines de mètres dans les airs.

C'était ça, Yorunghem 80-C.

Sa planète voisine mais nettement moins habitable, Yorunghem 80-B, était plus proche du soleil et plus chaude.

Elle était donc plus hostile et seules les personnes souhaitant une vie tranquille, exemptée de toute stimulation extérieure, habitaient là-bas... Ou les fous à lier également.

Alors que le soleil commençait à être assez fatigué pour laisser sa copine la nuit prendre le relais, j'atterris sur le sol, me garant sur une place de parking devant l'entrée de mon bâtiment.

Mon voisin l'arriéré traînait là, appuyé contre le mur tagué de cette ancienne usine et fumant ce que l'on appelle du « *Xodart* » ou plus communément de la drogue.

Il m'observait, avec son regard insistant qui m'énervait toujours autant.

J'avais envie de lui faire avaler sa drogue par son orifice rectal depuis un bon moment maintenant, car il s'amusait souvent à entrer par effraction dans mon appartement afin de me voler certains de mes biens les plus précieux.

J'avais beau me plaindre aux forces de l'ordre, je n'avais aucune preuve concrète que c'était lui.

Mais je le savais.

C'est vrai que j'aurais pu installer des caméras mais toutes ces démarches administratives me décourageaient.

Il avait même, un beau soir d'été, foutu le feu à mon ancienne voiture.

Ce mec venait d'être relâché de prison après cinq ans passé derrière les barreaux pour féminicide.

Il avait tué sa compagne d'une balle dans la tête.

— Alors fils de pute, toujours aussi moche à ce que je vois, me dit-il en affichant un sourire mesquin.
— Alors connard, toujours cocu ? demandai-je avant de partir dans le hall d'entrée et de prendre l'ascenseur.

Il avait bien fermé sa gueule en voyant mon admirable répartie et même si je savais qu'à cause de cette réponse j'allais m'attirer les foudres de son ignoble comportement immature, j'avais pas envie d'être emmerdé ce soir.
Je déverrouillai la serrure biométrique de mon appartement grâce à mon empreinte digitale et j'ôtai enfin mon masque et mon costume.
Ici, tout le monde savait qui se cachait derrière le masque de *Space-Lord* et cela m'allait très bien comme ça.
De toute façon, je n'avais personne de mon entourage à protéger, tout le monde savait se défendre ici, seuls les plus faibles disparaissaient dans les rues étroites de la ville, tués par des mecs drogués qui avaient détruit leurs cerveaux à coup de fruits hallucinogènes.
J'avais commandé à manger en ligne des spécialités locales et j'avais décidé de me bourrer la gueule en regardant des dessins-animés.
Soudain, une envie heurta mon esprit déjà bien trop enivré. Celle de commander sur internet un service plus que spécial mais jouissif.
Je touchai du doigt ma table basse en verre et un hologramme s'afficha subitement face à mes yeux troublés par l'alcool.
Une jolie femme, habillée que très peu pour le plus grand

plaisir des êtres comme moi, possédant de magnifiques cheveux blonds cuivrés et ondulés qui touchaient ses splendides fesses rebondies et fermes, se tenait devant moi.

Elle avait des yeux marrons, presque noirs, qui me faisaient déjà voyager vers le septième ciel.

Pour parler de son corps, elle n'était pas très mince comme l'étaient la plupart des modèles de Yorunghem 80-C, elle avait un très léger surpoids, des formes qui faisaient d'elle une femme forte et sûre d'elle, une femme comme je les appréciais.

Ni une ni deux, j'ordonnai à cette femme de venir me passer le bonjour dans une demi-heure environ, le temps d'éliminer un peu l'alcool.

Je me faisais beau, même si je n'avais pas grand chose à améliorer actuellement à part peut-être mon haleine et ma mine un peu blafarde et fatiguée.

J'étais en train de ranger un peu le salon lorsqu'on sonna à ma porte d'entrée. Des petits oiseaux chantonnaient en rythme à la télé pour m'avertir que quelqu'un souhaitait avoir accès à mon appartement.

Avec un petit sourire toujours aussi charmant j'ouvris ma porte pour laisser entrer celle qui allait m'apporter du réconfort et une grande jouissance pendant toute une nuit.

Sauf qu'il y avait un petit soucis. J'aurais peut-être dû regarder dans l'œillet de ma porte avant d'ouvrir.

8.

— Alors Jörkenheim... Encore bourré... Tu fais pitié, dit mon voisin en serrant ses poings.

Je détestais au plus haut point que l'on m'appelle de la sorte, c'était une insulte qui dépassait toutes les autres et il m'était hors de question de laisser cela impunie.
Sans attendre plus longtemps, j'attrapai mon voisin par la gorge et le plaquai contre le mur derrière lui.
Il suffoquait mais rigolait, il n'avait peut-être pas conscience de la merde dans laquelle il s'était fourré.

— Tu vas faire quoi... Hein ? T'es une... Une tapette qui n'a aucun cran, affirma-t-il en essayant de se débattre pour que j'ôte le contrôle que j'avais sur lui.
— Ah ouais ? On va voir ça, répondis-je.

En le regardant dans les yeux, en me plongeant dans son âme qui implorait le pardon, je l'affublai d'une douleur inconcevable.

Sa conscience était enfin tranquille, et la mienne avec.

Il s'écroula sur le sol, les yeux vidés, opaques, observant une dernière fois mes chaussures pleines de sang frais.

Du sang mélangé à de la bile, que son foi avait sécrété dans un dernier souffle d'espoir, coula le long de sa bouche et tâcha son t-shirt bleu foncé.

Moi, je contemplais ce spectacle incroyable, je n'étais même pas désolé d'en être arrivé là, je ne ressentais rien. Pas d'empathie, pas de déception, pas de tristesse, rien que de la satisfaction amère et puissante qui nouait mes intestins et faisait trembler mes membres inférieurs.

Je lui avais ôté sa masculinité en quelques secondes seulement et il allait se vider de son sang dans peu de temps.

J'observai soudainement, collés dans la paume de ma main droite, le sexe et les testicules arrachés de cet homme méprisable.

En fermant les yeux, en appréciant ce moment délectable, je sentis la sueur qui se dégageait de son membre désormais inutilisable avant de lui balancer au visage.

— Maintenant, arrête de me casser les couilles, répliquai-je avant de retourner chez moi.

Quand je retournai à la réalité, mon voisin était encore en train de déblatérer des insultes envers moi, avec un regard et des gestes plus que menaçants, en se penchant à quelques centimètres de mon visage.

J'étais plongé dans mes pensées durant quelques secondes pour imaginer les pires supplices que mon subconscient souhaitait affliger à cet homme, mais, trop ivre pour entreprendre un quelconque mouvement, je ne fis rien de tout ça.

— Arrête de me casser les couilles, affirmai-je avant de fermer la porte et d'attendre que mon voisin se casse de mon palier.

Finalement, la femme de ma vie se pointa quinze minutes plus tard, habillée d'une superbe robe rouge qui accentuait ses formes plus que délicieuses.
Elle était irrésistible. C'était la première fois qu'une femme me faisait autant d'effet, elle m'avait déstabilisé en un seul regard alors que je nous servais un petit verre.
On se parlait en se délectant d'un merveilleux cocktail que j'avais fait. Ses lèvres pulpeuses vibraient et me chuchotaient de venir les goûter.
Cette femme croisait et décroisait ses jambes alors que sa robe serrée remontait petit à petit, me laissant là, bouche-bée, bloqué devant sa plus grande intimité.
Elle me souriait et je riais nerveusement.
Je n'avais jamais perdu à ce point le contrôle d'une situation.
Mes pensées, comme des étoiles scintillantes, pénétraient l'atmosphère de mon cortex cérébral.
On me criait de revenir à la raison, de reprendre le contrôle, mais c'était elle qui allait tenir les rênes.
Elle savait comment me rendre fou, en faisant glisser sa main dans ses cheveux avant de descendre caresser sa généreuse poitrine.

Sa peau blanche et lisse, aussi homogène que les nuages l'étaient lors d'un jour d'été, me donnait envie de commettre les plus grands crimes.

Je pouvais dorénavant donner ma vie pour elle.

Alors qu'on était, sur mon beau canapé blanc, tous les deux assis l'un à côté de l'autre, cette fabuleuse demoiselle, tout droit sortie d'un conte de fée, posa son verre sur ma table basse.

Elle avait une manière de bouger, de se mouvoir dans le décor. Elle gardait une sensualité débordante peu importe le mouvement qu'elle entreprenait.

Elle savait comment utiliser son corps de la plus parfaite des manières, pour me faire envie.

C'était comme si elle m'avait toujours connu, comme si elle savait exactement comment se comporter face à moi.

Soudain, alors qu'elle s'était penchée pour enlever ses chaussures à talons, sa robe remonta entièrement.

La nuit frappait les rues de la ville avec une morbidité intense, il ne restait dans le ciel que les étoiles éclairant certains buildings.

La Lune, elle, n'était pas présente ce soir pour les habitants de la ville. Elle n'était là que devant moi, je la voyais et elle se trémoussait d'une des meilleures façons, comme pour dire « *viens à moi, viens* ».

Je saisis alors la Lune entre mes mains, en domptant mes plus grandes peurs, en évitant de penser au stress qui s'était invité dans mon cœur.

> — Oh... Je vois, tu es tactile... annonça la péripatéticienne en remontant le regard vers moi,

plongeant ses yeux dans les miens.

Son regard fut si violent d'excitation et de désir qu'il aurait pu faire trembler mon âme jusqu'à m'emmener devant Dieu.
Je me sentais juger, et j'adorais ça.
Cette dame ravissante s'approcha doucement, enlevant chaque couche de vêtement que j'avais sur moi, dévoilant chaque parcelle de ma peau frémissante.
Elle m'embrassa fougueusement, en plantant ses ongles dans mon crâne après avoir serré mes cheveux bien coiffés.
Elle s'amusait à me faire mal, à jouer avec moi comme un félin le faisait avec sa proie. J'étais sa proie.
J'étais assis sur mon canapé, m'abandonnant alors enfin à ce que l'on appelle la luxure.
Elle, d'un mouvement de jambes assuré, se mit sur moi, s'ouvrant entièrement à moi.
J'étais nu face à l'évidence d'un acte impur, elle était encore vêtue de sa robe mais l'enleva doucement, tirant de bas en haut sur le seul vêtement qui la recouvrait encore.
Soudain, plus rien qu'un silence, un silence qui régnait alors qu'on se regardait dans les yeux avec une soif obscène d'érotisme.
On était tous les deux là, le monde s'était arrêté de tourner quelques secondes pour contempler l'acte que l'on s'apprêtait à commettre.
Elle saisit sans plus attendre, presque brusquement, l'organe qui allait nous faire accéder à la jouissance

ultime et se lia à moi en un seul geste.
Nous ne faisions plus qu'un désormais, alors qu'elle bougeait, faisant aller son bassin d'avant en arrière, de haut en bas.
J'étais en train de me décomposer, c'en était presque devenu brutal et douloureux, je me devais de laisser en elle la marque de mon passage.
Elle m'embrassait encore plus et criait que je vienne, réveillant peut-être tout l'immeuble qui sentait les vibrations de notre plaisir charnel quand tout à coup, un bruit plus qu'extrême fit son apparition.
Je ne savais pas si cela n'était que le fruit de mon imagination actuellement trop troublée, ou si quelque chose était en train de se passer aux alentours.
Une violente explosion retentit près de mes oreilles et l'un de mes murs, à ma gauche, partit en morceaux.
La prostituée, effrayée et soudainement coupée de notre plaisir, hurla d'un seul coup.

— Jörkenheim !! Je vais t'étriper ! hurla un homme dans la rue en bas.

Soudain, cet homme bondit et arriva dans mon appartement, en passant par le mur détruit.
Cet homme, c'était *Meriveau*, un ancien soldat devenu fou après avoir subi des expériences sur son cerveau.
On l'avait manipulé, tenté de faire de lui un rat de laboratoire afin de tester la fiabilité des derniers implants neuronaux que l'on avait crée et bien sûr, je l'avais mis en prison.

Il n'avait jamais supporté que je puisse le battre si facilement, il se croyait si invulnérable... Pourtant, j'avais réussi à le dominer en quelques secondes seulement et ça allait encore se reproduire ce soir.

— Sors de chez moi, tu n'as rien à faire ici, répondis-je d'un ton énervé en me relevant doucement de mon canapé alors que la femme de ma vie s'était réfugiée dans ma salle de bain.

Bien sûr, je n'avais aucun vêtement sur moi à cause de son arrivée inattendue.
Un vent froid me glaça les parties intimes alors que je regardais mon ennemi.

— Tu... Tu peux mettre au moins un caleçon ! cria Meriveau, dégoûté de me voir aussi peu habillé.

J'étais déçu, déçu de n'avoir pu conclure avec la belle demoiselle qui m'avait tant fait d'effets jusque maintenant, déçu qu'un homme puisse avoir le cran de détruire mon appartement que je me suis offert en me cassant le cul au travail.
Alors, ni une ni deux, j'enfonçai mon poing dans sa mâchoire qui se brisa en plusieurs morceaux. Je le savais car j'avais perçu à travers mes phalanges ses os se réduire en miettes.
Il décolla de mon studio et atterrit sur le toit d'une voiture garée au sol.
Mon adversaire se releva malgré tout, mais non moins

sans difficultés, en se tenant le côté droit de son abdomen.

Je le regardai du haut de mon bâtiment et sautai dans le vide afin d'atterrir sur la route, le fessier à l'air libre et le froid glissant entre celles-ci.

Les néons éclairaient les environs et les habitants qui se baladaient dans la rue me dévisageaient avant de partir presque en courant.

Ils savaient qu'un danger les attendait s'ils ne bougeaient pas d'ici, car cet endroit allait devenir dangereux.

Les jambes de Meriveau, et plus particulièrement ses mollets, s'ouvrirent. Ce n'étaient plus des muscles qu'il possédait mais bien des jambes faites d'un métal hyper résistant.

Des flammes sortirent de ses mollets, similaires à celles d'un moteur que détenait une fusée, des flammes qui brûlèrent le toit de la voiture sur laquelle il était posé.

Soudain, alors que je le regardais avec incompréhension, il me fonça dessus et m'emmena embrasser les étoiles grâce à ses jambes qui nous propulsaient.

C'était assez étonnant de la part d'un Yorune d'avoir pu se procurer des membres aussi avancés technologiquement parlant.

Il m'asséna plusieurs coups au visage et me brisa le nez, m'ouvrit l'arcade sourcilière avec une grande violence avant de me percer l'œil gauche avec ses doigts.

On traversa plusieurs immeubles habités, détruisant des pièces à vivre, blessant quelques innocents au passage.

Mon dos me faisait mal, il avait tout pris de plein fouet lorsque j'avais traversé les buildings.

On atterrit de nouveau dans ma résidence, faisant fuir les locataires de ce lieu.
Mon ennemi m'avait emmené tout droit dans l'appartement de mon voisin que je détestais plus que tout.

— Bande d'enfoirés de merde !! hurla mon voisin en nous voyant arriver dans son appartement.

On était passé par sa salle de bain et on avait tout réduit en poussières.
J'étais allongé dans son canapé, d'ailleurs plus que confortable, et Meriveau se tenait debout dans le salon.
Mon voisin était encore en train de gueuler, alors qu'il était sorti de sa chambre en caleçon et se trouvait juste derrière moi.

— Désolé mon grand... dis-je en me relevant un peu difficilement alors que je saignais de partout et que mon seul œil encore vivant peinait à me faire voir le monde tel qu'il était. Je te repaierai ton appartement.
— Mais vous vous foutez de moi ! rétorqua-t-il en s'approchant de moi, d'un pas décidé. Je vais te niquer Jörkenheim !

Soudain, Meriveau saisit un morceau de béton entre ses mains et me le lança avec une force inouïe.
Grâce à ma super-vitesse, je me décalai sur ma gauche afin d'esquiver cette attaque qui allait sûrement me

détruire le visage.
Le débris se tortillait dans les airs en se dirigeant toujours plus vite dans l'appartement de mon voisin.
Soudain, alors que j'étais hors d'atteinte, je perçus de mon oreille droite un étrange bruit qui m'était très familier. C'était comme si l'on écrasait quelque chose contre une paroi. Mon voisin poussa un cri violent avant de se taire.
Quand je me retournai pour observer le massacre que Meriveau avait perpétré, mon voisin était allongé sur le sol de sa salle de bain.
Sa tête n'était plus de ce monde et du sang giclait de sa carotide avant de se coller contre les carreaux blancs crème de sa douche.
L'eau coulait encore au fond de cette pièce et faisait flotter les morceaux de son cerveau dorénavant plongé dans un sommeil éternel.

> — Bon... Au moins un soucis de réglé, annonçai-je en me retournant vers Meriveau qui me fonçait dessus.

Meriveau me fit voyager dans la rue. Je contemplais les restaurants exotiques, les monuments incontournables et ces habitants qui se ruaient tous vers un abri en hurlant à plein poumon.
Alors que j'allais presque gagner le combat, les forces de l'ordre arrivèrent sur les lieux en nous encerclant de tous les côtés.
Les phares des voitures volantes nous aveuglèrent et nous empêchèrent de continuer à nous battre.

Meriveau avait une de ses jambes détruite, sa mâchoire brisée à tel point qu'il ne pouvait plus aligner un seul mot, et l'os de l'un de ses coudes ressortaient comme pour souffler un peu et prendre une bouffée d'oxygène.

— Veuillez cesser immédiatement votre combat, affirma une voix qui résonnait à travers les murs de la ville. Meriveau, vous êtes en état d'arrestation.

Ce massacre s'était finalement achevé et Meriveau allait, une fois de plus, retourner en prison pour le restant de ses jours sans aucun doute.
Je discutai avec le chef de la police de la situation et de la raison pour laquelle cet homme s'était attaqué à moi avant de reprendre ma route vers mon appartement.
Je volai vers ma demeure et contemplai encore une fois les dégâts colossaux que Meriveau avait causé.
Ma télé avait été brisé en mille morceaux, il fallait que je remette d'aplomb le mur qui était parti en lambeaux et que je revois ma décoration. C'était peut-être le parfait moment pour repartir à zéro, prendre un nouveau départ.
Je rentrai dans mon studio, fatigué et énervé, rempli d'insatisfaction de n'avoir pu mettre fin aux jours de Meriveau une bonne fois pour toutes.

— Oh mon Dieu tu es là, cria ma strip-teaseuse préférée en courant dans mes bras. J'ai eu tellement peur.

— Du calme... Ça va aller, c'est fini maintenant, répondis-je en la serrant contre mon torse.
— Qu'est-ce que tu as à ton œil ?

Cette belle femme blonde inspecta mes blessures, mon arcade sourcilière s'était complètement refermée mais mon œil gauche peinait à revenir à la vie.

— Oh... Ça c'est rien, ça va aller, dans deux minutes j'ai plus rien tu sais...

Ma table basse clignotait dans mon salon, comme pour m'avertir que quelqu'un souhaitait entrer en contact avec moi.
Sans attendre plus longtemps, je me dépêchai de décrocher afin d'en savoir plus.
Un hologramme se dévoila devant moi, me représentant la personne qui voulait me joindre.

— Yuri, c'est... Qu'est-ce que t'as encore foutu ?

C'était Gavrol qui m'appelait, sûrement pour me donner de nouvelles infos concernant le boulot sur Yorunghem 80-B.

— Moi ? Rien... rétorquai-je en faisant semblant de ne pas comprendre.
— Te fous pas de ma gueule Yuri, t'es complètement à poil et ton appart... Il est dans un bordel...
— Ouais désolé j'étais occupé... J'ai pas eu le temps

> de ranger ce soir.
> — Tu t'es encore battu c'est ça ? Avec ton voisin ?

J'avais oublié ce détail qui ne m'avait pas heurté l'esprit jusqu'à présent mais... Mon voisin était mort, la tête explosée contre un débris, et gisait encore sûrement sur le sol de sa douche en ce moment même.

> — Euh... C'est à peu près ça... repris-je en essayant de cacher la vérité.

Je ne savais pas si parler de Meriveau à Gavrol était une bonne idée. Meriveau était l'un des plus grands ennemis de Gavrol et savoir qu'il venait encore de causer d'énormes dégâts allait sûrement la mettre sur les nerfs.

> — Bon... Bref... Vekosse m'a passé les dernières coordonnées du gars qu'on doit choper, il est presque au centre de la Forêt Rouge, poursuivit Gavrol. J'espère que t'es prêt pour ça.
> — Ouais... rétorquai-je. De toute façon on n'a pas le choix.
> — Bon alors équipe-toi et rejoins-moi à mon appart, on part ce soir.

Un long silence prit la place des mots de Gavrol, elle me regardait de haut en bas avec un regard méprisant.

> — Et t'as intérêt à venir habillé... reprit-elle d'un ton condescendant. Espèce de détraqué.

Gavrol raccrocha, me laissant seul face à moi-même. Je me sentais idiot.
Je n'avais pas du tout pensé à me vêtir, j'avais la tête ailleurs, dans mes pensées les plus profondes.

- Je... Je peux venir avec toi ? demanda la femme de ma vie.

Je la regardai droit dans les yeux, en pesant le pour et le contre, en me demandant si je faisais les bons choix.
Elle ne pouvait pas se joindre à moi, c'était trop dangereux pour elle. Personne n'était ressorti en vie de la Forêt Rouge jusqu'à maintenant et je m'en voudrais toute ma vie de mener à la mort une si belle femme qu'elle si je disais oui.

- Écoute... Je... Je suis désolé mais... On se connaît à peine, je ne sais même pas comment tu t'appelles et...
- Ferzelle, me dit-elle en me coupant la parole. Voilà comment je m'appelle.
- Peu importe... Gazelle... C'est...
- Ferzelle, répliqua-t-elle en me lançant un regard noir.
- Oui Ferzelle c'est ça.

Je me rapprochai d'elle et posai mes mains sur ses joues pour la rassurer et la dissuader de me rejoindre dans cette aventure.

— Je... Je ne peux pas te laisser partir avec moi, je suis un héros et mes aventures finissent toujours mal... Je n'ai pas envie de t'emmener dans quelque chose que je regretterais d'avoir fait, rétorquai-je en essayant de la convaincre de revoir ses choix.

Elle se recula, détachant mes mains de ses joues, et posa ses yeux sur le sol comme un chien battu le faisait.
Peu importe, je ne pouvais pas la laisser rentrer dans ma vie comme cela.
Il y avait trop de risques et elle ne méritait pas de mourir en m'accompagnant dans une mission si périlleuse.
Je reculai à mon tour afin d'aller dans ma salle de bain.
J'observai, en montant les escaliers pour rejoindre la mezzanine, que Ferzelle ne me quittait pas du regard.
Je pris mes affaires, mon costume et mes armes et rassemblai tout ce dont j'avais besoin pour la mission.
Mais, avant de quitter la pièce, je me contemplai une dernière fois dans mon miroir pour replacer correctement mes cheveux.
Mon œil gauche s'était totalement régénéré et je n'avais plus aucune blessure visible, alors, je passai quelques vagues d'eau sur mon visage pour effacer le sang qui s'était échappé de mon corps.
Lorsque je sortis de ma salle de bain, Ferzelle n'était plus là.
Je ne l'avais même pas entendu claquer la porte d'entrée, elle était partie sans dire au revoir, sans aduler mes exploits coïtaux et cela me décevait au plus haut point.

Je sortis de mon appartement et descendis dans la rue pour retrouver ma voiture.
Le capot était cabossé de partout car des débris l'avaient heurté de plein fouet. J'affichai une tête quelque peu étonnée face à cela.
Bordel, Meriveau avait laissé derrière lui beaucoup de témoignages de son passage. Des bâtiments détruits, des voitures réduites en pièces, des innocents gravement blessés... C'était le pire enfoiré que cette planète ait connu et de loin.
Je mis mes affaires à l'arrière et montai dans ma voiture, bien décidé à détruire du vilain.
J'étais en train de régler ma voiture pour la faire décoller du sol lorsque quelque chose d'étrange se produisit.
La portière passagère s'ouvrit, laissant entrevoir des jambes rasées à la perfection, des talons de femme fatale et une robe rouge poussiéreuse.

— Tu vas m'emmener avec toi.

C'était Gazelle... Ferzelle pardon. Elle m'avait fait une jolie farce en me faisant croire qu'elle avait quitté mon appartement. Elle m'avait pris au dépourvu et m'obligeait, de la pire des manières, à accepter sa requête.
Et, quand je parle de la pire des manières, je parle de celle qui te tord l'esprit en trois, celle qui te met à genoux... Je parle d'un canon de revolver actuellement posé sur mes roustons, chargé de munitions perforantes qui pourraient très certainement mettre à mal ma

capacité à me régénérer.

— Où est-ce que t'as eu ça ? demandai-je presque étonné de voir une telle arme ici, sur Yorunghem. C'est pas ici qu'on trouve ça.
— Ça te regarde pas, rétorqua-t-elle en me regardant droit dans les yeux et en augmentant la pression qu'elle exerçait sur mes bijoux de famille.
— Tu sais que j'aimerais bien... Mais la Forêt Rouge est un endroit très dangereux et tu le sais, tout le monde connaît les histoires sur la Forêt.
— La Forêt, tu peux te la foutre là où je pense. Je veux vivre une vraie histoire, remplie d'actions et de rebondissements.
— T'as déjà bien rebondit sur ma...

Soudain, je perçus de mon oreille comme un grondement similaire à ceux qui faisaient vibrer les vitres de mon appartement lors d'un puissant orage.
Un éclair traversa mon esprit, c'était un éclair très douloureux et qui mit mon âme en peine en une fraction de secondes.
La grognasse, elle avait osé tirer avec son arme dans mon membre et je ne l'avais même pas vu venir.
À vrai dire, je ne l'en croyais pas capable.

— Putain de merde ! hurlai-je en me tenant l'entrejambe alors que je foutais du sang partout

sur mon siège. Mais t'es une cinglée !!
— Si tu crois que je suis une femme capable de juste... Baiser des hommes, que je suis sans défenses, tu te trompes, me lança-t-elle avec un regard froid et violent. J'ai plus d'un tour dans mon sac si tu vois ce que je veux dire.
— Bon... Merde... D'accord alors...

Quand je vous disais que j'étais placé au pied du mur, que je n'avais d'autres choix que d'accepter son souhait de venir en mission à mes côtés, c'était bien réel.
Mon entrejambe saignait beaucoup et me faisait terriblement souffrir.

— Putain... C'est malin maintenant... Avec tes conneries on va devoir attendre cinq minutes que ça repousse...
— Ça tombe bien, j'ai tout mon temps.

Ferzelle posa son flingue dans la boîte à gants et sortit de son soutien-gorge une sorte de cigarette qu'elle s'alluma sans plus attendre.

— Tu pourrais au moins... Rah... Ouvrir ton carreau au lieu d'empester ma voiture là, affirmai-je avant d'ouvrir les fenêtres.

Alors qu'elle tirait une latte sur sa clope, une petite secousse fit trembler la voiture. Ferzelle se retourna vers moi en fronçant ses sourcils.

— C'était quoi ça ? demanda Ferzelle interloquée. Ça venait du coffre.
— Non rien, y'a rien du tout ! répondis-je en essayant de la distraire. Allez attache-toi.

9.

J'étais arrivé devant la demeure de Gavrol.

Elle possédait un appartement bien plus chic et onéreux que le mien, dans le centre de la ville.

Des robots humanoïdes, créés à l'image des habitants de Yorunghem, avaient été embauchés pour nettoyer régulièrement le hall d'entrée du bâtiment et Gavrol en avait même employé un pour faire le ménage à sa place dans son appartement.

C'était une femelle, avec des arguments convaincants si vous voyez de quoi je veux parler... Si elle avait été humaine je n'aurais pas hésité une seule seconde avant de l'envoyer au septième ciel.

Je sonnai et attendis que Gavrol vienne m'ouvrir tout en expliquant à Ferzelle qu'elle ne prendrait pas la parole ce soir.

C'était moi qui allait parler, pas elle.

La porte s'ouvrit, Gavrol ne comprit pas tout de suite la raison pour laquelle j'étais accompagné ce soir.

Ferzelle rigola durant une micro seconde, sûrement car elle fut étonnée de voir à quel point le physique de

Gavrol était disgracieux.

— Pourquoi tu rigoles toi ? demanda Gavrol à Ferzelle d'un ton méprisant.
— Euh... Pour rien du tout, répondit-elle gênée.
— Ouais... Je suis venu accompagné je sais... Mais elle m'a cassé les bonbons pour venir, ajoutai-je.
— C'est le cas de le dire, dit soudainement Ferzelle.
— D'accord... C'est ton choix, mais si elle meurt, ça sera de ta faute, c'est toi qui as choisi de l'amener, rétorqua Gavrol.

On entra dans son merveilleux salon, un salon orné de fleurs, de plantes et d'hologrammes en tout genre. Cette pièce respirait la nature.
Le robot esclave entra également dans le salon, pour demander à Gavrol si elle devait apporter des boissons pour nous, puis repartit préparer des jus de fruits.
Gavrol avait préparé tous les documents, les plans de la forêt et le portrait robot du type que l'on devait ramener à Vekosse, sur la table de son salon.
Lorsque la femme robot revint, elle passa juste à côté de moi, en tenant un plateau remplit de jus et de biscuits apéritifs.
Elle était vêtue d'une chemise blanche entrouverte, qui laissait apparaître une poitrine plus que généreuse, et d'une jupe noire moulante.
Sans réfléchir plus loin que le bout de mon nez et laissant mes pulsions animales prendre le contrôle de mon comportement, je mis une claque un peu violente au

fessier du robot.

— Problème, annonça-t-elle alors que ses yeux changèrent de couleur pour arborer un rouge menaçant. Agression détectée, lancement du programme de mise à mort.
— Comment ça mise à...

Mes paroles furent coupées lorsque le robot me saisit par la gorge.
Pour moi, cela n'avait pas plus d'importance que cela et j'étais plus que sidéré de voir qu'on pouvait tuer quelqu'un rien que pour une claque.

— Espèce de pervers... Ici les règles sont les règles, tu ne touches pas au robot, ni à moi.
— Pourquoi... Pourquoi je te toucherais d'abord ? répondis-je ironiquement à Gavrol.
— Allez, lâche-le Neom.

Elle cessa de me tenir par la gorge et me reposa sur le sol avant de repartir dans la cuisine.

— Bon, reprenons... Ce Zerkane, du nom de *Gontran*, est actuellement au centre de la Forêt Rouge et d'après mes informations... Il approche une grotte qui n'a pas été vraiment exploré des Yorunes, reprit Gavrol en affichant le visage de Gontran à travers un hologramme. Il n'est pas très grand alors ça sera compliqué de l'apercevoir, il pourra se cacher n'importe où.

Ferzelle, qui tenait un verre de jus dans sa main, commença à le déguster doucement en faisant un bruit avec sa bouche, un bruit des plus désagréables.

— Mais Gav... T'es consciente qu'on peut y laisser notre peau là-bas ? Je veux dire... Personne n'en est sorti vivant de cet endroit, lui annonçai-je inquiet de la situation. C'est pas comme si quelqu'un était revenu pour nous dire ce qu'il y avait là-bas... Personne n'est revenu.
— Je sais... répondit-elle alors que Ferzelle sirotait encore son jus. Mais on n'a pas le choix, c'est le boulot et puis... Tu ne devrais pas t'en faire avec tes pouvoirs tu pourrais en sortir vivant sans soucis.
— C'est pas pour moi que je m'inquiète.
— Ouais... Ça ira t'inquiètes.

Ferzelle avait l'air de déguster son jus comme si c'était le dernier.

— Bref notre mission, ajouta Gavrol en regardant le visage de Gontran affiché devant tout le monde. Notre mission c'est d'entrer dans la Forêt Rouge, on n'aura aucun soutien sur place, on sera seuls. On ne pourra appeler Vekosse que si et seulement si... On réussit à choper ce Zerkane. On entre dans la Forêt et...

Un long silence frappa soudainement la pièce alors que

Gavrol regardait Ferzelle.

— T'as fini avec ton putain de jus toi ? demanda-t-elle à Ferzelle avec un regard toujours aussi froid.
— Oh... Euh... Pardon, rétorqua-t-elle gênée en reposant son verre presque vide.
— Donc... On entre, on capture Gontran et on appelle le boss.
— Et avec quoi tu veux le capturer ? questionnai-je, intrigué par le plan. Il faut quelque chose, un piège, un appât, il faut qu'on le chope avec un truc quoi.
— Un appât... Bonne idée... Ouais t'as raison sur ce coup-là, il nous faut quelque chose pour l'attirer, répondit-elle en réfléchissant ardûment.
— On doit tromper sa vue, il faut qu'il ne s'attende pas à nous voir, parce que j'imagine qu'il est recherché partout... Il faut trouver... Je sais pas... Quelque chose qu'il aime passionnellement.
— Hm... Gavrol réfléchissait à ce que je lui disais, elle avait l'air de rassembler toutes ses forces mentales afin de comprendre comment élucider ce mystère. T'as une idée de ce qu'il aime toi ?
— Non... affirmai-je en me grattant la tempe droite. Pas du tout, et toi ?

Gavrol, alors qu'elle était en train de presque s'énerver face aux réponses qu'elle voulait avoir, devint subitement silencieuse. Elle esquissa un sourire en coin, témoin d'un esprit pervers mais rusé.

Elle remonta son regard vers moi avant de le faire s'échouer dans les yeux de Ferzelle.

— J'ai peut-être trouvé une idée, déclara-t-elle en se perdant intensément dans le regard de la femme de ma vie.
— Euh... À quoi tu penses du coup ?

Je n'avais pas compris son plan jusqu'à ce qu'un éclair de lucidité heurta mon esprit et me fit comprendre où elle souhaitait en venir.

— Alors non pas du tout... N'y pense même pas, ajoutai-je en pointant Gavrol du doigt.
— Qu'est-ce qu'il y a ? demanda Ferzelle interrogée par le regard que Gavrol avait posé sur elle.

10.

*O*n survolait la Forêt Rouge à la recherche d'indices nous permettant de retrouver notre cible.
Gontran était un tacticien doué, un manipulateur et un soldat surentraîné qui allait très certainement nous donner du fil à retordre.
J'avais fini par céder à l'idée que Gavrol avait eu.
Celle qui consistait à envoyer la femme de ma vie au front.
Gavrol m'avait tendu un billet sous mon nez que je n'avais pas pu refuser. L'argent est une chose sacrée dans cette galaxie et me priver d'une si grande offrande pour une femme me donnait la gerbe rien que d'y penser.
Pour faire en sorte que Ferzelle accepte, je restai à l'arrière du vaisseau avec elle et l'embrassai encore et encore.
Ses courbes somptueuses et sa taille de guêpe allaient une fois encore me faire succomber. Que Dieu me retienne d'entrer en tentation face à une si belle créature.
Elle faisait virevolter sa langue contre la mienne, comme pour tenter de trouver quelque chose, un trésor enfoui

profondément peut-être.

Ses yeux de biche glissaient le long de mon visage, dévoraient mon corps tout entier avant de s'arrêter sur mon entrejambe.

Moi, j'essayais de garder le contrôle, d'observer que Gavrol était assez perdue dans ses pensées et sa mission pour ne pas nous apercevoir.

Ferzelle descendit ses mains vers mon pantalon, elle avait un objectif bien précis et elle n'allait pas s'arrêter tant qu'elle n'aurait pas été comblée.

J'étais envoûté, immobilisé par le contrôle qu'elle avait sur moi lorsque l'alarme du vaisseau se mit à retentir de plus en plus fortement.

Gavrol tentait de reprendre le contrôle. Quelque chose avait heurté le vaisseau et on fonçait tout droit vers le sol.

— Qu'est-ce que tu fous ?! demandai-je énervé de n'avoir pu accomplir mon péché avec Ferzelle.
— Mais t'es aveugle ou quoi ! répondit Gavrol qui touchait à tous les boutons du vaisseau. Quelque chose nous a heurté, les moteurs sont trop endommagés pour qu'on puisse redécoller. On va se crasher !

Je voyais le sol se rapprocher de plus en plus de nous, on allait atterrir en urgence au centre de la Forêt Rouge. Le centre était sûrement le pire endroit où atterrir puisqu'il grouillait de monstres en tout genre, capables de dévorer un humain en quelques secondes seulement.

Ferzelle était encore au fond du vaisseau, il fallait que

j'aille la chercher pour la protéger du choc mais à chaque pas que je faisais, le vaisseau m'emportait avec lui de droite à gauche.
Je frappai alors les parois, m'éclatant les os de mes épaules de temps à autre. Je décollai et glissai sur le sol en tentant de me diriger vers la femme de ma vie malgré tout.
Gavrol cria soudainement des injures toutes plus horribles les unes que les autres. Je me retournai et discernai le sol couvert de feuilles mortes qui allait nous accueillir d'une seconde à l'autre.
Le vaisseau frappa la terre avec une violence sans égale, plongeant Gavrol dans un état d'inconscience tandis que moi, je partis valser jusqu'à finalement atteindre Ferzelle.
Je l'enveloppai de tout mon être pour la protéger de cette épouvantable collision.
J'ouvris les paupières après je ne sais combien de temps passé dans les ténèbres. Mes oreilles sifflaient et ma vision était trouble et saturée de couleurs trop vives. Mes globes oculaires brûlaient comme si j'avais tenté de regarder le soleil trop longtemps dans les yeux.
Il y avait du sang sur les parois du vaisseau et je crus apercevoir Ferzelle, un peu plus loin, qui ne semblait d'ailleurs pas encore éveillée de son cauchemar.
Je me mis debout afin d'aller voir si Ferzelle était en état de continuer l'aventure.

— Ferzelle ! Ferzelle tu m'entends ? Hé !

Je n'avais plus le temps d'attendre alors je lui assénai une gifle qui allait glacer son sang jusqu'à la moelle.

— Hein quoi ?? s'exclama-t-elle en se réveillant brusquement.
— Allez lève-toi on doit y aller, rétorquai-je en pensant à Gavrol que je n'arrivais pas à retrouver.
— J'ai mal à la tête...
— Je t'avais prévenu, c'est très dangereux ici Ferzelle.

J'accélérai le pas afin d'atteindre le poste de conduite où Gavrol était censée se tenir mais rien ni personne n'était là.
Elle avait dû se lever avant nous afin d'atteindre notre cible, ou alors...
Non, impossible.

— Gavrol ! hurlai-je dans tout le vaisseau.
— Yuri !!

Cette voix, ce cri de femme mature et accomplie, j'aurais pu la reconnaître parmi des milliards.
Gavrol n'était plus dans le vaisseau, elle était plus loin dehors, sûrement en grand danger.
Je sortis hâtivement en ouvrant la porte arrière et posai les pieds sur le sol de la Forêt Rouge.
Je n'avais pas contemplé un paysage aussi beau depuis des années, et il faut dire également que je n'avais pas pu le contempler en arrivant à cause de Ferzelle qui m'aguichait.
Les feuilles rouges des arbres, similaires à celles détenues

par les « *érables du Japon* », descendirent et se déposèrent sur le sol en terre orangée.
Ce lieu était traître car c'était l'un des endroits les plus magnifiques de la planète mais l'un des plus périlleux également.
On ne compte plus le nombre de personnes disparues en ces lieux, qui n'ont jamais revu le bout du soleil.
Je regardais partout à la recherche de Gavrol mais c'était comme tenter de trouver une aiguille dans une botte de foin.
Une explosion retentit au loin et de la fumée noire épaisse envahit les lieux jusqu'à nous.

— Allez viens on y va ! annonçai-je à Ferzelle qui me suivit en courant.

On arriva alors, après quelques longues secondes de course à me demander si Gavrol était toujours parmi les vivants, à un vaste endroit où les arbres étaient beaucoup moins présents.
Les flammes s'emparaient des feuilles et les transformaient en braises ardentes qui rougissaient sur le sol.
Au centre, Gavrol était allongée, son pouls était rapide et son cœur battait la chamade. Sa jambe droite saignait un peu et elle se tenait le bassin.

— Bah alors, on sait pas se défendre soi-même ? C'est bien les femmes ça... Toutes les mêmes.
— Va te faire foutre Yuri, répondit Gavrol en

reprenant son souffle.
— Qu'est-ce qui t'es arrivé ? demandai-je intrigué par la situation.
— À ton avis idiot ? Je... Je me suis faite attaquer alors que vous étiez en train de vous peloter.
— Ah tu... Tu nous as vu, d'accord...
— Pfff...

Je tendis ma main vers Gavrol pour qu'elle puisse se relever tranquillement.

— J'ai... J'ai pas besoin de toi, dit-elle en se levant avec difficulté et en se tenant toujours le bassin.
— D'accord je vois...

Soudain, alors que Gavrol m'expliquait où notre cible devait se trouver à l'heure actuelle, des grognements brutaux firent leur apparition à travers les arbres.

— Oh merde... Ils reviennent, affirma Gavrol.

Des monstres à quatre pattes musclées avançaient, dévoilant une gueule avec de longs crocs acérés d'où coulait de la salive. Ils ressemblaient à des félins mais leur force et leur agilité n'avaient aucun égal dans l'univers.
Leurs mâchoires pouvaient broyer les os les plus solides en une seule seconde.

— Doucement... Doucement les minous, priai-je en

essayant de calmer les bêtes qui étaient désormais à quelques mètres de nous.
— Ils vont jamais reculer Yuri, ils vont nous manger ! cria Ferzelle qui tremblait sur place.
— Tais-toi putain, tu vas encore plus les énerver !
— On va tous mourir ! J'avais même pas fini de payer mon appartement... rétorqua-t-elle encore.
— J'ai même pas réussi à te faire l'amour...
— Yuri fais gaffe ! cria Gavrol.

Alors que j'étais en train de parler, un monstre bondit sur moi pour m'attaquer et mettre fin à mes jours. Je n'avais pas tenté d'user de mes pouvoirs car Ferzelle m'empêchait de me concentrer.
La bête sanguinaire me saisit la main gauche et me l'arracha sans que je ne puisse rien faire. Un autre me fit disparaître l'entièreté de mon avant-bras droit.
Ferzelle et Gavrol se battaient également contre ces félins, j'avais peur pour la femme de ma vie qui n'avait jamais su comment se défendre face à une telle menace. Elle avait survécu jusqu'à maintenant mais pour combien de temps encore ?

— Mais utilise tes pouvoirs Yuri merde ! s'exclama Gavrol en assénant une droite magistrale à une bête.

J'allais le faire de toute façon, j'avais juste besoin d'un peu de temps pour constater les dégâts physiques que j'avais subi. Je n'avais plus aucune main pour saisir mes armes ni quoique ce soit d'ailleurs.

Alors, en me concentrant quelques instants, le temps se ralentit immédiatement, me laissant l'occasion d'admirer la beauté des corps présents.

Ferzelle avait la bouche grande ouverte, de la bave coulait sur son menton et une larme glissait sur sa joue droite. Ses yeux rouges allaient sûrement éclater de peur. Une bête lui avait saisi le tibia et commençait tout juste à refermer sa gueule pour lui éclater l'os.

Gavrol fronçait les sourcils et tenait dans sa main droite un pistolet duquel elle tirait des lasers afin de mettre en pièces nos ennemis.

Le laser se dirigeait lentement vers l'œil d'une des bêtes au loin qui grognait et menaçait d'attaquer.

Il fallait que j'aille aider la péripatéticienne que j'aimais tant afin qu'elle ne perde pas sa jambe pour de bon.

En un éclair, je fonçai à travers toutes les bêtes qui nous entouraient, j'éclatai leurs estomacs, j'en décapitai certains, j'arrachai en deux les autres.

À cette vitesse là, l'objet ou l'être qui entrait en contact avec mon corps se retrouvait désintégrer en quelques micro-secondes. C'était très utile, surtout maintenant que mes mains s'étaient retrouvées à l'intérieur de ces gros chats.

Soudain, l'espace-temps reprit sa forme initiale et tous ces animaux furent réduits en morceaux.

Gavrol était enfin libérée et Ferzelle pouvait tenir sur son tibia sans soucis.

Du sang bleu avait tapissé certains arbres, le sol, mon costume et le visage de Gavrol également.

— Oh putain... C'est... C'est dégueu, affirma Gavrol qui partit un peu plus loin afin de vomir à côté d'une bête désormais inerte.
— Oh ça va... Quelle petite nature celle-là, ajoutai-je avant de me tourner vers Ferzelle. Ça va toi ? T'as rien ?

Ferzelle éclata soudainement en sanglots et courut pour que je l'enveloppe de tout mon être. J'entourai mes bras autour de son corps comme pour faire office de barrière à ce monde bien trop cruel pour elle.

— Ça va, ça va aller ma belle.
— Euh... Yuri ?

Gavrol m'interpella subitement, ce qui me fit me détacher de ma femme.

— Oui ?

Gavrol recula du lieu où elle avait rejeté les aliments de son estomac. Elle avait l'air de se méfier de quelque chose... Comme si, dans une pensée si soudaine, la peur l'avait envahie.

— On... On a un petit problème là, rétorqua-t-elle en revenant presque là où je me tenais.
— Y'a quoi ? questionnai-je interloqué par la situation

— Je... On ferait mieux de partir d'ici...

Gavrol, en me disant cela, pointa du doigt l'un des monstres à terre, tranché en deux par mes pouvoirs.
Ce monstre vibrait et convulsait, comme si un esprit allait sortir de sa chair pour venir nous hanter à tout jamais.
Ça ne me disait rien qui vaille.
Toutes les autres monstruosités animales se mirent elles aussi à se mouvoir et à trembler sur le sol alors qu'on reculait et se collait à trois pour se protéger.
Soudain, alors que l'on s'était résilié à mourir ici pour de bon, les membres des félins repoussèrent.
C'était comme cette bonne vieille expression : « *coupez une tête, il en repoussera deux* ».
De ces corps déchirés en deux repoussèrent deux autres bêtes qui semblaient encore plus sauvages, meurtrières et prêtes à tout pour faire de nous leur goûter.

- Euh... Effectivement, là on a un problème, confirmai-je alors que mes membres semblaient repousser petit à petit.
- Mais fais un truc bordel Yuri ! s'écria Gavrol qui commençait à stresser.
- Alors c'est donc ici qu'on va mourir...
- Yuri, ferme-la et découpe-les en morceaux !
- Yuri s'il te plaît sauve nous, pria Ferzelle en me saisissant l'avant-bras gauche.
- Oh ça va merde je suis pas un héros ! J'ai plus de mains et quand on les découpe ils reviennent encore et encore, je peux rien faire moi !

Les bêtes s'avancèrent encore plus vers nous, jusqu'à finalement nous encercler en grognant davantage.
Leur salive mélangée à du sang tombait sur le sol.

- Gavrol... sache que t'as toujours été ma plus grande collègue, merci pour tout, c'était un honneur de t'avoir connu...
- Tu parles trop, rétorqua Gavrol fatiguée par mes paroles.
- Il faut que je t'avoue quelque chose Gavrol... Euh... C'est compliqué pour moi de te dire ça...

Les félins n'étaient plus qu'à un mètre de nous et ils s'apprêtaient à prendre leur envol pour nous déguster un par un.

- Qu'est-ce qu'il y a encore, me demanda Gavrol. Tu vas m'annoncer toutes les erreurs que t'as fait dans ta vie ? Parce que si c'est ça.. On n'est pas sorti de l'auberge.
- Alors... Oui c'est vrai... Mais... Ça a un rapport avec ta cousine adoptive...
- Quoi ma cousine ? Attends... Qu'est-ce que t'as fait ?
- Alors pour ma défense, c'est elle qui est venue et... J'ai pas pu m'en empêcher c'était plus fort que moi.
- Non Yuri, me dis pas que !

Soudain, alors que le cri de Gavrol fit résonner la cime des arbres, les bêtes enragées bondirent d'un seul coup sur nous.

— J'ai couché avec ta cousine ! hurlai-je avant de fermer les yeux.

Un silence régna durant un long moment, sûrement pendant une dizaine de secondes.
Il n'y avait plus ni grognements, ni gémissements, ni cris.
J'admirais le noir dans lequel j'étais plongé mais je n'avais pas l'impression d'être mort, juste d'être debout et d'être moi. D'être dans cette forêt.
Quand je rouvris les yeux, les bêtes s'étaient immobilisées dans les airs, comme si elles volaient sans le vouloir.
Une silhouette bondit entre les arbres et passa rapidement au dessus de nous.
Cette ombre colla sur tous nos ennemis des dispositifs qui bipèrent de plus en plus vite.
Les monstres recommençaient à grogner quand tout à coup, ils explosèrent et furent réduits en cendres qui remplissaient l'air d'une douce odeur de chair brûlée.
Après cela, un être minuscule, de la taille d'un enfant de six ans, atterrit juste devant nous et nous pointa avec son si gros fusil qu'il avait du mal à le tenir entre ses fines mains.

— Coucher avec la cousine d'une amie... C'est pas très respectueux ça, reprit le petit être gris.
— Bouge un seul petit doigt et tu finis en morceaux, répondit Gavrol qui pointa son arme vers notre

sauveur. Pourquoi t'es venu nous aider Gontran ?
— C'est Gontran ? demanda Ferzelle.
— On dirait bien, affirmai-je en regardant Gontran.

Gontran, ce salaud de Zerkane, était venu pile à temps pour nous sauver les miches.
Il avait sur lui une armure en métal qui lui permettait de se protéger des balles et autres attaques mortelles. Il possédait aussi... Un cache-sexe en peau de bête.

— Ah ouais tu veux jouer à ça avec moi ? rétorqua Gontran en fermant un de ses yeux pour viser Gavrol.
— Je suis pas là pour jouer, tu sais pourquoi on est là, affirma-t-elle en posant son doigt sur sa gâchette.
— Oh oui... Je sais très bien et on peut s'arranger, si vous faites ce que je dis personne ne sera blessé et tout le monde repartira d'ici vivant.
— Y'a aucun deal qui tient Gontran, tu viens avec nous et tout ira bien.
— Ah ouais ? Et comment tu comptes partir d'ici ? Avec ton vaisseau éclaté ?
— Du calme les enfants, dis-je en m'approchant soudainement.
— Toi tu restes là où t'es, sinon je te refroidis les bijoux de famille, annonça Gontran en me tenant en joue.
— Qu'est-ce que vous avez tous avec mes bijoux de famille ?

Gontran recommença à viser Gavrol qui ne l'avait pas lâché du regard.
Les deux avaient leurs doigts collés à leurs gâchettes et étaient prêts à envoyer l'autre six pieds sous terre.
Il n'y eut aucun bruit ni mouvement durant de longues secondes, juste des regards persistants qui ne souhaitaient pas se décrocher de leurs cibles.

— Bon écoutez, repris-je en marchant vers Gontran les mains en l'air.

Mes paroles furent coupées par Gontran et Gavrol qui avaient finalement décidé, après mûre réflexion, de se tirer dessus.
Pour éviter tout problème, j'usai une fois de plus de ma super-vitesse et profitai que mes mains aient repoussées pour m'interposer entre les tirs.
Quand le temps revint à la normal, j'avais juste un trou dans chaque main et une odeur de cramé qui chatouillait mes narines sensibles.

— Écoutez-moi bordel ! m'exclamai-je après avoir fait cesser leurs tirs. Gontran... Tu voulais faire un marché c'est ça ?
— Ne t'interpose pas devant moi Yuri, dit froidement Gavrol en souhaitant tuer de ses propres mains notre sauveur.
— Attends... Ce que j'ai à proposer peut profiter à tout le monde, d'accord ? repris-je. Gontran, on sait que t'es à la recherche de quelque chose

d'important, sinon pourquoi tu viendrais ici ?

Gontran resta sur ses gardes.

- Bon... Alors je pense que si on met nos différends de côté un instant, on peut t'aider à trouver ce que tu recherches d'accord ? En échange de notre aide... Tu nous remets en état notre vaisseau.
- Ah ouais ? T'es Jörkenheim non ? T'as pas besoin de vaisseau pour repartir chez toi, tu peux juste t'envoler monsieur le héros.
- Alors de un... Ne m'appelle plus jamais Jörkenheim...
- Mais ça veut dire quoi Jörkenheim finalement ? demanda innocemment Ferzelle.
- Toi tu la fermes ! criai-je subitement sur Ferzelle en étant emplis d'une colère monstrueuse. Bref, tu crois vraiment que mon costume me permet d'aller dans l'espace ? Le vide spatial tu connais ?!
- Oui merci je suis pas débile non plus, répondit Gontran exaspéré.
- Écoute, je sais que c'est peut-être compliqué pour toi de coopérer mais on n'a pas le choix, si on veut sortir d'ici vivant on doit allier nos forces. On t'aide à trouver ce que tu veux, tu nous aides à réparer notre vaisseau. Marché conclu ?

Je tendis ma main vers Gontran en signe de trêve, afin de repartir à zéro.

Gontran ne cessa pas de regarder Gavrol pendant un moment puis, il baissa son arme et me serra la main avec une certaine rancœur et amertume.

— Et surtout me dites pas merci d'avoir sauvé vos culs, conclut Gontran avant de se retourner et de s'enfoncer dans la forêt.

Gavrol passa à côté de moi, je m'en voulais de lui avoir dit la vérité à propos de sa cousine, j'aurais voulu lui cacher pour toujours, que jamais elle ne sache l'aventure que j'ai eue avec elle.
Mais d'un autre côté je ne me sentais pas fautif. Après tout, c'était de la faute de sa cousine, c'était une belle jeune femme à la peau lisse et parfaite, qui ne demandait que ma présence afin d'être comblée de bonheur.
Je n'avais fait que de rendre service à une amie.

— Gavrol...
— Gros con, rajouta Gavrol en me coupant la parole.
— C'est rien Yuri, allez viens, dit Ferzelle en me tenant la main.

11.

On marchait dans la Forêt, en s'enfonçant toujours plus loin parmi les arbres qui semblaient ne rassurer personne.
Ici, en ces lieux, personne n'était à l'abri d'une attaque. On avait déjà vu ce que valaient les félins aux crocs aiguisés comme la plus tranchante des lames.
Je n'osais même pas m'imaginer une seule seconde ce qui pouvait se cacher de plus meurtrier ici bas.

— Comment t'as réussi à tuer ces bêtes là ? demandai-je à Gontran intrigué. Je les ai défoncé mais elles reviennent en double.
— Il faut les réduire en poussière. Ces bêtes sont de véritables machines à tuer et si tu ne les désintègres pas elles se multiplient et deviennent de plus en plus dangereuses, répondit-il en regardant une carte virtuelle qu'il avait entre les mains. De la vraie saloperie.
— Bon on arrive quand à ton truc ? questionna Gavrol qui commençait à s'impatienter.

— C'est bon c'est bon... On devrait y être bientôt...

On passa soudainement au travers de grands feuillages épais qui nous empêchèrent de voir plus loin qu'à quelques centimètres de nous. Chacun poussait les branchages avec ses mains pour éviter de se les prendre dans les yeux quand tout à coup, une espèce de limace longues de plusieurs centimètres et aussi grande qu'un chihuahua descendit sur mon crâne et glissa le long de mon cou. Sa bave froide et visqueuse coula sur mon costume, j'avais des sensations qui me donnaient envie de vomir.
Elle se frayait un chemin de mon dos jusqu'à mon ventre alors que je la regardais avec de grands yeux à travers mon masque.

- Putain enlevez-moi ça, au secours !! hurlai-je à m'en rompre les cordes vocales. Au secours Gavrol ! Retire-moi ça, elle va me sucer le sang !!
- Tant qu'elle te suce juste le sang... Espèce de pervers, répondit Gavrol avant de réduire a l'état d'atomes la bête gluante d'un coup de pistolet à rayons laser.
- Chut, fermez-là ! Ajouta Gontran qui regardait attentivement la carte. Et... On... On y est !

On sortit des branchages alors que Gontran nous annonçait la fin de notre petite escapade.
En regardant au loin, je pus apercevoir une sorte de grotte, un énorme trou dans la roche verte. Des feuilles

d'un bleu azur magnifique avaient réussi à pousser dans la pierre et entouraient l'entrée de notre objectif. Je ne savais pas ce qu'il y avait là-dedans mais une chose était sûre : Personne n'en était revenu vivant.

Gontran nous montra le chemin en pointant du doigt la grotte et en nous signalant qu'on allait devoir être extrêmement vigilants à l'intérieur car une présence hante ces lieux et garde un artefact vieux comme l'Univers.

Un artefact d'une puissance inouïe, que peu de gens ont eu la chance d'observer et encore moins de toucher.

Certains disent même que cet artefact serait l'un des vestiges d'une ancienne civilisation désormais éteinte.

Gontran entra en premier, toujours accompagné de son attitude orgueilleuse et vaniteuse, comme s'il maîtrisait totalement la situation.

Ce type m'agaçait et mon envie de lui diriger une droite bien placée dans sa mâchoire pour qu'il ne l'ouvre plus jamais gagnait du terrain dans mon esprit.

Après tout, quelle menace pouvait-il incarner dans un corps de nain si méprisable ? Il portait un énorme flingue qu'il avait posé sur son épaule alors qu'il nous déblatérait son discours sur cet artefact.

On s'enfonçait encore et encore dans cette antre démoniaque, essayant de distinguer les formes qu'il y avait autour de nous à cause de la lumière si peu présente.

Gavrol avait allumé une lumière pour qu'on y voit un peu plus clair.

Soudain, une intense lueur nous aveugla d'un seul coup,

nous laissant entrer dans un voile blanc opaque qui nous désorienta brusquement.

— Vous voyez quelque chose ? demanda Gontran au loin.
— Yuri t'es où ?! cria Gavrol qui semblait paniquée, ses paroles retentissaient dans mon crâne qui vibrait.
— Je suis là, je sais pas où mais je suis là, répondis-je en mettant ma main devant mes yeux comme si ça allait arranger quelque chose.

Cette sainte lumière cessa de nous agresser les globes oculaires peu de temps après et lorsque nous ouvrîmes les yeux, une immense salle s'offrit à nous.
Il faisait froid, mes poils s'hérissaient et un étrange sentiment de mal-être envahissait mon cœur.
Au centre de ce lieu, nous pouvions remarquer qu'une lumière bleue azur émanait d'un petit sac en tissu blanc crème pas plus grand que ma main.
Il était posé sur un présentoir en pierre taillée avec un soin tout particulier.
Cet endroit n'était pas archaïque du tout, quelque chose ou quelqu'un devait y vivre, un être inconnu mais sûrement redoutable.
Je comprenais désormais pourquoi tous ces mythes à propos de la Forêt Rouge s'étaient créés.
Beaucoup avaient dû tenter de s'emparer de cet artefact mais y avaient payé le prix par leurs vies.
Gontran paraissait distant, comme si cet objet intriguant

ne l'intéressait pas trop.
Il regardait partout avec beaucoup d'insistance puis se tourna vers Gavrol en la regardant droit dans les yeux.

— Tu peux éclairer s'il te plaît ? demanda-t-il subitement avant de tourner de nouveau sa tête vers l'un des murs de la salle.

Gavrol acquiesça et s'exécuta sans attendre plus longtemps.
Gontran plissa les yeux sous l'incompréhension du moment.
Moi, j'avais les yeux rivés sur l'objet luisant au centre de la pièce, il m'aveuglait presque.
On aurait dit qu'il me chuchotait des mots, me susurrait des ordres à exécuter.

— Qu'est-ce que c'est ? demanda Gavrol qui ne saisissait pas trop l'intérêt de ce qu'elle avait devant les yeux.

Les paroles de Gavrol me sortirent de mes pensées et m'attirèrent vers le mur contenant des formes et des symboles qui m'étaient inconnus.

— Je ne sais pas... J'ai jamais vu ça, répondit Gontran qui essayait de déchiffrer le sens des images qu'il voyait.

Je pouvais contempler de la peinture sûrement appliquée

à la main de part et d'autre du mur, c'était comme un tableau fait par l'un des plus beaux peintres.
On pouvait observer des oiseaux, un ciel bleu avec des nuages parfaitement bien représentés.
Au centre, glissant dans les airs, un être humanoïde apparaissait les bras ouverts.
Il avait une certaine aura qui lui donnait beaucoup d'importance.
On aurait dit un Dieu, avec une couronne d'or derrière sa tête.
Cet être possédait une barbe noire, un corps imposant et était représenté par des muscles bien développés. Diverses parties de son corps laissaient entrevoir des tatouages noirs. C'était comme de la peinture de guerre, des témoignages de sa souffrance qu'il avait incrusté dans sa peau blanche.
Il ressemblait étrangement à... ce Dieu venu sur Terre en 2000.
Il était chauve, peut-être par choix, ou peut-être à cause d'une calvitie prématurée.
En dessous de ce dessin, je pouvais voir des phrases dans une langue que je ne comprenais pas et un seul mot bien distinct des autres : *Delka*.
Je ne savais pas si ce nom était en relation avec le dessin mais quelque chose ne tournait pas rond.
Pour une fois, et je l'avoue complètement, cette représentation avait noyé mon cœur d'effroi.
La lampe continua de glisser sur les autres parois qui entouraient la pièce, affichant devant nos yeux une fresque avec ce même homme effectuant des actes

étranges.

On le voyait purifier des humains à l'image du Christ qui bénissait des hommes.

On le voyait combattre avec des guerriers contre d'autres races ou encore tendre la main à un homme qui semblait se noyer dans un océan remplit de débris.

Une ambiance particulière émanait de ces peintures, une ambiance plutôt sombre, divine, mais tout aussi menaçante.

Gavrol s'arrêta devant une peinture qui me laissa bouche-bée.

Cet être combattait un autre homme possédant un costume vert et noir, et à deux, ils mirent fin à la vie sur une planète qui ressemblait très étrangement à la Terre.

C'était très bizarre car cet homme vêtu d'un costume me semblait familier... J'avais cette drôle d'impression de l'avoir croisé quelque part un jour dans ma vie.

Je ne savais pas ce que tout cela signifiait mais je ne voulais pas donner trop d'importance à l'idolâtrie d'êtres qui n'existaient peut-être même pas.

Tout ce qui m'intéressait dorénavant était l'objet pour lequel on avait bravé tant de dangers.

Gontran s'approcha du centre de la pièce, après avoir fini de contempler les œuvres d'arts sur les murs, afin de regarder l'artefact qui scintillait et lui faisait de l'œil.

— Bon... Priez pour nous, affirma Gontran en approchant doucement sa main du sac brillant.
— Pourquoi ? demanda Ferzelle intriguée.
— Ce « truc » est un objet qui nécessite d'être

extrêmement prudent, il peut nous renvoyer nous et l'Univers à l'âge de pierre comme révolutionner nos connaissances... Et nos technologies actuelles.

Gontran empoigna le sac en tissu contenant l'artefact avec énormément de délicatesse lorsqu'un grand silence s'installa.
Des petites gouttes d'eau frappèrent le sol un peu plus loin dans la grotte, on entendait le sifflement du vent qui s'aventurait dans cet antre.
Gontran souffla un coup, comme pour laisser s'échapper le stress et la panique qui s'étaient emparés de son corps.
Gavrol et moi restâmes de marbre face à tout cela, on observait les alentours afin de savoir si un piège allait s'activer comme dans les meilleurs films d'aventure mais tout était calme, trop calme.

— Bon allez, on se casse, annonça Gontran.

Ferzelle, Gavrol et moi-même partirent en avant, laissant alors la grotte désormais vide. On avait réussi à trouver l'objet tant convoité par les Yorunes et qui avait envoyé tant d'hommes face à la mort.
Gontran resta en arrière, je ne savais pas trop ce qu'il faisait mais il ne marchait pas très vite.
Après quelques minutes de marche, Gavrol me regarda de haut en bas avant de commencer la conversation :

— Qu'est-ce qui t'as pris de faire un marché comme ça ?

— Écoute je sais que t'es énervée contre moi, répondis-je.
— Énervée est un mot très faible...
— Bref, j'ai bien réfléchi quand on est arrivé ici.
— Toi réfléchir ? Laisse-moi rire !

Je regardai Ferzelle en levant un peu les mains comme pour chercher un refuge face à Gavrol qui se moquait de moi.
Ferzelle souriait et rejoignit Gavrol dans son rire.

— Vous allez comprendre... Donc... J'ai bien réfléchi et je crois qu'on peut douiller Gontran. J'ai un plan.
— Vas-y je t'écoute, rétorqua Gavrol en cessant de ricaner.
— Il fallait qu'on l'aide à trouver cet artefact là... On a une mission, on doit ramener Gontran à Vekosse... Alors j'ai pensé à un truc : Nous, on l'aide à choper ce truc brillant là, une fois sortis de la grotte avec Gontran, on se dirige vers le vaisseau et pendant ce temps j'appelle Vekosse. Il viendra nous chercher, il arrêtera Gontran et nous on repartira d'ici sains et saufs avec en prime... L'artefact !
— Mhh... Gavrol n'avait pas l'air tout à fait sûre de ce que j'avançais.
— Gavrol... Cet objet... Pour qu'il y ait autant de personnes portées disparues ici, pour qu'il y ait autant de Yorunes qui veulent venir dans cette

grotte, je pense qu'il doit valoir un gros gros paquet de thunes. On peut pas laisser passer ça, c'est la chance de notre vie, si on y arrive on sera riches et on se partagera l'argent une fois l'artefact revendu !

Gavrol me regarda avec beaucoup de mépris, faisant monter ses sourcils et plissant ses yeux pour me juger.
Elle pouffa de rire.
Pourtant mon plan n'avait rien de maladroit et était plutôt bien pensé, moi j'y croyais.

— Yuri, tu crois vraiment que ça va fonctionner ? demanda Gavrol en s'approchant de moi.
— Mais bien sûr ! Ferzelle... C'est un bon plan non ? répondis-je en me retournant vers ma femme.

Ferzelle ne savait pas quoi répondre.

— Le fameux « *Space-Lord* », Roi de l'Univers, pense que c'est un plan incroyable ! Et bien certes... Mais laisse-moi te dire que je connais Gontran, il est moins débile qu'on ne le pense, loin de là. Il a sûrement déjà pensé à te douiller avant même que tu n'y penses, reprit Gavrol toujours aussi froide et blessante dans ses paroles.
— Et bien oui, le fameux Space-Lord pense que c'est un bon plan et pour une fois tu devrais avoir confiance en moi au lieu de toujours me juger ! ajoutai-je en m'approchant de Gavrol de manière

provocante.
— Avoir confiance en toi ? Tu rigoles j'espère !
— Les gars... Ferzelle essaya de nous arrêter sans succès.
— Oui exactement ! Tu n'as jamais eu confiance en moi et je le sais, tu agis toujours pour ton bien-être personnel, tu es une personne égoïste violente et méprisante. Chaque choix que je fais, chaque chose que j'essaye d'entreprendre pour notre bien tu le détruis...
— Écoute-moi bien Yuri, dit Gavrol en plongeant son regard dans le mien après m'avoir coupé la parole. Tu dis ça de moi, as-tu au moins une fois essayé de te remettre en question ? Ce n'est pas moi le problème...
— Euh les gars ! s'exclama Ferzelle une fois de plus.
— Tais-toi, rétorqua Gavrol avant de reprendre. T'es qu'un con et personne ne doute de ça, surtout quand tu oses m'annoncer au bord de la mort que t'as couché avec ma cousine.
— Oh c'est bon... Tu recommences tes conneries. C'est bon c'était une erreur je le reconnais et...
— Et tu ne fais que des erreurs ! ajouta Gavrol en haussant le ton. Tu oses me dire à moi de me remettre en question quand les seules choses que tu fais de ta vie c'est tuer des innocents sans la moindre empathie, fumer, boire de l'alcool et baiser des... Des putes ! Alors Yuri avant de parler écoute-moi bien... Assure-toi d'être irréprochable parce-qu'à mes yeux t'es qu'un connard

égocentrique, qui a peur de se retrouver seul. Tu nies tout ce que tu as vécu avant, tu n'es même pas un Yorune, t'es un rescapé, un connard arrogant, immature, agressif. Espèce de pervers narcissique.
— Moi pervers narcissique ? Ok pour les autres trucs je suis pas le mieux placé mais j'essaie d'être quelqu'un de bien même si tu vas loin dans tes propos et...
— Putain les gars !! cria Ferzelle.
— Mais bordel qu'est-ce que tu veux ?! hurlai-je en pointant ma main vers Ferzelle.
— Non mais... Gontran... Il est pas là !
— C'est vrai ça, affirma Gavrol soudainement inquiète.
— Non mais il va revenir, vous inquiétez pas, repris-je. Il doit pas être loin...
— Tu vois ? Je te l'avais dit ! cria Gavrol indignée. Il a une putain de longueur d'avance sur nous et il vient de nous baiser sans qu'on n'ait vu quoique ce soit !
— Il va revenir, il est encore dans la grotte de toute façon...
— Ah ouais ? T'es sûr de toi Yuri ? Parce-que moi non. Il a sûrement dû s'échapper d'un autre côté... Vekosse va nous défoncer, dit Gavrol en mettant ses mains sur son visage.
— Oh putain t'es vraiment une drama-queen, c'est bon il va revenir !
— Quoi ? T'as dit quoi là ?

Gavrol s'approcha de moi à nouveau, prête à en découdre pour me faire taire mais je n'allais pas la laisser faire.
Ferzelle essaya de calmer le jeu, de nous faire revenir à la raison mais notre rage allait éclater d'une seconde à l'autre.
Gavrol saisit soudainement son arme, disposée à m'envoyer en Enfer lorsqu'un énorme cri retentit à l'intérieur de la caverne.
Le bruit était si puissant que mes jambes vibrèrent et ma tête bourdonna.
Il se passait quelque chose à l'intérieur de cette grotte, je m'attendais à voir débarquer un ours gros de plusieurs centaines de kilos mais quand je me retournai vers l'intérieur je ne vis que du noir.
C'était impossible pour nous de savoir ce qu'il y avait à l'intérieur et toutes les interprétations étaient possibles.
Un long silence régna quelques instants quand soudain, les vibrations firent de nouveau leur apparition. C'étaient comme des explosions, des ondes de choc qui se propageaient jusqu'à nous.
J'avais beau enlever mon masque et plisser les yeux afin d'y voir un peu plus clair, il faisait trop sombre à l'intérieur pour que je puisse comprendre l'origine de ces bruits.
Les ondes de choc reprirent encore et encore, avançant de plus en plus vers nous et faisant trembler davantage tout mon être.
Mes mains devinrent moites, mon pouls s'accéléra devant si peu d'indices.

Une ombre se métamorphosa au loin là-dedans, une silhouette qui hurlait et se déformait au rythme des pas lourds et violents qui heurtaient le sol.
Certains bouts de roches se décrochèrent à l'intérieur, nous empêchant presque de rentrer ou sortir de là.
Soudain, alors que l'ombre se dévoilait un peu, laissant entrevoir une minuscule jambe grise, une voix fine et terriblement effrayée fit écho dans toute la caverne :

— Barrez-vous ! Courez putain courez !! Courez !!

C'était Gontran, il hurlait à la mort et bavait sur son torse en détalant comme un lapin vers l'extérieur de la grotte.
Il tenait entre ses mains son gros fusil et agitait ses petites fesses grises de Zerkane afin de sortir d'ici le plus rapidement possible.
Ferzelle suivit le mouvement en gueulant de tout son être et en pleurant presque.
Leurs visages s'étaient décomposés et Gontran, qui semblait jusqu'ici maître de toutes situations, était devenu un véritable clown qui tentait de fuir une étrange menace.
Cette situation me faisait beaucoup rire et me fit oublier un instant que l'on courait sûrement un grand danger.
Gavrol fit machine arrière et moi, je restai sur place à nager dans mes pensées les plus comiques.
Tout à coup, un éclair de lucidité me fit comprendre que je devais sortir d'ici à tout prix et sans attendre.
Malheureusement, il était déjà trop tard pour moi et ce qui devait arriver arriva.

Le funeste sort qui m'était destiné s'abattit sur moi.

Quand je retournai la tête vers le fond de la grotte, une masse immense, de plus de trois mètres de haut fonça dans ma direction et le son de ses pas résonnait dans mon crâne.

Plus il s'approchait plus je pouvais distinguer les formes d'un corps massif.

Malheureusement, le manque de lumière en ce lieu m'handicapait de ma vue et m'empêcha de clairement décrire qui était ce grand être effroyable.

Cet être qui pouvait sûrement me dévorer en deux minutes seulement me heurta et m'éjecta hors de la grotte sans aucune once de difficulté.

Il brisa en mille morceaux mon bras gauche et j'atterris sur le sol en un instant et avec beaucoup de lésions physiques aussi bien minimes qu'extrêmes.

— Tu nous auras pas sale chien ! cria Gontran en tirant sur le monstre.

Je pouvais enfin apercevoir la bête sous la lumière du soleil.

Il poussa un cri qui me brisa presque les tympans.

Je n'avais jamais vu un être de cette envergure, il avait un physique hors norme.

Si je devais le décrire correctement, ce serait en disant qu'il possédait un haut du corps puissant et très large, assez large pour que trois têtes soient fixées dessus. Ses têtes étaient de couleur vert pâle, il avait les mêmes dents qu'un lion, une mâchoire redoutable et chaque visage accueillait deux yeux verts foncés.

Entre ses yeux, je pouvais observer qu'il s'y trouvait une pierre brillante orangée qui s'illuminait de temps en temps, sûrement lorsqu'il s'énervait.

Il poussait des cris abominables, qui auraient pu faire mourir sur place plus d'un inconnu et chaque hurlement faisait scintiller les pierres qu'il détenait.

Son cou, enfin... Ses trois cous verts étaient extensibles et pouvaient s'étirer longuement pour, certainement, attraper ses proies.

Ce monstre était chauve, effrayant et semblait sortir tout droit du pire cauchemar d'un enfant de six ans.

Gontran tira sur l'armure en acier rouge et bleue de la bête.

Elle resta malgré tout stoïque et ne montra aucune sensibilité à la douleur.

Gavrol finit également par se résoudre à lui tirer dessus, pour sa propre survie, même si cela était peine perdue.

Je courus aussi vite que je le pus en direction de cet être horrifiant et lui assénai une droite directement logée dans ses entrailles. Une frappe qui faisait plier, en temps normal, tout inconnu qui souhaitait se dresser face à moi. En temps normal, mais aujourd'hui était loin d'être un jour normal.

Ce titan ne bougea pas d'un centimètre, baissa ses yeux pour me regarder et une de ses trois têtes s'arrêta juste devant mon visage.

Je remis mon masque immédiatement pour qu'il ne me crache pas dessus... Qui sait, peut-être avait-il le pouvoir de me cracher de l'acide au visage.

Il grogna et de la bave sortit de sa gueule puis coula le long de sa joue avant de s'écraser sur mes bottes.

— Putain non... Pas mes bottes ! criai-je.

Soudain, son poing heurta mes côtes avec une force qui fut telle que je sentis mes organes se réduire en compote.
Je décollai dans le ciel tandis que la bête fonça vers Gontran qui réussit à esquiver ses coups en sautant partout et en courant en rond.

— Monstre de merde ! cria-t-il en essayant de fuir. Au secours !!

Je me relevai avec difficulté, en tenant mon bassin qui me faisait beaucoup de mal.
Heureusement que mon facteur auto-guérisseur fonctionnait si bien puisqu'il me permit de me régénérer en quelques secondes seulement.
Dans un élan de rage et de frénésie, le monstre fonça vers moi, il avait vu que j'avais pleinement retrouvé ma santé.
Je savais que je n'allais pas tenir très longtemps face à un être pareil.
Alors, pour me protéger et éviter des lésions encore plus importantes sur mon corps, je saisis la première chose qui me passa par la tête et la lançai vers la bête.
Ferzelle criait et moi... Je la voyais partir directement dans la gueule du monstre. Je n'avais pas réfléchi mais cela m'allait, ça m'avait permis de distraire la bête quelques instants.

Oui... Effectivement... J'avais jeté Ferzelle sur mon ennemi et Gavrol ainsi que Gontran restèrent bouche-bée face au crime que je venais de commettre.

— Yuri qu'est-ce que... Qu'est-ce que t'as fait ? demanda Gavrol choquée, la bouche grande ouverte.
— Euh...

Je ne savais pas quoi dire.
Quand je redressai les yeux vers le monstre à trois têtes, il avait empoigné de ses deux bras solides le corps de Ferzelle qui me regardait une dernière fois avec un désespoir qui aurait pu déchirer tous les cœurs du monde.
Ses yeux remplis de larmes éclatèrent comme des bonbons gorgés de jus acidulé, ses vaisseaux sanguins se rompirent et peignèrent les crocs de mon adversaire d'un rouge vif qui fit vibrer ma psychopathie.
Gontran avait cessé de tirer et son âme offensée plongea la mienne dans un jugement presque insoutenable.
Je n'avais que faire de cette femme fragile et de sa vie dénuée d'importance, elle ne faisait que de me ralentir dans ma mission et je ne pouvais pas la supporter de toute manière.
Ses intestins, long de plusieurs mètres, glissèrent le long des doigts de notre assaillant et tombèrent aussitôt sur le sol avec un bruit à en faire vomir plus d'un homme.
Quand il eut fini de se délecter du cortex cérébral de cette

femme insignifiante, il la jeta un peu plus loin, tel un morceau de viande pourrie qu'on souhaitait envoyer à la poubelle.

Il commença subitement une course effrénée vers moi et moi je ne bougeai pas.

J'étais bloqué entre la fascination de ce que je venais d'accomplir et un sentiment plus négatif à mes yeux, que j'avais envie d'exterminer de mon esprit, qui se trouvait être le remord.

La bête fut arrêtée par une violente explosion d'une roquette dirigée vers lui.

Une épaisse fumée, qui tapissait mes poumons d'une envie indéniable de tousser, montra le bout de son nez.

— Ne bougez plus ! cria une voix masculine qui résonnait d'entre les nuages.

Un bruit presque assourdissant de moteur d'engins aérospatiaux fit son apparition et un vent puissant souffla immédiatement la fumée vers d'autres horizons.

Quand je pus enfin rouvrir les yeux, quatre vaisseaux imposants nous survolaient et menaçaient de tirer des rafales meurtrières.

— Vous êtes en état d'arrestation pour vol et menace intergalactique, n'essayez pas de résister ou nous vous abattrons sur-le-champ !

12.

Mesyrion, c'était la Lune, le satellite de Yorunghem 80-B sur lequel on nous emmenait.
Je n'avais même pas eu le temps d'appeler Vekosse, mon plan était totalement tombé à l'eau en un éclair.
La police de cette planète avait réussi à nous arrêter et à enchaîner le monstre à trois têtes tant bien que mal.
Bien que certains d'entre eux aient dû se résigner à sacrifier leur vie pour le bien de leur mission.

— Tout ça c'est à cause de toi... dit Gavrol envers moi, alors qu'on était assis à l'arrière du vaisseau.
— Pff... N'importe quoi, si tu n'avais pas...
— Hé Jörkenheim ! dit un policier qui était arrivé jusqu'à nous avec son groupe de collègues. Je suis un grand fan ! Je peux avoir une photo avec toi ?
— Si tu m'appelles encore comme ça je t'explose le cul, répondis-je sèchement alors que le policier était en train de sortir son téléphone.
— Allez souris ! Cheese !

Un grand flash fit son apparition, m'aveuglant presque durant quelques secondes et me faisant perdre toute notion de l'espace.

J'étais assis, les mains liées, il m'était impossible de me lever afin de me défendre face aux forces de l'ordre.

Pour une fois, on s'était fait avoir comme des bleus.

Le policier repartit aussitôt en se moquant encore une fois de moi et en me surnommant « *Jörkenheim* » comme beaucoup trop ici le faisaient.

Alors qu'il avait le dos tourné, je levai mes mains et lui dirigeai mon plus beau doigt d'honneur.

Celui-là venait du plus profond de mon cœur.

— Ça veut dire quoi ça ? demanda Gontran intrigué par le geste que je faisais aux forces de l'ordre.
— Dans une culture étrangère ça veut dire : merci à vous, rétorquai-je de manière sarcastique.

Soudain, réalisant l'effet de mes paroles sur le comportement de Gontran, je contemplai son geste en rigolant.

— Hé les flics !
— Qu'est-ce que tu veux toi ? répondit un policier en se retournant vers Gontran.

Gontran s'amusait à leur faire des doigts d'honneur, d'abord d'une seule main, puis des deux. Il faisait aller ses doigts d'avant en arrière et cela nous procurait beaucoup de joie.

Je surpris même les lèvres de Gavrol esquisser un long sourire distinct.

— Tu vas voir où on va te les mettre tes doigts à toi, répondit un autre policier alors que Gontran continuait à les « remercier ».

Les forces de l'ordre s'approchèrent soudainement de Gontran avec beaucoup d'énergie et de colère. Ils sortirent immédiatement des bâtons dont le bout était éclairé de foudre d'un bleu foncé qui allait mettre à genoux le petit extraterrestre à la peau grise.
Les hommes flagellèrent le corps du Zerkane d'électricité intense qui lui procura des spasmes brutaux et incontrôlés.
Tout le monde riait à l'arrière du vaisseau tandis que les pilotes ne bougeaient pas d'un poil.
J'étais content d'enfin voir Gavrol sourire, même un peu, ça mettait du baume à mon cœur.
Même le monstre à trois têtes semblait rire face à la situation alors que Gontran criait toutes les insultes qui lui passaient par la tête.
On était enfin arrivé sur le satellite de Yorunghem 80-B, dans une prison ultra-sécurisée qui était hors d'accès de toute civilisation intelligente.
Elle était faite pour les gens de notre acabit, pour des « criminels » extrêmement dangereux.
Ce n'était pas qu'un simple bâtiment.
Pour se visualiser la chose, il fallait s'imaginer un immense complexe souterrain encastré dans un sol

rougeâtre et sablonneux.
Il y avait plusieurs étages à cette prison, pour accueillir tout un tas de meurtriers, violeurs, pédophiles et êtres aux capacités surhumaines.
Au dessus de cette prison souterraine, posée sur la terre presque brûlante, une petite ville s'était étalée là.
Il y avait des rues remplies de restaurants, de bars et de gratte-ciel.
En fait, cette ville était utilisée une seule fois dans l'année, pour un événement bien particulier.

- Hé ! criai-je au soldat alors que j'avais cessé de regarder la prison par la fenêtre du vaisseau.
- Qu'est-ce que tu veux ? répondit-il en s'approchant de moi de manière menaçante.
- Du calme... C'est dans combien de temps la fête ?
- Oh t'en fais pas... Tu vas avoir le temps d'en profiter vu que tu vas passer le restant de tes jours ici, rétorqua-t-il avec sarcasme.
- Tant mieux... ajoutai-je.

Une fois par an, pour purger les animaux que contenait cette cage dans laquelle j'allais vivre un tas d'années, pour vider les émotions et pulsions négatives de chacun, les hauts dirigeants de cette prison organisaient un Carnaval.
On avait pour mission de confectionner, autour d'un atelier manuel, nos costumes traditionnels avec du tissu de couleurs différentes.
Bien sûr, hors de question de s'en aller, de trouver une

solution pour sortir de cet endroit insalubre qui me donnait envie de vomir.

Les gardes entouraient chaque recoin, chaque parcelle de la prison... Et bon courage pour trouver un vaisseau, car seuls les dirigeants en possédaient et ils étaient également surveillés par les soldats les mieux entraînés de la galaxie.

On survolait la prison afin de se poser sur un immeuble et moi, je levai subitement les yeux vers le ciel noir.

La nuit était tombée depuis un certain temps maintenant. Je plissai mes yeux car une étrange forme glissait entre les nuages et les étoiles.

Cette forme ressemblait à un anneau aéroporté qui ne bougeait pas et qui s'élevait très haut dans le ciel.

— Si tu veux savoir, dit une voix que je n'avais pas reconnu au premier abord car j'étais trop concentré par ce que je voyais. C'est là où vivent les hauts dirigeants. Ça fait un moment maintenant qu'ils ont construit l'anneau, pour surveiller les criminels et agir vite au cas où certains souhaiteraient s'échapper.

Gontran, après s'être fait martyrisé par les gardes, s'était assis à côté de moi afin d'observer également le décor somptueux mais tout aussi effrayant qu'avaient construit les Yorunes.

— D'après ce que j'ai entendu, les dirigeants s'amusent là-haut... ajouta Gontran. Ils ont

également construit des bâtiments là-bas mais contrairement à nous... Là-bas c'est vivant, et quand je te dis vivant t'imagines même pas le truc... À base de casinos, de cinémas, de bars et restaurants, prostituées et tout le tralala.
— Y'a moyen d'y aller tu penses ? demandai-je naïvement.
— N'y pense même pas, dit subitement Gavrol de l'autre côté du vaisseau.

Elle se leva de son siège, les mains menottées, et s'avança pour s'asseoir à côté de nous.

— Personne n'a réussi à faire ça, reprit-elle. Le seul moyen d'y aller c'est par un rayon lumineux qui envoie les gens en haut... Mais c'est surveillé par tout un tas de gardes et là j'te parle pas de gardes humanoïdes comme nous... Mais de vrais monstres, des anciens criminels qui se sont repentis et travaillent pour le gouvernement.
— Putain... Fait chier, répondis-je en regardant l'anneau.
— Ou alors... Il faut prendre un vaisseau mais c'est quasiment impossible sans se faire griller, rétorqua Gontran en réfléchissant.
— Y'a une vraie hiérarchie ici et ça... Ça me plaît pas, ajoutai-je.
— J'te jure... dit Gontran. C'est n'importe quoi.

Soudain, le vaisseau se posa sur le toit d'un immeuble.

Les moteurs s'arrêtèrent et les soldats nous invitèrent à sortir d'ici.

— Allez, on bouge son cul les gars ! cria un soldat en nous poussant vers l'extérieur.

Alors que nous avions à peine foulé la terre de Mesyrion, le sol trembla subitement.
Certains soldats qui étaient restés dans le véhicule volant crièrent de toutes leurs forces.
Tout le monde se retourna vers l'origine des bruits, je me demandai ce qu'il pouvait bien se passer à l'intérieur étant donné que la bête à trois têtes n'était pas encore dehors.
Alors qu'un membre des forces de l'ordre tentait de s'approcher vers le vaisseau, un corps en sortit violemment.

— À l'aide !! cria-t-il.

Cet homme avait beau prier qu'on l'aide, il s'écrasa malgré tout sur le sol derrière moi et se noya dans son sang alors qu'il s'était ouvert le crâne en deux.
Un deuxième soldat fut projeté en dehors du vaisseau et fonça vers l'horizon, partant alors dans le vide.
Selon moi, il n'était plus de ce monde, il avait dû s'écraser plus bas et avait sûrement rejoins un monde meilleur.
Plus aucun bruit ne se manifesta, rien qu'un long silence gênant qui nous faisait nous retourner les uns vers les autres.

Nous nous demandâmes si quelqu'un était encore en vie à l'intérieur ou si ce monstre avait tout détruit.
Tout à coup, alors que Gontran avait tenté de parler, un violent cri nous laissa sans voix.
C'était le cri de la bête, le même que celui qu'il avait poussé dans la Forêt Rouge.

- Euh... Les gars, faudrait peut-être aller voir, dit Gontran aux policiers.
- Ouais bah toi la ferme ! répondit subitement un soldat alors qu'il tenait en joue l'intérieur du vaisseau pour tirer au moindre mouvement.

Il ne restait que quatre policiers en dehors du vaisseau, ils nous entouraient jusqu'à maintenant mais avaient décidé de se rassembler pour assurer leur sécurité.
Un pas après l'autre, quelques mètres s'étaient déroulés sous leurs pieds, les emmenant presque à l'intérieur du véhicule lorsqu'une tête décapitée roula jusqu'à eux.
Un des membres des forces de l'ordre respira plus brutalement que les autres, car le visage de son ami décédé avait frappé sa cheville droite.
Sa paupière tremblait car ses nerfs réagissaient encore.
Le monstre sortit de l'ombre, dégageant une aura menaçante qui nous faisait tous frémir d'effroi.
Les soldats dirigèrent alors leurs tirs meurtriers, composés de lasers rouges qui devaient brûler un corps en quelques secondes normalement, vers la bête.
Mais rien n'y faisait, elle était comme indestructible et se tenait devant les policiers qui tremblèrent

immédiatement.

— Les gars... Si vous nous enlevez les menottes on pourra vous aider ! affirma Gontran en montrant ses mains attachées.

La peur d'un des soldats était telle qu'il fut éclairci de cette idée de génie qu'avait eue Gontran. Il courut vers nous aussi vite que possible en transpirant à grandes gouttes.
Les menottes fonctionnaient avec les empreintes digitales des policiers mais ce dernier portait des gants.
Le soldat jeta son arme au sol sans réfléchir alors que le monstre aux trois visages avait encore tué un autre policier.
Il enleva son gant tant bien que mal en tremblant et posa presque son pouce sur le lecteur d'empreinte digitale.
J'avais eu le temps de fermer les yeux durant une microseconde et lorsque je les rouvris, le policier avait disparu.

— Ahhhh !!

Je m'orientais au son de sa voix, il criait face à l'évidence de sa mort inéluctable.
Il volait dans le ciel, accompagné d'oiseaux qui avaient déjà décidé de le becqueter lorsqu'il se serait écrasé comme une crêpe sur le sol en bas.

— Merde ! J'y étais presque ! dit Gontran ironiquement en baissant ses mains menottées.

Ce pauvre policier n'avait vraiment pas eu de chance... Il avait croisé la route mortelle d'un morceau de ferraille du vaisseau que la bête sanguinaire avait arraché.

Dorénavant, plus que deux policiers demeuraient vivants et c'était vers eux que la bête se dirigeait.

Il se ruait vers les gardes, grognant et montrant ses dents, que dis-je, ses crocs acérés.

Les chaînes qui liaient ses mains et ses pieds ne suffisaient vraisemblablement pas à l'immobiliser.

Ses vilaines pattes s'arrêtèrent devant les policiers quand tout à coup, des charges collantes vinrent s'attacher sur chaque visage du monstre et plus précisément sur chaque pierre qu'il possédait entre ses yeux.

Un courant électrique particulièrement redoutable parcourut l'entièreté de son corps et le fit subitement convulser.

Ses yeux louchèrent et firent rigoler Gontran qui se moqua de lui.

Soudain, la bête s'évanouit, heurtant le sol avec un grand fracas.

— On l'a échappé belle... annonça un soldat qui soufflait l'air qu'il avait emmagasiné dans ses poumons.
— C'était un beau spectacle mais... On ne va pas y passer toute la nuit non plus, rétorqua une voix féminine derrière moi.

Lorsque je me retournai, je pus contempler une femme d'une trentaine d'années, irrésistible. À côté, Ferzelle

n'était qu'un vulgaire jouet répugnant qu'on aurait pu jeter à la poubelle.
Cette femme avait une aura majestueuse, un charisme qui me rendait fou.

- M... Merci madame, dis-je en m'approchant de cette incroyable femme.
- Tais-toi, répondit-elle en me tenant en joue avec son arme. Tu oublies que t'es là pour une autre raison que celle qui consiste à me brosser dans le sens du poil.
- Moi j'aimerais bien vous brosser dans le sens du poil, ajouta Gontran.

Tout le monde se retourna vers le petit Zerkane, même moi.
Nos sourcils se froncèrent.
Personne n'avait compris pourquoi Gontran avait dit ça.

- Bah quoi ? C'est vrai... rétorqua Gontran en regardant tout le monde et en haussant ses épaules.
- Bref... Suivez moi, dit la femme.

La dame ordonna aux deux policiers restants d'emmener également le monstre à trois têtes avec nous.
On prit un ascenseur qui peinait à nous faire tous tenir au vu du poids du colosse qui nous accompagnait, il était encore plus lourd lorsqu'il était inconscient.
Je regardai les formes de la femme qui nous avait sauvé

la vie. Elle avait une taille de guêpe, des collants noirs enveloppant ses jambes à la perfection. Elle portait une robe manteau en tissu noir et des bottes aux semelles tellement grosses qu'elle avait sûrement grandi sa taille d'une dizaine de centimètres.

Quand elle me parlait, ses lèvres pulpeuses m'hypnotisaient et sa couleur de peau me fascinait... Elle était bleu foncé ce qui contrastait avec ses beaux cheveux rouges coiffés en chignon tombant.

C'était comme un conte de fée et elle en était le personnage principal, c'était elle la fée.

Cette femme sortait tout droit de mes rêves les plus fous, et Dieu sait à quel point mes rêves pouvaient être fous.

Il y avait de quoi me mettre en émoi... Même si actuellement mon excitation était redescendue au plus bas à cause de la bave du monstre à trois têtes qui coulait sur mon torse...

On descendait encore et encore, afin d'atteindre la fameuse prison dans laquelle on allait être incarcéré pour nos crimes.

Cette femme nous emmena dans une pièce vide entourée de murs d'un gris foncé.

Soudain, un homme entra.

C'était un membre des forces de l'ordre avec le même costume et les mêmes équipements que ceux qui ont péri sous les coups du monstre aux trois visages.

> — Yuri Santana, avancez s'il vous plaît, dit-il en m'invitant à me mettre devant l'un des murs. Nous allons procéder à une photographie de vous

afin de vous identifier.
— Ouais je connais ces règles...

On me prit en photo de face, puis de profil, ils savaient tout de moi, ma planète d'origine, mes parents biologiques, ils possédaient mes empreintes digitales, tout.

— Gavrol, c'est à vous, annonça-t-il ensuite.

Gavrol fut également prise en photo, elle détestait ça.

— Et nous avons là... Gontran, ajouta l'homme en regardant les informations qui s'affichaient devant lui concernant le Zerkane. Et bah dis-donc... Vols, meurtres en tout genre, infractions routières et... Reventes de stupéfiants contribuant à la recharge des drogues intergalactiques.

Gontran observa l'homme qui lui résumait l'entièreté de ses fautes et lui dirigea ses plus beaux doigts d'honneur. On ne lui en tenait pas rigueur même si cela déroutait un peu le policier.

— Pour finir... le policier demanda à ce qu'on ramène la bête à trois têtes.

Ce monstre dormait encore, il dormait étrangement car ses yeux demeuraient ouverts et ils louchaient. D'ailleurs, ses trois langues sortaient de ses bouches et il bavait par terre.

> — Ce doit être *Simuald*, autrefois connu comme étant un « *pirate cosmique* », si vous m'entendez... Ce que je doute fortement... Vous êtes incarcéré pour vols, contrebandes, pillages de vaisseaux, affirma le soldat.
> — Donc il s'appelle Simuald... dit Gavrol étonnée.
> — On dirait bien, rétorquai-je.

Il est vrai que je m'attendais à tout sauf à un nom comme cela. D'ailleurs, en sortant de la salle, Gontran s'était moqué à plusieurs reprises de son prénom et de son visage endolori par les décharges électriques qu'il avait dû encaisser.
Mon « équipe », si je peux l'appeler comme ça, et moi-même traversâmes désormais l'intégralité de la prison.
Nous passâmes devant tout un tas de criminels tous différents les uns des autres. Difficile de s'imaginer ce qu'ils avaient bien pu faire puisque c'étaient les plus dangereux de la galaxie.
On rentrait les uns après les autres dans une petite salle où des douches avaient été installées sur l'un des murs toujours aussi gris d'ailleurs.
L'eau était froide, pour ne pas dire gelée puisqu'elle faisait s'hérisser mes poils et me donnait des vertiges.
On devait déposer l'entièreté de nos affaires, nos armes et nos habits dans un caisson qui disparut immédiatement, passant à travers le sol et voyageant sûrement jusqu'à une salle secrète.

Ou alors... Ils allaient tout brûler et envoyer les cendres restantes dans le vide spatial pour ne plus jamais avoir à s'occuper de ça... Et ça... Ça ne me rassurait pas quant au sujet de l'artefact que nous avions réussi à voler.

Bien sûr, je n'aurais jamais pu prévenir Gontran de cacher la pierre quelque part sous peine de me faire abattre par les policiers.

Une fois après avoir pris ma douche, les soldats me donnèrent des vêtements propres, relatifs aux prisonniers. Un pantalon bleu et un t-shirt blanc, des sortes de chaussures blanches et très légères et surtout... L'élément le plus perturbant dans cette histoire... Un collier en métal robuste.

Effectivement, les forces de l'ordre avaient bien conscience du type de gens qu'ils envoyaient pourrir ici.

Alors, afin de désactiver les potentiels pouvoirs des criminels les plus dangereux, ils avaient développé un collier capable de modifier l'ADN de leurs porteurs.

Une balle bien placée entre les deux yeux ou dans le cœur aurait alors pu m'abattre sur-le-champ.

Si je bougeais ne serait-ce que le petit doigt, les policiers armés jusqu'aux dents pouvaient m'envoyer voir si Dieu existe.

Quand tous ceux de ma section eurent clôturé leurs lavages, c'en fut fini de notre calvaire et on nous envoya croupir pour le restant de notre pitoyable vie.

J'étais assis sur mon lit, j'observais les environs, devant moi il y avait Gontran qui tournait en rond dans la cellule.

On avait eu de la chance, si on peut appeler ça comme ça, puisqu'on nous avait assigné l'une des plus grandes cellules de la prison.

Pour cause, au fond de la salle, alors que Gontran proférait des injures dans sa langue natale, un grand grognement nous exaspéra. C'était Simuald qui semblait calme et plus réfléchi qu'avant.

Peut-être son bracelet avait-il désactivé son côté animal en plus de sa colossale force, je ne savais pas.

J'avais entendu dire que Gavrol avait été placée plus loin dans la prison, dans une section dédiée aux femmes, avec une autre femelle d'une race inconnue à mes yeux.

Pour la première fois depuis mes dix-sept ans, je n'avais pas les mots pour parler, pour rire et amuser la galerie.

Pour la première fois depuis mes dix-sept ans, on m'avait chopé la main dans le sac.

Pour la première fois depuis mes dix-sept ans, je m'avouai vaincu.

13.

J'étais là, les genoux au sol, sentant l'eau s'évaporer hors des nuages gris du ciel de la nuit et venant s'immiscer sur ma nuque.

La pluie glissait dans mon dos et me faisait frémir de douleur, mes mains froides avaient heurté l'herbe fraîche depuis quelques secondes déjà.

Je pouvais percevoir des bruits, des grognements, des mots mâchés sortant d'une bouche meurtrie par le sang et les épreuves de la vie.

Mon cœur battait très vite, j'aurais même pu croire qu'il allait s'extraire de ma poitrine.

Si je n'avais pas contrôlé ma respiration, peut-être que mon esprit aurait déjà quitté mon corps faible et en pleine mutation.

Cet endroit, cette odeur d'essence brûlée, de feu consumant peu à peu la sève des arbres, cela ne m'était que trop familier.

Sur le moment, je ne savais pas vraiment où je me trouvais, j'étais trop confus pour réaliser ce qui venait de m'arriver.

Lorsque mes yeux en avaient eu assez de contempler les vers de terre se tordant dans la pelouse...

Lorsqu'ils avaient enfin décidé de voir la vérité en face, ma vision trouble s'éclaircit au gré des phares d'une voiture écrasée contre un arbre devant moi.

Il y en avait une deuxième un peu plus loin à ma gauche, c'était de là que sortaient les murmures de voix humaines qui chuchotaient qu'on leur vienne en aide.

Mes membres tremblaient, mes mains humides et ma poigne devenue fragile n'auraient même pas pu saisir mon téléphone pour appeler les secours.

Je déglutissais avec énormément de difficultés, ma gorge désormais isolée de toute lubrification m'empêchait de respirer correctement.

Et tout ceci, ce n'était pas à cause du froid hivernal...

Mes démons me suivaient, me hantaient, me griffaient la peau pour m'emmener vers mon but.

Je me levai, avec des tracas dans mon âme qui furent tels que mon corps ébranlé ne put tenir debout sans tituber.

Je me rendis à la voiture face à moi, elle n'avait plus rien de valable que le train arrière... Elle était bonne pour la casse.

Plus je marchais, plus la tension en moi s'accentuait, me faisant presque convulser de douleur et de panique.

Soudain, j'arrivai devant la portière du côté conducteur et saisis la poignée avec une grande vivacité.

Une vivacité dénuée de sens, poussée par l'envie de découvrir ce qui se cachait sous ce carreau couvert de buée.

Là, au détour de quelques sentiments de haine, de colère

et d'un désespoir aussi immense que celui qui a bercé les plus grands criminels de la Terre, j'étais au-devant de l'une des scènes les plus traumatisantes pour un enfant de seulement dix-sept ans.

Je découvris ma mère qui avait les yeux et la bouche grands ouverts, le regard plongé vers l'horizon.

Une branche très large, puissante, similaire à celles qui avaient transpercé le moteur et l'avant du véhicule, s'était enfoncée dans son crâne.

L'un de ses yeux clignait encore, ses nerfs agissaient une dernière fois comme l'ultime témoin d'un accident des plus meurtriers.

Et moi... Je la secouai, elle qui s'était endormie pour toujours...

Je criai une dernière fois mon chagrin aux cieux qui déversaient leurs larmes sur cette terre que je foulais.

Dans un dernier élan de rage qui me démangeait jusqu'aux entrailles, je marchai, je courus presque, jusqu'à atteindre la seconde voiture qui avait fini son chemin dans un autre tronc d'arbre.

J'arrachai d'un coup sec la portière du conducteur.

Ma main, aussi choquée que mon âme l'était, laissa tomber la porte au sol.

Mes yeux s'immobilisèrent devant le spectacle dont je n'étais dorénavant plus que le seul survivant.

Dans ce ravin mortel, dans cette voiture qui avait tué la femme de ma vie... Ma mère... Ne se trouvait pas Julien.

Moi, bouche-bée devant ce retournement de situation, ne comprenais pas ce qu'il venait de se passer.

Sur ce siège remplit de sang, sur ce volant repeint de

morceaux de cervelles, se tenait mon père, évanoui.
Je ne pouvais pas vraiment voir son visage mais j'aurais pu le reconnaître entre des millions d'hommes.
Mes doigts, bavant presque en transpirant abondamment, se dirigeaient doucement vers le crâne de João.
Pourquoi était-il là ? Qu'avait-il fait à ma mère ? Pourquoi vouloir se suicider et l'emporter avec elle dans sa tombe ?
Rien ne faisait sens.
Je caressai du bout de mes ongles ses cheveux bouclés et collant à cause du sang qui s'était déversé hors de sa boîte crânienne quand tout à coup, mon père se réveilla et se tourna vers moi.
Son cou arborait une horrible marque comme s'il s'était fait recoudre par quelqu'un, comme si des êtres malfaisants avaient décidé du jour au lendemain de recoller sa tête sur son corps pour s'amuser.
Ses yeux, vidés de toute conscience, n'étaient plus que de vulgaires perles rouges translucides qui auraient pu sonder mon âme.
Il avait du sang partout sur son visage.
J'étais si terrifié que mon corps avait décidé de se mettre en veille et ne souhaitait plus entreprendre un quelconque mouvement.
D'un geste brusque, mon père saisit mon t-shirt et hurla :

— C'est à cause de toi tout ça !! Tu n'aurais jamais dû venir au monde ! Tu n'aurais jamais dû venir au monde !!

Ses paroles résonnèrent en moi comme une violente vague d'effroi enveloppant mon être à tout jamais.
Je ne pus que fermer mes yeux et subir cette horrible épreuve.
Lorsque je les rouvris, j'étais assis sur mon lit miteux, coincé entre quatre murs délabrés et sales.
Je respirais à pleins poumons et cherchais autour de moi le seul réconfort que je pouvais avoir mais rien n'était là, rien que Gontran qui avait remarqué ma nuit cauchemardesque dont j'étais la victime.

— Ça va ? T'arrêtais pas de respirer fortement, j'ai cru que t'allais crever à un moment, dit Gontran qui me regardait alors qu'il était lui aussi assis sur son lit.
— C'est rien... Juste des... Cauchemars qui veulent pas sortir de ma tête, répondis-je sans vouloir éterniser la conversation.
— Tu sais... Tu peux essayer la méditation, il paraît que c'est hyper bon pour se détendre et être plus positif.
— Non mais ça va aller... Je suis assez positif comme ça.

Je lançai soudainement un regard noir vers Gontran pour qu'il comprenne que je ne souhaitais pas parler.

— C'est qui Jeanne ? demanda-t-il. Tu parlais d'elle dans ton sommeil en chialant.
— Personne... Laisse-moi dormir maintenant,

rétorquai-je avant de me recoucher.
— Tu sais... Tu peux m'en parler, si t'as besoin d'un truc, je sais pas qui est cette Jeanne mais...
— Putain mais tu peux pas la fermer deux minutes et aller dormir comme tout le monde ? Au lieu de me les briser là...

Soudain, un grand fracas s'abattit sur les barreaux de notre cellule, nous faisant sursauter Gontran et moi.
Simuald, quant à lui, dormait à poings fermés au fond de la pièce et ne risquait même pas d'être tiré de son sommeil par un bruit comme ça.

— Hé les gars ! dit un prisonnier qui s'était échappé de sa cellule et avait brutalement posé ses mains contre les barreaux. J'me... J'me suis fait dessus !
— Bah... C'est bien mec, répondit Gontran embarrassé.

Après avoir dit ça, ce détraqué reprit sa route en trottinant les fesses à l'air dans la prison alors que les gardes lui couraient après.

— Y'a vraiment des détraqués ici, annonça Gontran en pouffant de rire un instant.

On entendit un dernier cri venant du prisonnier, qui avait sûrement dû se faire électriser le cul bien comme il le faut.
Moi, je repris mon souffle et me remis dans mon lit, ma

tête tournait un peu.

La nuit, c'était toujours une période affreuse pour moi. Une période où mon corps et mon esprit étaient si faibles qu'ils se trouvaient des regrets et des remords du passé à ressasser en boucle afin que je ne trouve pas le repos.

Le lendemain matin fut assez calme, si ce n'est que quelques tarés avaient essayé de m'agresser lors de ma douche.

Heureusement que Gontran avait réussi à les faire fuir en scalpant l'intimité d'un des prisonniers avec un morceau tranchant de métal qu'il avait décroché de sa poire de douche.

On n'était pas bien logé ici, la prison était si sale que des rongeurs s'invitaient à midi entre nos jambes pour profiter de nos repas.

C'était horrible.

Avec Gavrol et Gontran, on se retrouvait trois fois par jour autour de nos plateaux pour discuter, en mangeant, de ce que l'on avait prévu chacun de notre côté afin de s'enfuir de cet endroit misérable.

Simuald, quant à lui, s'amusait à montrer sa force et sa virilité autour d'une compétition de bras de fer avec les plus puissants des criminels. Il gagnait très souvent et terrorisait ses adversaires afin d'avoir leurs rations de nourriture.

— C'est qui la fille avec qui t'es ? demandai-je à Gavrol en regardant au loin.

Je ramassai cette espèce de purée de couleur verte,

accompagnée d'un vulgaire morceau de viande qui bougeait encore dans mon assiette.
C'était la spécialité de cette prison, des morceaux d'animaux dont la conscience n'avait pas encore totalement disparu.

— Tu vois derrière Simuald ? rétorqua Gavrol en s'arrêtant soudainement de manger.
— Ouais.
— Il y a une table avec quatre mecs, y'en a même un qui est chauve et qui a la peau jaune. À l'autre bout de la table tu peux la voir, elle est toute seule.
— C'est... C'est celle avec ses cheveux bizarres là ? dis-je en essayant de bouger ma tête pour mieux l'apercevoir entre tous ces corps qui galopaient dans la salle.
— Exact.

De ce que je pouvais observer, cette fille était assez introvertie, seule face à elle-même et ses démons. Ses cheveux étaient mi-longs et légèrement ondulés, arrivant un peu plus bas que ses clavicules, ça lui allait vraiment bien. Elle avait également une frange rideau.
Ce qui était étrange chez elle, c'était sa couleur de cheveux.
La moitié était noire, l'autre moitié était colorée d'un gris très clair tirant vers le blanc.
Je ne pouvais rien voir de plus vis-à-vis d'elle car elle était trop loin de moi, trop renfermée pour moi, trop mystérieuse.

Elle ne me faisait aucun effet.

- Elle parle pas beaucoup, ajouta Gavrol en croquant dans son morceau de chair vivante qui me donnait la nausée. Le peu qu'elle ait pu dire... C'était des mots que je comprenais pas... Sûrement dans sa langue.
- Tant qu'elle te fait pas de mal... répondis-je en me retournant une fois de plus vers cette mystérieuse fille.
- Tu te soucies de moi maintenant ? C'est nouveau ça tiens.
- Non... Pas du tout, je me soucie de ta santé, j'ai besoin de toi vivante pour sortir d'ici.
- D'accord je...
- Bon les gars, dit Gontran en s'immisçant dans la conversation. C'est pas tout ça mais moi je compte pas vivre ici jusqu'à la fin de mes jours, j'ai des femmes à aller voir et un artefact à récupérer...
- Si tu me coupes encore la parole, je te fais avaler ton artefact par le...

Un violent cri surgit du fond de la salle et interrompit Gavrol.
C'était Simuald qui tenait tête à un prisonnier, ils avaient fait un bras de fer un peu plus tôt et Simuald avait encore triomphé avec sa force titanesque.
Seulement, son opposant avait parié beaucoup sur son improbable victoire et souhaitait une revanche.
Simuald n'acceptait pas ça et même s'il ne parlait pas, il

arrivait très bien à faire comprendre ses intentions et son désaccord.

— Il faut qu'on sorte d'ici, vraiment... Toi j'ai remarqué que t'étais devenu dépressif depuis qu'on est entré ici, reprit Gontran en s'adressant à moi.
— Moi ? Dépressif ? On me l'avait pas sorti celle-là depuis longtemps ! rétorquai-je en rigolant. demande à la voisine de cellule si je suis dépressif tu verras ce qu'elle va te dire !
— Quelle voisine ? Attends tu veux dire la voisine ?!
— Les gars concentrez-vous ! déclara Gavrol en essayant de nous canaliser.
— Elle était à moi la voisine j'avais posé ma patte dessus !
— Et bah apparemment ta patte ne lui suffisait plus Gontran ! m'exclamai-je en regardant Gontran avec de grands yeux pour me moquer de lui.
— Mais comment elle a pu me faire ça... À moi ? Et toi comment t'as pu ? Je croyais qu'on était potes.
— Potes de quoi ? Jamais on a été potes. On est coincés ici ensemble et on cohabite ensemble mais tu restes un petit rescapé Zerkane, un orphelin.
— Tu verras Yuri... Jörkenheim devrais-je dire.
— Space-Lord s'il te plaît.
— Tu verras... Tu verras... Je te volerai ta meuf comme tu me l'as fait, espèce de traître !
— Bon vous avez fini là ? reprit Gavrol en arrêtant

nos chamailleries.

Il est vrai que je n'aurais pas dû commettre un tel crime surtout à l'égard de Gontran.
Mais ce n'était pas ma faute, mais plutôt celle de cette fameuse voisine aux cheveux bouclés et dorés, à la peau parfaitement noire et parsemée de grain de beauté.
Elle était venue me voir alors que Gontran était parti prendre sa douche et elle m'avait fait des avances pour que j'entre dans son intimité... J'avais pourtant refusé au premier abord, que Dieu m'en soit témoin... Mais je ne suis qu'un homme et un homme de mon espèce ne peut résister longtemps aux avances d'une femme.

— Je vous signale qu'on doit se dépêcher de trouver une solution pour sortir d'ici... On n'a plus beaucoup de temps avant le Carnaval... Après ça sera mort pour nous, rajouta Gavrol en nous regardant Gontran et moi.
— Attends... T'as dit quoi ? Le Carnaval ? dis-je soudainement intrigué.
— Oui, pourquoi ?
— C'est dans combien de temps déjà ce truc ? demanda Gontran alors que j'avais plongé mon regard dans le vide.
— Attends attends... Faut qu'on fasse quelque chose... On... je m'arrêtai subitement après avoir croisé le regard de Gavrol, j'avais eu un éclair de génie.

Au loin, Simuald faisait encore des siennes avec son

adversaire. Ils faisaient encore et encore des revanches pour déterminer qui était le plus fort... Simuald gagnait toujours sans aucune once de difficulté.

On entendait des cris, des bruits de mouvements, des chaises qui volaient de temps en temps contre certains prisonniers mais aucun ne bougeait réellement pour arranger la situation.

— Il faut qu'on utilise le Carnaval comme diversion... Gontran...
— Oui ?
— Tu disais que là-haut, sur l'anneau, on pouvait y trouver les dirigeants, des vaisseaux ? Il faut qu'on utilise ça pour se barrer d'ici, faut qu'on trouve un moyen d'aller en haut.
— Mais Yuri, t'es conscient que personne n'a jamais réussi à s'enfuir d'ici ? Personne n'est jamais allé en haut, répondit Gontran exaspéré. Il y a des gardes de partout et tes moindres gestes sont observés par des caméras... Tout le monde peut nous voir, nous suivre à la trace, ils vont nous buter d'une seconde à l'autre alors qu'on aura à peine réussi à monter sur l'anneau.
— Je suis sûr qu'il y a une solution... Le Carnaval peut être notre moyen de diversion pour partir, il faut qu'on réussisse à établir une connexion pour appeler Vekosse, de là-haut on pourra le faire plus facilement. Il faut qu'on atteigne le centre de communication, ajoutai-je en réfléchissant.
— Bonjour la merde que ça sera... rétorqua Gavrol en

faisant glisser sa main sur son front. Je sais vraiment pas comment on pourrait faire... Surtout sans tes pouvoirs Yuri.
— Je sais... On va régler ça, dis-je.

Alors que j'étais encore en train de concocter un plan dans le fond de mon cerveau, un plan qui allait demander beaucoup de préparation, une bagarre éclata au fond de la salle et nous emmena Gavrol, Gontran et moi valser dans les airs.
Simuald envoyait des coups dirigés directement dans le foie de ses adversaires, les immobilisant sur le sol pour un bon moment. L'homme, avec qui Simuald avait quelques différends, usa de toute sa force pour contrer la bête mais rien n'y faisait, il ne bougeait pas.
Alors que je me faisais enchaîner par plusieurs mecs de plus de deux mètres de haut et pesant plus d'une centaine de kilos, je rivai mes yeux sur la femme mystérieuse et colocataire de Gavrol.
Elle ne bougeait pas d'un poil, elle regardait juste ce qu'il se passait du coin de l'œil sans réagir pour autant.
Moi, sans mes pouvoirs, je n'étais qu'un homme lavé par la vie, par les émotions, sans vraiment de notions sur la défense et la façon de se battre réellement.
Je tentai de m'en sortir par une façon ou une autre mais peu importe, les tentatives furent vaines.
Les prisonniers continuaient de nous envoyer leurs plus beaux coups, à Gavrol, Gontran et à moi.
Gontran arrivait à leur tenir tête avec sa petite taille et sa manière de riposter.

Il montait sur la tête de certains pour enfoncer ses doigts dans leurs globes oculaires, mordait les bijoux de famille d'autres ou brisait quelques articulations en passant.

Gavrol et moi étions les moins bien lotis, nous n'arrivions pas à nous défaire des attaques de nos opposants.

J'étais à terre, en train de couvrir mon visage et parfois mes côtes pour contrer les coups de pied que je recevais, lorsque mon crâne rencontra les puissantes phalanges d'un prisonnier qui ne me portait pas dans son cœur.

Ma vision tremblait, des petits points bleus couvrirent aussitôt ce que je pouvais encore voir. Mes oreilles ne pouvaient plus percevoir que des sons que je n'arrivais plus à comprendre.

J'avais bien tenté de me lever une fois ou deux mais c'était vraisemblablement impossible sans que je ne perde connaissance.

Mes derniers instants d'énergie furent élevés jusque dans ma voix afin d'appeler à l'aide.

Malheureusement, personne ne bougea d'un poil et mes amis étaient dépassés par les événements et plongés dans les mêmes traumatismes que moi.

Quelques secondes plus tard, alors qu'on me rouait encore de coups, mon esprit décida de s'envoler parmi les cieux et de laisser mon corps en veille un petit moment.

14.

— Yuri ?! Yuri !

J'entendais qu'on m'appelait.
J'étais plongé dans le noir, dans un voile aussi sombre que celui qui s'abattait sur la prison une fois les lumières éteintes.
J'étais seul, dans un endroit que je ne connaissais pas, je pouvais observer mes mains, mon corps, mes jambes, tout me paraissait normal.
À l'exception près qu'un sentiment très gênant de mal-être, comme si quelqu'un m'observait et me jugeait, remplissait mon être.
Je pris la décision d'avancer dans cet espace où plus rien n'avait de sens pour moi, de faire route vers mon jugement peut-être.
J'avais des doutes quant au lieu où je me trouvais actuellement.

— Yuri ! Yuri t'es là ??

Cette voix résonnait dans mon crâne, dans cet environnement aux murs noirs, dans ce couloir de la mort.
Plus j'avançais, plus des ombres se dessinaient parmi les ténèbres. Des ombres macabres, venant d'un monde où les lois de la physique et de la logique n'étaient plus.
L'insensé dictait ses règles dans cet univers et cela ne me plaisait absolument pas, cela m'effrayait même.
Ces ombres m'entouraient sans que je ne puisse distinguer la forme de leurs visages, leurs traits faciaux.
Ce n'étaient que de vulgaires silhouettes morbides qui se nourrissaient de ma peur.
On me touchait les bras, on m'effleurait la peau alors que mes poils s'étaient hérissés pour m'avertir d'un danger imminent.
Tout à coup, alors que ces personnages dégueulasses étaient presque en train de m'envelopper d'une profonde angoisse, une lumière intense jaillit derrière moi.
Quand je me tournai vers elle, elle me fixa dans les yeux et je ressentis subitement un intense sentiment d'apaisement.

— Yuri bordel réponds !!

Alors que cette voix faisait écho dans ma tête, et cette fois bien plus fortement qu'avant, je fus entouré de cette lueur qui m'emmena dans un tout autre univers.
Lorsque mes paupières se rouvrirent, la lumière blanche de ma cellule m'aveugla.
Je la cachai avec mes mains tandis qu'un vilain mal de

crâne hurlait en moi.

— Ah putain t'es réveillé, tu m'as fait peur ! J'ai cru que t'étais mort.

Je regardai autour de moi et à mes côtés ne se trouvaient que Simuald et Gontran.
J'étais allongé sur mon lit, personne n'avait eu la décence et la bonté d'âme de m'amener à l'infirmerie pour soigner mes blessures.

— Putain j'ai mal à la tête... dis-je en me tenant le crâne.
— C'est normal, ils t'ont ouvert le crâne, répondit Gontran qui compatissait.
— Ces enfoirés... J'vais les faire payer...

Je tentai de me relever mais Gontran m'en empêcha. Il me disait de rester là et de me reposer, que sans mes pouvoirs je n'arriverais à rien face à de tels colosses.
Simuald était toujours silencieux, il ne savait pas parler de toute façon et ne faisait que de me regarder de haut en bas.

— Arrête de me fixer comme ça toi, rétorquai-je à Simuald. Qu'est-ce qu'il y a... Tu veux me bouffer c'est ça ?
— Doucement Yuri, ajouta Gontran en posant sa main sur moi.
— Me touche pas toi ! Je retirai aussitôt sa main de là.

Elle est où Gavrol ?
— Ils l'ont ramené à sa cellule après le bordel qu'il y a eu à la cantine. Quand tu t'es évanoui ils se sont tous calmés... Ils ont profité de la dispute entre Simuald et l'autre gars pour tous te foncer dessus. Apparemment ils ont un problème avec toi.
— Ouais... Peut-être parce que je les ai presque tous foutus dans ce trou à rats et que maintenant j'y suis piégé ? Putain de vie de merde, affirmai-je en ayant la gorge serrée, presque griffée par les émotions qui fusaient dans mon crâne.
— On n'a pas tous la vie qu'on veut Yuri...
— Ah ouais ?
— On a tous souffert ici bas.
— C'est bien tout ça, ajoutai-je en me mettant assis sur mon lit après beaucoup d'efforts. Mais... J'en ai rien à foutre de ta vie Gontran.
— Il faudrait peut-être que t'arrêtes d'être comme tu es Yuri, violent et égoïste.

Gontran fut énervé par mes propos, je remarquai que sa mâchoire se serrait. Je n'en avais que faire, je ne souhaitais qu'une seule chose : sortir de cet enfer.

— Violent et égoïste... Tu ne me connais même pas et tu viens parler de tout ça mais bordel... Tu comprends pas que je veux me tirer d'ici ? Je veux pas passer le restant de mes jours dans ce... Cet enfer.

— Je ne te connais pas tant que ça... Mais ce que je sais c'est que tu souffres au fond de toi. Tu veux pas te l'avouer parce que ta fierté dépasse tout entendement... Elle est là, présente dans ton cerveau et contrôle ton corps alors que tu devrais être en mesure de la contrôler...
— Ferme-la un peu, si j'étais souffrant il y aurait bien longtemps que je me serais déjà tiré une balle dans le crâne. Et puis... Tu sais pas ce que j'ai vécu avant d'en arriver là.
— Je sais, ajouta Gontran en me regardant droit dans les yeux. Je sais, je devrais pas m'intéresser à toi, je ne devrais pas faire en sorte que t'ailles bien... En fait j'aurais même pas dû recoudre ton putain de crâne mais en attendant on est ensemble, dans cette cellule, obligé de coopérer pour s'en sortir... Et on s'en sortira.
— On s'en sortira pas... Tu l'as dit toi-même, on y arrivera pas.

Gontran se leva de sa chaise et s'assit sur son lit, face au mien.

— Il faut qu'on le fasse, je dois récupérer ma pierre précieuse, reprit Gontran le regard rivé sur le sol.
— Ah, donc si tu fais tout ça c'est encore pour ta putain de pierre, même pas pour nous ? Si tu pouvais tu nous laisserais pourrir ici en fin de compte, c'est ça ? Pendant que toi tu serais plein de thunes et t'irais t'amuser au casino ou je ne sais

où... C'est une belle mentalité ça !
— Ma putain de pierre précieuse peut détruire mon peuple Yuri tu comprends ça ?! rétorqua-t-il. Non... Bien sûr que non, tu peux pas comprendre, t'es trop occupé à nourrir ton ego surdimensionné.

Je restai silencieux face à Gontran, j'étais disons... Intrigué par ce qu'il venait de me dire et même Simuald l'était.

— Putain... Gontran passa ses mains sur son visage, les yeux soudainement rouges. Yuri... C'est pas une question de devenir riche, d'avoir des thunes à mettre dans des foutus casinos ou dans des prostitués comme toi ! Je suis pas un criminel bordel, j'essaie de sauver mon peuple, ce qu'il en reste. Je suis un Zerkane Yuri, tu dois connaître non ?
— Je connais trop bien même, répondis-je en regardant le sol.
— On n'a pas tous la vie qu'on veut... On doit souvent faire des sacrifices, oublier son humanité et la bien-pensance pour sauver les gens qu'on aime Yuri !

Gontran se calma deux secondes, il reprit son souffle et ses larmes aux yeux disparurent presque.

— J'avais des parents... Autrefois... Qui se battaient corps et âmes pour survivre, pour que je vive. continua Gontran, le regard encore plongé sur le sol gris de notre cellule et la voix tremblante. Ils faisaient partie d'un grand groupe de rebelles de notre peuple et tenaient tête face à un conquérant, un tyran. Notre belle planète était au bord de la destruction, parce que les anciens dirigeants avaient consommé la quasi-totalité des ressources naturelles...

On écoutait attentivement, plus personne n'osait faire sortir un mot de sa bouche, le temps s'était comme arrêté d'un seul coup.
Gontran était là, assis sur son lit, le dos plié vers l'avant, l'esprit plongé dans une époque révolue qui l'avait marqué à tout jamais.

— Ce « tyran »... Il dirige ma planète Yuri... C'est un tortionnaire, un malade mental qui oblige les Zerkanes à adopter sa façon de penser, ses idéaux. Il... Il s'amuse, avec son immense vaisseau... À aspirer l'énergie des autres planètes de la galaxie jusqu'à ce qu'elles soient détruites. C'est inhumain... Et tu sais quoi ? Tu sais ce qui est le plus inhumain ?

De la tête et à travers mon regard je lui fis signe de continuer.

— D'être jeune, d'avoir à peine sept ans... D'aller à l'école malgré la situation politique, les guerres perpétuelles, de faire attention à chacun de tes gestes, de tes paroles, de tes pensées... Et de revenir, un soir d'été, lorsque le soleil est à peine en train de se coucher, d'attendre tes parents à la maison... D'attendre... D'attendre... Et de voir qu'ils étaient là toute la journée, tu ne les avais tout simplement pas vus... Enfin... Tu ne t'attendais juste pas à les retrouver en bas, dans la cave, la tête sur le sol, arrachée de leurs corps qui bougeaient encore un peu. Ça Yuri, ça c'est inhumain. Alors ouais, on va sortir de là, peu importe avec quels sacrifices, peu importe les épreuves et les difficultés, on sortira d'ici et j'irais mettre une raclée au Tyran avec cette putain de pierre précieuse.

Gontran m'avait touché, je restai bouche-bée face à un tel discours, face à son expérience de la vie si négative.

— T'es avec moi ? dit Gontran en me regardant droit dans les yeux

Je contemplai ses grands yeux sombres pendant de longues secondes en réfléchissant à tout ce que j'allais perdre une fois sorti de prison.

— Je suis avec toi, répondis-je soudainement.

Gontran, après avoir eu confirmation de ma part, commençait à réfléchir à un plan dans sa tête et parlait tout haut.

Il disait qu'il fallait qu'on se retrouve autour de nos repas avec Gavrol pour parler plus sérieusement d'un plan.

— Avec toi ! annonça soudainement une voix grave.

Gontran et moi levions les yeux vers le seul être qui aurait pu lancer une telle phrase.
Après avoir compris, on se regarda tous dans les yeux, la bouche grande ouverte.

— Attends mais tu parles toi ?? demandai-je grandement étonné.
— Non tu te fous de moi ! ajouta Gontran.
— Moi pas me foutre de toi !

Nous étions étonné de voir que Simuald savait aligner quelques mots de notre langue tant bien que mal. Il ne parlait pas de la manière la plus fluide possible mais c'était toujours mieux que rien.

Le soir même, nous nous étions tous retrouvés autour de notre repas. Même Simuald nous avait rejoint, lui qui avait cessé de faire des concours de bras de fer et souhaitait s'immiscer dans notre plan pour s'évader d'ici.

— Bon les gars, dit Gontran. L'idée du plan est très simple, on doit se rendre sur ce foutu anneau. On doit trouver nos affaires, la pierre et foutre le camp d'ici. Si on voit qu'on est dépassé par les événements on avisera. Il faut qu'on essaie de

prévenir votre chef.. Euh...
— Vekosse, dis-je en rappelant à Gontran le prénom de notre boss. C'est Vekosse.
— Oui d'accord, répondit Gavrol. Mais on fait quoi des soldats qui gardent notre moyen de monter vers l'anneau ?
— Je m'en occupe, affirmai-je en choisissant de me sacrifier pour l'équipe. Avec Simuald on restera en bas pour que vous puissiez contacter Vekosse, prendre nos affaires et qu'on se tire d'ici. Pas vrai mon grand ?
— Vrai ! s'exclama Simuald en frappant ses poings sur la table.
— Oh doucement !

Je regardai aux alentours pour voir si personne ne se doutait que l'on préparait un plan machiavélique. Il y avait encore la compagne de cellule de Gavrol qui nous observait du coin de l'œil.

— Il sait parler lui maintenant ?! demanda Gavrol en fronçant les sourcils.
— Ouais on a remarqué ça tout à l'heure, rétorquai-je en regardant Simuald avec un léger sourire.
— Ok... Bon, et donc c'est quoi notre couverture ? Notre moyen de diversion ? questionna Gavrol.
— Le Carnaval, dit Gontran.
— Ouais, le Carnaval, repris-je en tournant ma tête vers mon amie. Le Carnaval nous permettra de ne

pas trop nous faire remarquer, bien qu'il y aura des caméras à presque tous les coins de rue... Ma mission sera de trouver une lentille connectée.
— Une lentille connectée ? Pourquoi faire ? dit Gavrol intriguée par ce que je venais d'annoncer.
— Pour me permettre de contrôler les caméras, les drones et les robots qui seront avec les soldats. Moi ça va m'amuser... Tu sais c'est comme un casque de réalité virtuelle mais en beaucoup plus avancée et en plus stable. Si je contrôle les drones et tout le système de sécurité, il ne devrait pas y avoir trop de problèmes pour que tu montes avec Gontran jusqu'en haut de l'anneau. Ton seul moyen pour aller en haut, ça sera le rayon luminescent attracteur, il grouille de gardes.
— Donc avec Gontran on va là-bas, on se débarrasse des gardes et on monte en haut ?
— Ouais, c'est presque aussi simple que ça, mais il faudra que tu t'approches du rayon seulement quand je te le dirai, repris-je en réfléchissant. Seulement au moment où je te ferai signe, tu pourras y entrer. Parce que si je n'ai pas désactivé la sécurité du rayon, non seulement tu risques de te blesser si tu le touches mais surtout... L'alarme se déclenchera et on sera tous morts... Littéralement.
— Donc... Si je résume...
— Si on résume, dis-je en coupant la parole de Gavrol. Tu t'occupes des gardes autour du rayon luminescent, tu montes à mon signal, tu récupères

nos affaires et tu appelles Vekosse. De mon côté, avec Simuald on s'occupe de vous déblayer le chemin. La tour qui me permettra de désactiver la sécurité du rayon est juste à côté de là où se tient le concert d'électro.
— Attends y'a un concert d'électro ?! demanda Gontran soudainement stupéfait.
— Ouais pourquoi ? C'est des prisonniers qui sont musiciens, apparemment on leur offre des instruments et ils font un concert pendant le Carnaval, annonçai-je.
— Moi j'adore musique ! cria Simuald heureux.
— Merde on pourra même pas en profiter...

Gontran avait l'air déçu, ou alors il disait ça ironiquement, je ne savais pas...

— T'inquiètes pas, on aura tout le temps d'en profiter quand je mettrai la rediffusion dans le vaisseau de Vekosse.
— Oh... Là on discute Yuri.
— Bon... repris-je encore une fois. Pour ce qui est des moyens de communication entre nous, je m'en occupe.
— Et comment ? demanda Gavrol.
— Avec Gontran on a bien discuté et on va piquer des oreillettes dans le bureau des gardes de la prison. Si on se fait griller on prétextera qu'on a besoin de certains trucs pour confectionner nos

costumes pour le Carnaval. Ça passera tranquille.

Du coin de mon œil, je remarquai que la colocataire de Gavrol nous observait encore et toujours, c'était assez dérangeant.

- Ta camarade de cellule est assez bizarre, dis-je à Gavrol.
- Elle parle jamais alors je sais même pas ce qu'elle pense de moi, je sais pas pourquoi elle nous regarde d'ailleurs.
- Mouais... Bon, sur ce les gars, bon appétit !
- Bon appétit ! répondit Simuald en croquant à pleines dents dans son morceau de viande.

Le Carnaval avait lieu dans deux jours. Chaque prisonnier avait la mission de se construire un costume, un masque, peu importe, en commandant des pièces auprès du bureau des gardes de la prison.
C'était la tradition par ici.
Ce Carnaval avait pour but de purger les émotions des criminels, de détendre tout le monde avant de repartir pourrir dans les abysses miteuses de ce bâtiment.
Le jour suivant, avec Gontran, on avait réussi à se dégotter des objets de luxe dans le bureau des gardes.
Avec des fils, des objets de haute technologie volés et un bon cerveau comme le mien, tout était paré pour communiquer entre les différents membres de l'équipe.
Je donnai une oreillette à chacun durant le repas, sans que personne ne s'en aperçoive.

En fin de soirée, la veille du Carnaval donc, nous avions presque achevé nos costumes.
Lorsque je regardais les œuvres d'arts de certains prisonniers, c'était très différent de ce que j'avais conçu.
Les femmes avaient des plumes comme celles d'un paon qui leur sortaient du dos et des cheveux, du maquillage dessiné sur leurs paupières, leurs joues et leurs lèvres. Elles avaient des hauts avec un dos nu, des décolletés, des habits plutôt extravagants.
Le bas était tantôt peu vêtu, tantôt habillé d'une jupe ou d'une sorte de short en fourrure d'animaux extraterrestres et de couleurs vives.
Les hommes, quant à eux, avaient conçu des pantalons larges en tissu, des bottes pointues, de longs manteaux qui descendaient jusqu'aux chevilles et des masques en tout genre pour cacher leurs visages dont ils avaient sûrement honte.
Gontran avait fait une tenue miniature qu'il s'était arraché les cheveux à faire. Pourtant, le rendu final lui donnait la gerbe, il avait honte. Il avait une sorte de béret, où deux trous avaient été percés pour qu'il puisse y faire sortir ses oreilles pointues, des lunettes en forme d'étoiles et... Une belle et grande robe rouge et blanche.
En fait, il y avait des stocks limités et lorsqu'on ne s'y prenait pas assez tôt, il arrivait parfois que certains prisonniers doivent s'habiller en fille à cause de l'indisponibilité de certaines pièces.
Je m'étais moqué de lui lorsqu'il s'était présenté devant moi le jour J. C'était à en pleurer de rire.
Simuald le prenait sur ses larges épaules comme un

enfant pour rigoler, ce que Gontran ne supportait pas vraiment.
J'avais également présenté mon costume à l'équipe, je ne savais pas ce que rendait la tenue. Je voyais la réaction de Gavrol et Gontran au travers de mon masque au style steampunk.
Ils avaient l'air dubitatifs, peut-être était-ce le long manteau que j'avais... J'avais cru bien faire en puisant mes idées dans le style vestimentaire des médecins de la peste.
J'avais un masque fait de rouages de métal doré, deux yeux faits avec d'anciennes lunettes d'aviateur, des bottes et un ensemble noir pour être plus discret.
Gavrol avait l'air de bien aimer les bottes.
Il est vrai que ça aurait pu lui aller car c'étaient des bottes avec de grosses semelles comme elle adorait en porter.

Le Soleil était parti se reposer et laissait Mesyrion se faire engloutir d'une nuit d'un noir charbonneux. Les nuages bleutés glissaient dans le ciel d'où surgissaient quelques fois de lointaines étoiles qui brillaient avec difficultés.
Tout le monde était prêt, aussi bien mentalement que physiquement, à l'un des événements les plus mémorables de toute une vie... Le Carnaval de Mesyrion.
Je dirigeais mes pas vers un endroit inconnu, suivant la troupe de prisonniers qui agissaient au gré des gardes.
J'étais encore avec Gontran et Simuald. Je ne savais pas où se trouvait Gavrol, peut-être avait-elle déjà pris place au sein de la fête.
Soudain, alors que je regardais tout autour de moi pour

espérer apercevoir mon amie la vieille, un soldat me poussa avec son avant-bras pour que j'entre dans un ascenseur.

On était tous serrés, surtout à cause de Simuald qui prenait la place d'au moins quatre mecs.

Certains grognaient leur mécontentement car on les avait tirés de leur sommeil pour venir festoyer. D'autres riaient déjà et avaient hâte de montrer leurs talents de guitariste sur scène.

On montait, encore et encore, alors que de la transpiration et des odeurs fécales commençaient à se faire sentir. Je ne savais pas si cela était de la faute des gars debout à mes côtés ou si ça venait d'ailleurs.

J'avais envie de vomir.

Un mec aux cheveux blonds et à la mâchoire carrée me bouscula soudainement. Mon crâne se cogna contre la porte de l'ascenseur et me fit m'énerver de douleur.

Je contins ma colère malgré tout, essayant de ne pas créer un mouvement de panique ou de tension au sein du groupe.

Mon crâne n'avait pas encore cicatrisé des blessures de l'autre fois et mon épaule droite me faisait mal. J'avais quand même pris pas mal cher dans cette bagarre tout compte fait.

J'espérais juste que ce con n'avait pas rouvert ma balafre à la tête.

Soudain, alors que je transpirais dans ma lourde tenue noire, alors que je sentais mes aisselles se coller entre elles et se décoller avec plus d'eau qu'il n'en fallait pour faire cuire des pâtes, l'ascenseur s'arrêta.

Il s'ouvrit, nous laissant avec un brouhaha dont on avait nullement l'habitude en bas dans notre cellule.

Il y avait un monde fou, c'était comme une ville mais en plus petit, en plus condensé, avec des restaurants ouverts aux prisonniers, des bars et des boîtes de nuit et beaucoup d'autres bâtiments.

La musique était si forte qu'elle en faisait trembler les murs et nos tympans. Avec Gontran et Simuald, on ne s'entendait pas parler.

On visitait la ville, oubliant à la fois nos problèmes et nos missions. Cette ville était aussi belle qu'étrange. Les histoires sombres qui avaient dû s'y dérouler coloraient les angles des rues et les passants.

La lumière était essentiellement produite par les néons qui rebondissaient sur les visages meurtris des criminels. Du rouge tâchait nos vêtements. Du violet, du bleu et même du jaune venaient parfois s'y déposer également.

C'était magnifique.

Alors qu'on tournait nos têtes dans tous les sens à la recherche d'un sens à notre vie, à la recherche de notre but, nos regards achevèrent leur chemin sur des vitrines aux néons rouges.

- Oh ! Jolie madame ! s'exclama Simuald en posant sa main sur la vitre.
- Oui, mais ne fais rien Simuald, c'est pas pour nous, on n'est pas venus pour ça d'accord ? répondis-je en bavant malgré tout sur la beauté des corps qui se reflétaient au travers de mes pupilles.

— C'est comme à la maison, affirma Gontran. Hé celle-là est pas mal !
— Ouais... Comme à la maison...

Mes paroles retentissaient dans mon cerveau comme un trouble que je n'arrivais pas à éclairer, comme un orage que je ne parvenais pas à calmer. Je cachai mes émotions en regardant ailleurs.
Des souvenirs de mon ancienne vie sur Terre avaient refait surface.
Hors de question de montrer les failles de mon âme à ses ratés que je traînais avec moi, encore plus s'il s'agissait de verser des larmes.
Les larmes, je les laisserai tomber lorsque je serai sur mon lit de mort. Les larmes s'échappent des yeux des hommes fragiles, des garçons plus précisément.
Moi je suis un homme, un vrai, qui ne recule devant rien.

— Il est où Simuald ? demanda Gontran en regardant partout.

Je me retournai, essayant de savoir où il s'était caché. Je l'ignorais jusqu'à ce que je vois une vitrine se fermer un peu plus loin et le rideau recouvrir la pièce pour qu'on ne puisse rien apercevoir.

— Me dis pas que tu l'as laissé rentrer ? dis-je exaspéré.

— J'en sais rien moi, j'étais dans mes pensées deux secondes et il en a profité pour aller se faire une prostituée, rétorqua Gontran en levant ses épaules.
— On n'a pas le temps pour ça bordel !

De violents cris sortirent de la chambre, des secousses spontanées et sincères firent trembler nos voûtes plantaires. Simuald criait d'une façon qui faisait presque rire Gontran.
La vitrine se brisa en quelques morceaux. Du verre, dernier témoin des ébats de Simuald, tomba sur le sol.
La femme hurlait de douleur et de plaisir, sûrement plus de douleur qu'autre chose.
Lorsque Simuald sortit, il regarda à sa droite et à sa gauche puis rigola en même temps que Gontran.
Moi, je levai mes yeux au ciel, dépité de ce que je venais de vivre.
Simuald raconta son expérience auprès de Gontran tandis que j'essayais de contacter Gavrol.

15.

— Gav ? Gav tu m'entends ? criai-je en tenant mon oreillette.

Ça grésillait dans mon oreille, tout ça ne me disait rien qui vaille.
J'avais la drôle d'impression que quelque chose ne tournait pas rond.

— Les gars, vous pouvez voir si vos oreillettes fonctionnent ?
— Ouais, répondit Gontran.
— Allô ? Allô ! ajouta Simuald avec une intonation bizarre.
— Gavrol t'es là ? Gavrol si tu nous entends réponds-nous ! continua Gontran.

Gontran avait beau tenter de parler, aucune réponse ne fit son apparition.
On errait là, perdus au milieu d'une foule de prisonniers

qui picolait, qui dansait et se ruait vers différents endroits.

Certains me poussaient pour atteindre plus rapidement leurs envies, d'autres tombaient sur le sol et vomissaient les boissons qu'ils avaient consommées quelques minutes plus tôt.

Je paniquais, mes mains moites se serraient et mes jambes peinaient à faire avancer ce corps déguisé d'une drôle de façon.

J'avais l'impression d'avoir perdu quelque chose, d'avoir abandonné Gavrol... J'espérais qu'elle soit encore en vie à l'heure actuelle.

— Allô Yuri tu m'entends ou pas ?! dit Gavrol dans mon oreille.
— Aïe crie moins fort ! affirmai-je en bouchant mon oreille. Oui je t'entends, est-ce que toi tu m'entends ??
— Ah bah enfin c'est pas trop tôt ! On a presque eu le temps de mourir trois fois ! rétorqua Gontran d'humeur cynique.
— Et de faire l'amour aussi ! prononça haut et fort Simuald en souriant avec ses trois têtes démoniaques.
— D'accord... Mais depuis tout à l'heure je vous entends en fait, j'étais en train de parler mais visiblement vous m'avez pas entendu, déclara Gavrol.

Mon soulagement se fit entendre à travers une expiration

que mes poumons m'ordonnaient d'exécuter.

— Ça devait sûrement buguer alors...
— Peu importe, reprit Gavrol. Bon, on se rejoint au concert d'accord ? J'suis bientôt arrivée !
— Ça marche ma biche !
— Oh et un dernier truc, ajouta Gavrol avec un ton un peu plus froid.
— Oui ?
— Surtout...
— Oui ?
— Surtout...
— Mais encore ?
— Ne m'appelle plus jamais « ma biche ».

Nous rejoignîmes enfin Gavrol au pied de la scène de spectacle. La musique était bien trop forte pour ne pas nous créer d'acouphènes.

— Bon on fait comme on a dit ? dit Gavrol en criant.
— Ouais ! Je reste avec Simuald, on va rentrer dans la tour en faisant gaffe aux alarmes et aux gardes. Toi, dirige-toi avec Gontran jusqu'au rayon et quand tu y seras tu m'appelles, répondis-je.
— Pardon monsieur, dit un prisonnier en passant entre Gavrol et moi et en rotant presque à mon visage par la même occasion.
— Fais attention à toi, dis-je à Gavrol.
— T'inquiètes, je suis là pour elle, rétorqua Gontran

en me faisant un clin d'œil.
— Justement, c'est ça qui m'inquiète, affirmai-je à Gontran avant qu'on ne parte chacun de notre côté.

Je contemplai Gavrol partir, la laissant sûrement entrer dans un danger bien plus grand que je ne le pensais... Mais il nous fallait quitter ce misérable satellite.
Mes deux collègues disparurent à travers la foule de prisonniers qui dansaient et levaient leurs bras au rythme des paroles des chanteurs.
Soudain, l'énorme vacarme qui faisait rage sur cette morne ville s'estompa jusqu'à cesser totalement.
J'avais un mauvais pressentiment, comme s'il se tramait quelque chose qui allait nous être fatal. Tout le monde s'était arrêté le temps d'un instant, comme s'ils renonçaient soudainement à l'amusement.
Simuald m'observa, je ne savais pas quoi dire ni quoi faire, était-ce seulement mon imagination ou tout le monde était actuellement en train de se retourner vers nous et nous dévisageait ?

— Mesdames et Messieurs... Il est là, parmi nous, il a réussi à venir ici malgré son emploi du temps très chargé ! s'exclama un prisonnier qui était sur scène. C'est comme un héros chez nous ! Mes chers amis... Un tonnerre d'applaudissements pour... Julien Schwarzer !

C'était donc pour ça que ce silence abrutissant

retentissait ! Ils avaient fait une surprise en accueillant un rappeur que je connaissais très bien. Je l'avais écouté des années auparavant, il venait de la Terre.

— Mesdames... Messieurs, il a décidé de nous interpréter l'une de ses plus belles chansons... Ciel Rouge !

J'étais emporté par les premières notes de cette symphonie au style mélangeant l'électro et le rap. C'était comme un voyage astral, au cœur de l'univers, j'avais l'impression de visiter des planètes magnifiques en roulant dans ma voiture pendant des heures.
Il fallait malgré tout que j'y aille, le temps était compté et je ne pouvais plus en perdre.
Je me dirigeai avec Simuald jusqu'à la tour de sécurité en veillant à bien éviter les caméras principales.
C'était l'épreuve d'infiltration la plus facile que je n'ai jamais vue. Il n'y avait personne aux premiers étages, aucun garde, tout était désert.
On monta les escaliers avec Simuald qui se pliait en quatre pour ne pas se cogner la tête partout.
Plus on montait, plus des bruits d'interférences firent leur apparition.
On entendait des voix par-ci par-là, tantôt masculines, tantôt féminines.
La porte A-34, c'était la dernière face à nous, au tout dernier étage, c'était de là que venaient les bruits.

— Surtout, ne te fais pas remarquer, tu me suis et tu

te fais discret d'accord ? demandai-je à Simuald.

Simuald fit un signe avec ses trois têtes pour approuver mon discours. Je savais qu'il n'allait pas passer inaperçu très longtemps. Il fallait qu'on trouve la salle de contrôle et vite.
On poussa la porte d'entrée. L'intérieur était rempli de bureaux, où des centaines d'hommes et de femmes robotiques dénués de consciences y travaillaient d'arrache-pied pour garder un œil sur chaque prisonnier. Tout était tactile, c'était comme dans un film de science-fiction où la technologie avancée permettait aux hommes de faire des miracles.
Ces robots zoomaient parfois sur le visage de quelques prisonniers, on pouvait observer leurs peines, leurs crimes, leurs âges et familles ainsi qu'un tas d'autres informations.
Je me faufilai entre les petits murets qui séparaient les bureaux, certains gardes s'étaient retournés en ayant crus voir une tête monstrueuse de couleur verte... Simuald.
Simuald et moi, on rampait presque pour ne pas se faire remarquer. On souhaitait atteindre le fond de la salle qui menait sur un grand couloir avec une porte tout au fond, c'était sans aucun doute là-bas qu'ils cachaient les commandes pour désactiver les alarmes.
C'était également à cet endroit que je pourrais prendre le contrôle de la prison avec cette lentille connectée.
On se faufilait encore et encore, en manquant plusieurs fois de se faire repérer par les robots.
Je touchai du bout des orteils la fin de cette salle, tentant

de rentrer dans le long couloir sombre où seule une lumière vibrait au son de la musique.
D'un seul coup, une tape sur l'épaule me fit me retourner.

— Problème, dit Simuald.

En effet, il y avait un gros problème.
Un robot tenait en joue Simuald, ce gros débile, qui s'était fait griller en laissant dépasser l'une de ses têtes démoniaques.
J'étais dépité.
La lumière blanche qui décorait jusque maintenant cette gigantesque salle tourna au rouge sang.
Les yeux des robots humanoïdes devinrent menaçants, leurs expressions faciales avaient changé du tout au tout.
C'était fini, on avait perdu notre partie.
Un signal rebondissait sur nos oreilles et nous assourdissait.
Tous les robots se dépêchèrent d'arriver sur les lieux sans attendre, tenant leurs armes dans les mains.
Une grande bataille allait éclater, une bataille dans laquelle on allait sans aucun doute perdre la vie Simuald et moi et faire arrêter Gavrol et Gontran sur-le-champ.

— Bon bah Simuald... À table, annonçai-je déçu qu'on en finisse de la sorte.
— Oh ouais ! Manger ! s'exclama Simuald en saisissant un des gardes.

L'une de ses têtes diaboliques s'approcha doucement du

visage épouvanté du robot. Un sourire mesquin, témoin des horreurs qui allaient se dérouler en ce lieu, se dessina doucement sur Simuald.

Il sortit ses langues de vipère, vibrant à l'odeur du sang dont il allait se délecter d'un instant à l'autre.

La tête du soldat se décrocha d'emblée du reste de son corps, sa peau se déchira et finit dans les entrailles de la bête qui se régalait déjà.

Les autres robots restèrent bouche bées face à tant de dégoût et de déchaînement.

Lorsqu'ils eurent enfin retrouvé leurs esprits, que leur semblant de conscience avaient redémarrés, ils tirèrent tous sur Simuald.

Il ne bougeait pas, même si quelques balles firent des trous dans sa peau, et finissait son repas comme il se devait avant de retourner ses trois visages vers les autres qui reculaient de terreur.

La guerre avait commencé et il était trop tard pour reculer.

J'empoignai l'arme d'un soldat en lui flanquant une droite bien placée dans son visage inexpressif.

Tel le chef que j'étais, que dis-je... Le mercenaire surentraîné, je tirai sur tout ce qui entreprenait le moindre mouvement.

Je me cachai derrière des murs qui ne retenaient que quelques balles avant de se percer.

Je sortis de mes cachettes, toujours en ayant un œil sur Simuald et en détruisant les vies des derniers soldats.

Il nous fallut quand même cinq bonnes minutes avant de venir à bout des gardes.

Lorsque l'on avait achevé notre mission ici, nous cheminâmes enfin vers ce long couloir parsemé de vide et de lumière devenue rouge.
Je faisais exprès de marcher sur les corps inertes des soldats robotiques, certains avaient encore les yeux qui bougeaient.
Je m'agenouillai vers une femme, qui avait du liquide ressemblant au sang humain coulant le long de sa bouche, et la regardai intensément dans les yeux.
J'essayais peut-être de transcender son âme, enfin elle n'en avait pas mais vous m'avez compris.
Je posai mes lèvres sur les siennes, gonflées et encore humides de chaleur et de vie. Je fermai mes yeux en m'imaginant encore embrasser Ferzelle qui vivait toujours dans mon cœur.
Je n'avais aucun regret mais je devais avouer qu'elle me manquait parfois... Surtout le soir lorsque je n'avais personne avec qui coucher...
Enfin bref.

— Beurk ! Dégoûtant...

Simuald lâcha un vomi chaud et saignant, il éjectait quelques morceaux de peau et de membres en métal.

— Tu vas pas me dire que tu vomis parce que j'embrasse un robot ? Alors que t'as fait pire dans ta vie ! T'as bouffé ma femme, crétin.
— Toi crétin ! C'est toi qui as donné ta femme à moi ! annonça Simuald en essuyant ses bouches.

— Mouais, bon allez ça va pour cette fois, répondis-je en me relevant avec la tête de cette femme toujours accrochée à ma main droite. Allez viens on doit pas traîner.
— Malade mental...
— Hé fais attention à tes mots toi !

J'entrai en premier dans cette salle, en enfonçant la porte d'un grand coup de pied. Il y avait un bureau au centre de la pièce avec des tas d'écrans virtuels qui montraient l'ensemble des visions des caméras.
Alors qu'on s'approchait du bureau, je lançai la tête de la femme robotique vers le fond de la salle, à côté d'une armoire.
Quelques rapides secondes plus tard, je perçus du coin de mon oreille gauche un étrange son venant de l'endroit où j'avais jeté le cadavre de mon ennemie.
Ça venait de l'armoire, il y avait quelque chose à l'intérieur.
Simuald resta devant les écrans, ce feignant ne voulait pas se bouger le cul pour aller voir ce qui se tramait là-bas, alors, je l'avais fait à sa place.
Avec mes poings serrés et verrouillés devant mon visage, j'avançai jusqu'au meuble qui bougeait presque. On aurait dit qu'il était vivant...
De ma main droite, qui tremblait d'énervement, j'ouvris la porte d'un mouvement sec.
Simuald pencha l'une de ses têtes et fronça ses sourcils, comme moi d'ailleurs.

— S'il vous plaît me tuez pas, par pitié !

Cette voix, c'était celle d'une petite fille d'une quinzaine d'années, elle était blonde et semblait humaine, bien plus que tous ceux morts au combat quelques minutes plus tôt.
Elle avait des yeux en amande, des sourcils tracés et fins qui s'agitaient de peur.
Sa bouche qui laissait passer son souffle chaud et paniqué était noire.
Elle était petite, innocente, candide et pleine de frayeur.

— Yuri ?
— Quoi ?! rétorquai-je en me retournant froidement vers Simuald qui me dérangeait dans mes pensées.
— Il y a... Gardes...
— Quoi gardes ? Parle français non ?!
— Gardes partout ! Viens voir !
— Putain mais ma parole vraiment toi...

Ma bouche cessa de former des phrases cohérentes. Je contemplai le spectacle qui s'offrait à moi.
Sur toutes les caméras entourant le bâtiment, partout rentraient des hommes et des femmes armés jusqu'aux dents. Ils venaient en trombe, se poussant et se marchant bientôt presque les uns sur les autres, afin d'atteindre la salle où l'on avait envoyé six pieds sous terre chacun de leurs collègues.

— Bon d'accord euh... Écoute ma grande, dis-je en

m'approchant une seconde fois de la petite fille qui était restée dans l'armoire. Tu comprends ce que je dis ??

Elle fit un signe de la tête avec ses yeux inondés de larmes.

— Alors... Je sais que c'est dur ce que tu vis... Je suis désolé vraiment... Mais il faut que tu comprennes qu'on n'est pas tous méchants ici...

La fille ne comprenait visiblement pas tout ce que je lui racontais.

— Moi, j'ai l'air méchant moi ? demandai-je.

C'était un grand oui qui s'offrait à ma vue.

— Non... Je suis loin d'être un méchant, je suis juste perdu, perdu tu comprends ?
— O...Oui.
— Écoute, il faut que tu m'aides, tu veux ?
— Yuri ! Il faut se dépêcher, ajouta Simuald en craignant l'arrivée imminente des soldats dans la pièce.
— C'est bon ! affirmai-je avant de continuer à parler à cette fille. J'ai besoin d'une chose, une lentille pour contrôler tout ça d'accord ? Je ne te ferais pas de mal c'est promis, j'ai juste besoin de ça pour partir tu comprends.

— Je... Je ne sais pas où c'est, répondit la fille en laissant quelques larmes couler le long de ses joues.
— Pleure pas ma grande, t'as pas à avoir peur. On veut juste partir d'ici, on n'est pas bien ici... Si tu savais ce qu'on vit au quotidien en bas... C'est affreux.
— Messieurs, sortez immédiatement les mains en l'air, si vous ne sortez pas dans les prochaines minutes nous ouvrirons le feu ! annonça une voix féminine qui résonnait dans tout le bâtiment.
— Tu vois ma grande ? continuai-je en la regardant dans les yeux et en mettant mes mains sur ses fragiles épaules. Ils ne sont pas au courant que t'es là, si tu nous donnes pas la lentille ils vont tous nous tuer, ils vont tirer dans le tas... Je ne veux pas que tu meures d'accord ? Donc si tu nous donnes la lentille, je leur dirai que t'es là et tu pourras sortir sans problème.

La petite hésita quelques secondes et pleura encore. De la bave s'extirpa hors de sa gorge et glissa sur ses lèvres alors qu'elle essayait d'aligner quelques mots.
Elle tremblait de panique et sa voix avait de nombreuses secousses qui l'empêchait de clairement annoncer son désaccord.
La gamine se résolut, malgré toutes les tentatives, à sortir de sa cachette pour se diriger vers le bureau.
Un des tiroirs était impossible à ouvrir car il fallait l'empreinte digitale d'un employé humain, elle était la

clé.

Elle posa son pouce moite et hésitant sur le lecteur et le tiroir s'ouvrit, nous dévoilant ce qu'il y avait à l'intérieur. Simuald et moi pouvions remarquer qu'il n'y avait qu'un seul objet, une boite, comme une boite à bijoux.
À l'intérieur de cette dernière se trouvait une lentille extra fine et très sensible.

— C'est bon ma grande, merci beaucoup tu es adorable, tu peux t'en aller on ne te fera rien c'est promis, tu as été la meilleure aujourd'hui ma chérie, dis-je en lui caressant ses cheveux crépus.

Elle se dirigea hâtivement, en courant et en chouinant, vers la sortie du bureau.
Je contemplai son départ et me régalai d'avoir enfin entre mes mains l'un des bijoux technologiques les plus formidables de cette lune.

— Gavrol tu m'entends toujours ? demandai-je en actionnant mon oreillette.
— Oui oui, on est presque arrivés devant le rayon, c'est la merde ici tous les gardes sont en alertes, répondit Gavrol en chuchotant presque. Je sais pas ce qu'il se passe mais c'est bien la merde.
— Ah... Effectivement... C'est peut-être de notre faute... Bon, tenez-vous prêt, j'ai la lentille, je vais désactiver la sécurité du rayon. À mon signal vous pourrez entrer dedans.
— Hé ducon ! dit Gontran envers moi.

— Quoi ?
— Rate pas ton coup.
— Moi ? Jamais.

Simuald avait l'air en alerte et perdu. Ses têtes regardaient la petite qui ouvrit doucement la porte.

— Yuri ? demanda-t-il inquiet.
— Oui ?
— La petite, t'as pas prévenu...
— Je sais.

La gamine, en état de choc et cherchant un refuge quel qu'il soit, sortit de la pièce sans plus attendre. Plus aucun bruit n'entra ni ne sortit si ce n'est qu'un seul petit mot qui glissa sous la porte comme une lettre de désespoir.

— Attendez !!

Un trou, deux trous, cent trous se créèrent au travers des murs. Simuald et moi, nous nous baissions pour ne recevoir aucun résidu de balle.
Le corps de cette jeune fille, qui avait pourtant toute la vie devant elle, devait gésir sur le sol tel un ver de terre.
À l'heure actuelle, si l'un de nous deux sortait pour voir ce qu'il en restait, on ne trouverait que quelques morceaux de chair brûlée, d'os encore frais ou d'organes tâchant les murs déjà bien rougis par la lumière.
La vie en elle s'était éteinte tandis que je mettais sur mon œil droit la lentille qui glissait et se plaçait mal.

Avec un peu d'efforts, je réussis à insérer ce satané objet et eus accès à tout un tas d'informations diverses et variées, d'images en tout genre.

C'était comme si j'entrais dans un nouveau monde, oubliant l'espace et la physique de la réalité actuelle pour un univers plus jouissif.

Il y avait une telle liberté que tout était possible, je pouvais contrôler certains robots et tirer sur les prisonniers ou d'autres gardes humains. Il m'était possible de voler comme un oiseau, au rythme du vent et selon mes envies en prenant possession des drones de sécurité.

La lentille me permettait même d'ouvrir certaines cellules de prisonniers.

— Gav... J'ai accès à tout c'est ouf, j'ai l'impression d'avoir perdu mon corps et d'être un dieu... J'peux tout faire !
— Concentre-toi bordel ! répondit Gavrol énervée.
— Yuri donne-nous accès au rayon sinon on va finir par se faire repérer ! Tu nous mets dans la merde à t'amuser ! ajouta Gontran tout aussi fébrile.
— Ok ok c'est bon... On peut plus rien dire ici... Bon j'essaie d'accéder à la sécurité du rayon.
— Il faut... Qu'on parte d'ici... Yuri, tu m'entends ? C'est... Gavrol... Je sais pas... Il faut que tu viennes vite... L'impression que je vais mourir ! Gavrol parlait dans mon oreillette mais d'énormes interférences m'empêchèrent de comprendre ce qu'elle souhaitait me dire.

J'étais sur le point de désactiver la sécurité du rayon attracteur lorsque quelque chose me sortit de force de mon contrôle et désactiva la lentille.

— Yuri ils vont entrer ! cria Simuald qui entendait les gardes venir de plus en plus près de là où l'on se tenait.
— Putain c'est quoi ce bordel ? dis-je en ouvrant grand mes yeux et ma bouche devant la fenêtre du bureau.

La vue était formidable, on pouvait voir de la fenêtre presque l'entièreté de la ville miniature, ainsi que le rayon attracteur qui menait à l'anneau.
Pourtant, il y avait un gros problème. Les lumières de la ville s'étaient toutes colorées d'un rouge qui scintillait. Dans mes oreilles retentissait une alarme, qui n'était plus seulement celle du bâtiment dans lequel je me trouvais. C'était celle de la prison toute entière, celle qui allait amener l'intégralité des soldats en alerte... On avait échoué notre mission.

— Gavrol putain me dis pas que t'as touché le rayon ? demandai-je.
— Yuri... Tu m'entends ? répondit Gontran qui haletait et tentait de former une phrase cohérente.
— Oui je t'entends ! Qu'est-ce qui s'est passé ? Je vous ai dit de pas toucher le rayon ! On est foutus putain !
— Allô Yuri ? Simuald ? Quelqu'un m'entend ?

— Gontran ! Ici Simuald, tu entends moi ??
— Si vous m'entendez... Désactivez la sécurité... Du rayon... Gavrol... Elle va la tuer !

D'énormes interférences m'empêchèrent de continuer à tendre l'oreille vers ce que Gontran racontait.
Soudain, le rayon lumineux qui aurait dû nous mener vers la victoire se teinta d'un rouge sang.
La porte du bureau dans lequel nous étions Simuald et moi fut soufflée par une grosse explosion.
Nous fûmes alors projetés dans le fond de la salle, démolissant le bureau par la même occasion.
Des soldats étaient entrés à l'intérieur et nous visaient avec leurs armes aux munitions mortelles.
Je savais qu'il ne me restait que quelques minces secondes avant que je ne périsse des mains de ces tortionnaires.
Gavrol et Gontran avaient dû subir le même sort.
Dans cette grande pièce où seuls quelques meubles allaient nous permettre de survivre peu de temps, Simuald envoya des soldats frapper les murs, explosant leurs organes qui atterrissaient parfois sur mes cheveux.
Je pris la décision de me cacher dans l'armoire qui avait permis à cette jeune fille de ne pas se faire repérer quelques minutes auparavant.
Ni une ni deux, alors que Simuald protégeait mes arrières, je repris le contrôle de la lentille qui commençait à me brûler la rétine.
Elle dysfonctionnait car les dirigeants avaient dû comprendre que je m'en étais servi. Ils voulaient

reprendre le contrôle mais je n'allais pas me laisser faire.

— Yuri, désactive ce putain de rayon ! cria Gavrol dans mon oreille.

J'étais en train de le faire mais c'était long, il fallait attendre que le processus se fasse. Malheureusement, Simuald passa au travers de mon refuge à cause d'une explosion. J'étais à terre, sonné par le bruit et la violence avec laquelle Simuald m'avait presque coupé en deux. Mes organes souffraient terriblement et il m'était impossible de me relever sans perdre connaissance. Je voyais déjà ma sentence, mon jugement face à Dieu qui s'était lassé de ma vie ici et souhaitait me revoir. Je savais qu'il était trop tard pour me lever, pour tenter de combattre ces types bien trop fort pour mon corps sans pouvoirs.
Je tournai la tête vers Simuald qui avait perdu connaissance. Son corps était décoré de multiples ouvertures au sang abondant, je me demandais d'ailleurs s'il n'avait pas perdu la vie avant moi.

— Simuald tu m'entends ? dis-je en apposant péniblement ma main sur son dos fait de muscles durs comme la roche.

Alors que j'essayais de me glisser vers mon collègue telle une limace rampant pour sa vie, un rayon aussi chaud que la lave, aussi destructeur qu'une bombe nucléaire, vint frapper mon cerveau de plein fouet.

Ma vision se troubla instantanément, je n'entendais que la voix des soldats qui parlaient entre eux sur la manière de s'y prendre pour nous achever.

Un voile noir combla les murs de la pièce, la lumière rouge s'éteignit petit à petit. Il n'y avait désormais plus rien que le silence en moi. Le dernier souvenir de ma vie fut cette petite icône dans un coin de ma vue, ce petit logo qui signifiait que la sécurité du rayon avait enfin été réduite en poussière, comme mon corps allait l'être dans quelques heures.

Moi, je rejoignis, avec Simuald, un coin de l'Univers bien plus paisible, où l'on allait enfin me juger pour tous mes pêchés.

16.

Quelques minutes plus tôt, du côté de Gavrol et de Gontran.

*G*ontran et moi, on était presque arrivés au rayon attracteur, notre objectif suprême. C'était là où on allait enfin réussir à s'enfuir de prison.
Alors bien sûr, il nous fallait encore réussir à aller en haut, à s'introduire dans la tour de communication pour appeler Vekosse et à récupérer nos affaires... Mais au moins, on avait fait la partie la plus compliquée.
On avait réussi à entrer dans ce coin de la ville, rempli de gardes, sans se faire repérer.
Gontran avait plusieurs fois eu envie de retirer la vie de plusieurs soldats mais je l'avais convaincu de ne pas le faire.

— Allez ma grande viens par ici, dis-je à Gontran en lui prenant la main.
— Lâche-moi toi ! rétorqua Gontran en chuchotant et en arrachant sa main de la mienne. T'as cru que j'étais ta copine ou quoi ? Elle est folle elle...

Ce qui me faisait rire, c'était la façon dont Gontran s'était habillé pour venir à la fête, il n'avait rien pu choisir d'autre et au fond de moi, j'étais morte de rire.

— Oh ça va, arrête de jacqueter, affirmai-je alors qu'on arrivait presque devant le rayon qui était gardé par cinq ou six gardes.
— Moi jacqueter ? Alors là... Jamais... Mais si on avait pu me donner d'autres vêtements que ça franchement j'aurais pas dit non, répondit-il.

On était tous les deux accroupis, essayant de se faufiler de part et d'autre de ce champ de vazal.
« *C'est quoi, le vazal ?* » me direz-vous ?
Et bien c'est à peu près la même chose que du maïs ou du blé.
C'est une pousse aux graines d'un vert intense que l'on peut utiliser pour aromatiser les plats les plus délicieux. Une fois réduites en poussières, ces céréales donnent un goût particulier à la nourriture que l'on ingère, à mi-chemin entre le salé et l'acidulé.
Ce champ était entouré de véhicules de police, de drones qui parcouraient les terres à la recherche d'individus comme nous, de gardes qui longeaient les allées en gardant leurs armes toujours près du corps.
On avait réussi à trouver un chemin plutôt « safe », on ne s'était pas fait remarquer même avec cet idiot de Gontran et sa mini jupe.
Au centre du champ, les pousses avaient été abattues et le sol brûlé par la lumière du rayon. Plusieurs soldats entouraient notre objectif, des ballots de paille avaient été

posés ici-et-là. C'était derrière ces derniers que Gontran et moi on se cachait actuellement.
On réfléchissait à une diversion mais difficile pour moi de me concentrer quand j'avais la raie du cul de mon collègue juste devant mes yeux.

— Sérieux t'as même pas mis un sous-vêtement ?
— Pourquoi ? Pas besoin... Ça m'aide à me concentrer, affirma-t-il en ne comprenant même pas pourquoi j'étais dégoûtée.
— Moi ça me déconcentre... Alors bouge ton cul.
— Ouais... Bon... Sinon t'as un plan ?
— Je sais pas, toi t'en as un ? Montrer tes fesses aux gardes peut-être ? questionnai-je alors que je réfléchissais à une solution.
— Euh...
— Non ! Me dis pas que t'y avais pensé ?!

Gontran resta silencieux et fit un sourire qui soulignait sa gêne.

— Non ! J'ai pas pensé à ça ! s'exclama-t-il. Faudrait être fou pour penser à...

On tourna nos têtes respectives vers le champ, quelque chose avait bougé devant nous, une ombre que j'avais cru déjà apercevoir avant qu'on atteigne cet endroit.
Je n'en avais guère parlé à Gontran mais il était vrai que j'avais eu cette drôle d'impression d'avoir été suivi par quelqu'un, ou quelque chose.

Je n'en avais pas la certitude mais une chose rodait en ces terres et elle n'était pas envieuse de nous laisser partir d'ici vivants.

- T'as vu comme moi ? demanda Gontran.
- Ouais... Ouais tout à fait, une ombre ? répondis-je en regardant intensément entre les pousses de vazal.
- Ah non, moi c'était un animal, genre comme un renard quoi.
- Tu te fous de moi là ?
- Non pourquoi ?
- T'as pas vu une sorte d'ombre bouger dans le champ ?
- Mais... Non ! Tu me fais flipper là, affirma Gontran en me regardant avec des yeux d'effroi.
- Bref c'est rien, alors t'as réfléchi à quelque chose ?
- Ouais... Je pense que la meilleure solution c'est que je me sacrifie pour l'équipe.
- T'es malade ou quoi ?
- Je vais dans le champ, je les attire et je les tue un par un, y'a que ça à faire.

Gontran avait l'air sûr de lui, peut-être un peu trop d'ailleurs... Mais y-avait-il une meilleure solution ?

- Ok, et moi je fais quoi ? demandai-je.
- Tu fais pareil avec les gardes de l'autre côté du rayon, rétorqua-t-il.

Je partis de mon côté pour faire diversion.

Tous les gardes étaient en alerte, la musique du concert s'était étouffée au vu de la distance que nous avions parcourue pour arriver jusqu'ici. Je me demandai même si le concert ne s'était pas achevé.

Alors que je glissais entre les allées de vazal qui frottaient contre mes cheveux blancs, Gontran siffla et amena quelques gardes de son côté.

Les trois restants étaient à ma charge et je fis la même technique pour qu'ils s'approchent.

Ils regardaient partout, c'étaient d'honnêtes hommes dont la conscience allait s'envoler dans quelques instants.

J'avais l'habitude des situations aussi stressantes que celle-ci mais j'avoue que là, on jouait avec notre vie. Si un seul des drones, un seul des gardes nous remarquait, on était tués sur-le-champ.

Les soldats entrèrent dans ma zone, posant un pied après l'autre en positionnant leurs armes bien devant leurs yeux. La lampe de leurs flingues brillait et s'évaporait entre les fleurs.

J'empoignai la cheville froide d'un des soldats et le fis plonger dans son cauchemar le plus effroyable. Sa nuque se brisa sous mes phalanges et son regard se vida en un claquement de doigts.

Les deux autres se retournèrent, certains d'avoir perçu de leurs oreilles précises une voix criarde.

— Putain il est passé où Kzaer ? demanda un des gardes.
— J'en sais rien... Il se passe un truc bizarre ici, je vais

appeler les autres.

L'un des soldats appela ses collègues pour savoir si tout se passait bien en ville. D'après ce que j'avais réussi à comprendre, des prisonniers s'étaient rendus dans la tour de contrôle, avaient tué une fille et volé une lentille de réalité virtuelle.
Je les laissai discuter tranquillement ensemble et saisis l'arme de leur collègue décédé.

— Oui chef d'accord, annonça l'un des gardes dans le champ. On va faire attention vous en faites pas, c'est...

Un rayon, aussi beau et majestueux que les rayons cosmiques, traversa leurs boîtes crâniennes et brûla quelques épis de vazal bien mûrs au passage.
Ils n'avaient même pas fini leurs phrases que je les envoyai visiter les enfers.
Certains morceaux rosés de leurs cerveaux s'attachèrent à tout jamais aux céréales, horrifiées de ce qu'il venait de se passer.
Quand je revins au centre du champ, Gontran n'était pas là.

— Gontran t'es où ? dis-je en chuchotant pour n'alerter personne.

Il ne me répondait pas. Je n'entendais que le bruit du rayon qui frappait contre le sol et qui allait me brûler la

peau si je venais à le toucher du doigt.
Je tentai plusieurs fois d'appeler Gontran mais il n'était pas du tout ici, j'espérais juste qu'il ne m'ait pas abandonné à mon sort. J'étais une femme entraînée mais seule contre des centaines de soldats... C'était inimaginable pour moi.
Des feuillages bougèrent subitement dans mon dos, sans que je ne puisse savoir quelle en était la cause. Lorsque je tournai mon regard vers la source du bruit, je ne vis rien que du noir, les ténèbres de la nuit qui traversaient les allées de terre.
Soudain, ce son refit surface juste à ma droite, alors qu'une ombre difforme disparut sous mes yeux.
Le vent soufflait sur mes cheveux qui se collèrent à mes yeux. J'étais contrainte de les fermer durant quelques micro-secondes. À peine le temps pour qu'un autre bruit, puis un autre et un autre encore se joignirent à la fête. Je n'arrivais pas à savoir ce qu'était cette ombre qui voguait dans ce champ.
Je demandai si Gontran était ici mais je ne pouvais percevoir que le son des feuillages qui dansaient de droite à gauche.
Un froid intense me griffa la peau et me donna la chair de poule. Je commençai à paniquer, pourtant ce n'était pas en mon habitude car je restais toujours calme.
Mais là... Rien n'avait l'air normal.
Était-ce moi ou ces pousses de vazal semblaient se rapprocher dangereusement de moi, menaçant de m'englober de leur étreinte mortelle ?
J'avais l'impression que l'espace se tordait, que mon

corps allait tomber sur le sol et abandonner le peu d'énergie qu'il avait encore.

Le tourment qui s'emparait de moi me fit tourner la tête en quelques secondes, mon rythme cardiaque augmentait alors que des voix mystiques entrèrent dans mon esprit.

J'entendais des bribes de conversation, que je ne pouvais pas comprendre, que je ne voulais pas comprendre... J'étais hypnotisée dans ce champ, le corps immobilisé.

Devant moi, le rayon se changea en un être de lumière, je ne pouvais pas voir son visage mais il avait de longs membres et un sourire effroyable.

Il avançait vers moi tout en rigolant, alors que j'entendais encore ces bruits de pas qui s'approchaient.

J'étais terrorisée.

C'était comme ces paralysies du sommeil que je faisais quand j'étais enfant.

J'étais la poupée, la marionnette de mes peurs, de cet être lumineux. D'habitude, la lumière semblait être un refuge, une grotte dans laquelle s'abriter lors de nos moments de faiblesse...

Mais là, c'était le mal-être incarné, la peur, des envies de meurtres, des envies d'en finir avec la vie qui m'ait été donnée de savourer.

Ces voix m'ordonnaient de presser cette détente, de faire surgir un rayon du bout de cette arme désormais posé contre ma gorge.

J'avais le doigt qui transpirait, la main qui tremblait, secouée par ce monstre qui me léchait et allait me faire goûter à son baiser infernal.

Il me tournait autour, rodait entre les allées de vazal, me

portait presque dans ses bras pour me serrer et me détruire le cœur.
J'appuyai soudainement sur la détente, décidant d'enfin mettre un terme à ce cauchemar venu tout droit des enfers.

— Bouh !!

Une voix me cria dessus, c'était celle de Gontran.
Quand j'ouvris mes yeux, la lumière n'était plus qu'un simple rayon comme je l'avais toujours connu.
Mon arme était baissée, elle n'était plus contre ma gorge.

— Ça va Gavrol ? demanda Gontran qui surgissait du champ, il s'était caché derrière moi.
— Euh... Ouais t'inquiètes, j'étais... En train de réfléchir, répondis-je très inquiète, les jambes flageolantes et les organes liquéfiés.
— T'es sûre ? On dirait que t'es morte là. T'es super blanche.
— C'est rien, juste mon ventre qui me fait mal.
— Gav... J'ai accès à tout c'est ouf, j'ai l'impression d'avoir perdu mon corps et d'être un dieu... J'peux tout faire ! s'exclama subitement Yuri à travers mes oreilles.
— Concentre-toi bordel ! dis-je énervée en regardant partout autour de moi, cherchant la source de mon malaise constant.
— Yuri donne-nous accès au rayon sinon on va finir par se faire repérer ! Tu nous mets dans la merde à

t'amuser ! ajouta Gontran tout aussi fébrile.
— Ok ok c'est bon... On peut plus rien dire ici... Bon j'essaie d'accéder à la sécurité du rayon.
— Dépêche-toi, ajoutai-je froidement.

On attendit quelques longues secondes. Des secondes qui se transformèrent en minutes pendant lesquelles je tapais du pied et tournais en rond devant Gontran.
Il se demandait ce que j'avais, moi je regardais partout. J'avais un sentiment de malaise, comme si j'allais perdre le contrôle de mon corps ou de mon esprit pendant les prochaines secondes.

— Pourquoi tu fais les quatre-cents pas comme ça ? demanda Gontran intrigué.
— Ferme-la, c'est pas le moment de discuter, rétorquai-je en respirant de plus en plus fort.
— Hé parle-moi autrement d'accord ? T'as pas à me manquer de respect comme ça !
— Bordel Gontran, tu vois pas que c'est la merde là ? Depuis tout à l'heure je te le dis... Toi tu crois voir un renard dans tout ça là ! Moi je vois autre chose et cette chose va nous réduire en poussière si Yuri grouille pas son cul !
— Tu crois que ça va faire avancer les choses de râler comme ça ? T'es toujours en train de râler mais c'est sûrement dur de leur côté ! C'est pas rien notre mission, on doit s'évader d'une des prisons les plus dangereuses et surveillées de la galaxie !
— Déjà tu me parleras quand t'arrêteras de te

travestir, ajoutai-je en tremblant des mains.
— J'ai pas choisi mes vêtements putain tu comprends ? affirma Gontran en s'approchant de moi.
— Et puis j'en ai rien à foutre que ça soit dur de leur côté ! Si déjà le plan avait été clair et travaillé dès le début on n'aurait pas eu de soucis ! Mais non ! Vous les mecs vous partez comme ça, vous vous jetez dans la gueule du loup sans savoir ce qu'il peut se passer.
— Gavrol ?
— C'est toujours comme ça avec vous putain, on peut crever ici tout le monde s'en fout ! Tu sais ce que j'ai vécu moi pour en arriver là ?! J'ai toujours été droite ! C'est à Yuri de pourrir en prison pour tous ses crimes, pas moi bordel ! Moi j'ai jamais demandé ça ! Vous êtes vraiment tous des hypocrites et des grandes gueules mais quand il s'agit de faire les choses bien il y a plus personne hein ?!
— Gavrol ! s'exclama Gontran en regardant mes mains.
— Quoi putain ?!
— Tes mains.

Lorsque je baissai les yeux, je vis mes mains trembler beaucoup plus intensément que tout à l'heure. Le problème, c'était que je ne sentais pas ce tremblement, j'avais l'impression d'être normale même si une grande partie de moi semblait partir en vrille.

Désormais, plus rien n'était clair dans mon cerveau.

— C'est quoi ça ? dis-je en respirant très fort, aussi fort que si j'avais couru durant de longues minutes. Qu'est-ce qu'il m'arrive.

Gontran m'observa de haut en bas, me demanda si tout allait bien et essaya de me rassurer par les paroles. Rien n'y faisait. J'étais entré dans un état de choc, un état où je ne semblais plus être moi-même. J'avais cette impression très singulière de n'être plus en mesure de prendre mes propres décisions. De n'être plus pleinement moi-même, je ne contrôlais plus mon corps et j'en étais pourtant consciente.
Je tournai mon regard vers le champ de vazal et activai mon oreillette pour parler à Yuri.

— Il faut qu'on parte d'ici. Yuri, tu m'entends ? C'est Gavrol. Je sais pas ce qu'il m'arrive mais il faut que tu viennes vite, j'ai l'impression que je vais mourir !

Ça grésillait dans mes oreilles, j'avais perdu la communication par je ne sais quelle manipulation.
J'avais beau parler, personne ne répondait.
Je contemplai une dernière fois Gontran qui ne savait pas quoi faire quand tout à coup, un violent bruit d'orage éclata dans les airs.
Gontran fut éjecté entre les allées à une vitesse telle qu'elle pouvait le tuer à l'atterrissage.

Une étrange lueur violette émana d'entre les feuillages, derrière moi. Une lueur magnifique et déconcertante à la fois, qui m'amenait à comprendre que mon cauchemar allait réellement me faire mourir sur place.
Cette lueur se précisa au fil de son chemin entre les pousses de vazal. Je pouvais notamment observer qu'une main humaine, ou du moins qui semblait être humaine, contrôlait cet éclat.
Cette lumière violette cessa d'avancer, étant presque arrivée au centre du champ, et brilla encore plus intensément qu'avant.
Je restai bouche bée, les yeux grands ouverts, les pupilles dilatées et le corps prêt à décamper.
Mes globes oculaires apercevaient enfin qui était derrière mes songes faits de tourments. C'était une silhouette féminine, au look gothique.
Elle s'avançait encore et encore tandis que j'espérais que Gontran vienne me sauver. Il avait disparu dans le champ et j'allais être définitivement seule face à mes démons.
Cette silhouette rejoignit finalement l'endroit où je me tenais et les petites boules d'énergie dans ses mains s'estompèrent d'un seul coup.
Le rayon me permettait de voir celle que j'avais en face de mes yeux.
Cette femme avait des bottines noires aux lacets bien serrés et avec de grosses semelles qui lui faisaient gagner quelques centimètres en plus. Elle était plus grande que moi.
Ses collants quelque peu effilés longeaient ses grandes

jambes roides et fines.

Cette inconnue adorait sûrement passer inaperçue dans la foule puisqu'elle s'était uniquement vêtue de noir. Il n'y avait que certains détails de sa tenue qui étaient blancs comme son masque qui m'empêchait de savoir qui souhaitait me nuire depuis tout ce temps. Pour ne rien faciliter bien sûr, au-dessus de son t-shirt à manches longues elle portait une petite veste et une capuche englobait son crâne.

Je ne pouvais rien voir d'elle, rien deviner, je ne savais pas qui elle était.

— T'es qui bordel ? demandai-je.

Cette femme ne me répondit pas. À la place, elle décida de me foncer dessus à pleine vitesse et de me rouer de coups. Sa maîtrise des arts martiaux me faisait halluciner. Sa belle jupe noire s'envolait au rythme des coups de pied qu'elle m'envoyait en plein visage.

J'essayai de riposter mais le moindre coup fut arrêté et c'est moi qui en reprenais deux fois plus dans mes intestins. Alors qu'on se battait autour du rayon, cette folle décida de me lancer une boule d'énergie qui congela mes organes sur place. Mon dos heurta les ballots de paille aux alentours avec une telle violence que mes poumons sortirent le peu d'oxygène que je possédais encore.

Des drones, qui passaient au-dessus de nos têtes, nous repérèrent et sonnèrent l'alarme pour les gardes.

Des dizaines d'entre eux posèrent le pied sur le champ et

nous tinrent en ligne de mire.

La jeune femme n'en avait pas fini avec moi et elle ôta la vie de tout le monde. Elle empoigna l'arme d'un des soldats et tira sur les autres, se servit d'un corps presque inanimé comme bouclier et projeta les hommes et femmes restants dans les airs.

Lorsqu'ils atterrirent, leurs yeux sortirent de leurs orbites et l'un d'eux frappa ma joue. Des bouts de doigts repeignaient les plantes et l'herbe grillée.

J'avais même pu être témoin de la puissance du rayon attracteur lorsque ma tortionnaire éjecta une policière contre ce dernier. Son corps fut désintégré immédiatement, il ne restait plus que de la fumée et une odeur désagréable de cochon brûlé.

Je me levai difficilement, tenant malgré tout sur mes jambes qui avaient vécu trop de traumatismes pour tenir plus longtemps. Ma vision se remplit d'étoiles bleutées. Cette femme s'approcha de moi et me flanqua un grand coup de genou dans l'abdomen avant de me finir à coups de poing dans le visage. J'entendis, du fond de mes oreilles, un énorme craquement et une douleur insurmontable me traversa le nez.

Du sang remplissait les phalanges de mon ennemie qui n'avait même pas une égratignure.

J'avais définitivement le nez brisé en morceaux et du sang entrait dans ma bouche.

Dans un élan de courage et de bravoure, je pris le taureau par les cornes et crachai mon sang dans les yeux de la fille qui fut désorienté.

Elle enleva sa main qui emprisonnait ma gorge et mes

cinq doigts entrèrent en collision avec son masque.

Ça me faisait horriblement mal, je pensais même m'être cassé la main mais je continuai, hors de question de m'arrêter en si bon chemin alors que j'avais retrouvé un semblant de vigueur.

Je lui donnai des coups de pied retournés qu'elle esquiva en se baissant, la fis basculer sur le sol en appliquant des techniques de maîtrise que seuls les plus grands combattants de la galaxie m'avaient appris.

En quelques secondes, j'avais pris le dessus sur elle et bloquai ses bras grâce à mes jambes. Son visage, ou du moins son masque, était maintenant à ma merci.

Une ombre me rejoignit dans mon combat en sautant au-dessus de moi.

— Un petit peu d'aide peut-être ? affirma Gontran en atterrissant juste devant moi.
— Ce serait pas de refus !

Gontran fit glisser ses griffes aiguisées sur les jambes de notre adversaire et lui asséna une des droites les plus violentes que j'ai pu voir dans son masque.

On était tous les deux là à tenter de faire tomber ce qui cachait le visage de notre ennemie lorsque des gardes revinrent devant nous.

La jeune femme, sous l'emprise d'une colère noire, m'envoya valser dans les airs et moi, saisissant la seule occasion rêvée de découvrir son identité, j'empoignai son masque blanc entre mes doigts et lui arrachai d'une seule traite.

— Arrêtez-vous sur-le-champ ! affirma un des gardes en nous visant. N'essayez pas de résister, votre vie en dépend !

J'atterris un peu plus loin au côté de Gontran, les yeux face à une vérité que je n'avais pas pu prévoir.
J'avais désormais en face de moi le visage découvert de cette meurtrière.

— Attends... Toi ? dis-je dans un étonnement si subit.

Je reconnus immédiatement ses cheveux mélangés de blanc et de noir, ses yeux vairons dont l'un prônait le vert tandis que l'autre était rempli d'un jaune orangé subtil mais pourtant si somptueux. Son petit piercing gris au septum très discret qui donnait un charme à sa beauté naturelle... C'était ma compagne de cellule, celle avec qui je dormais tous les soirs depuis des semaines. Elle avait décidé de me poignarder dans le dos... Comment avait-elle pu être au courant de notre plan d'évasion ?
Tout ça n'avait aucun sens !

— Comment t'as enlevé ton collier hein ? m'exclamai-je en me relevant.
— Je rêve ou c'est ta fameuse pote de cellule ? demanda Gontran interloqué.
— Tu rêves pas, c'est bien elle.
— Tout le monde les mains en l'air maintenant ! cria un des soldats alors que tout le monde nous visait.

On faisait ce qui nous était demandé, même ma copine de cellule. Elle mit ses mains bien en l'air mais quelque chose clochait.
Quand je compris ce qu'elle s'apprêtait à faire, il était déjà trop tard.
Une lumière violette se manifesta dans les paumes de ses mains. Gontran ouvrit grand sa bouche face à ce qu'il voyait.
Tous les soldats se suicidèrent d'un rayon dans le crâne les uns après les autres jusqu'à ce qu'il ne reste plus que nous trois.
Le combat continua.
Dans un coin de ma tête, mes pensées fusaient et je me demandais ce qu'il était advenu de Yuri et Simuald puisque la sécurité du rayon ne semblait pas désactivée.
Cette tarée de gothique nous envoya dans les airs avec ses pouvoirs et tenta de me contrôler en entrant dans mon esprit.
Ça marchait un peu et j'avais presque entre mes mains la fine gorge de cet extraterrestre qu'était mon collègue Gontran lorsque je repris le contrôle.
Ma colocataire en avait marre de ma résistance mentale et se débarrassa d'abord de Gontran.

> — Je suis un mercenaire !! hurla Gontran en montant sur le dos de la jeune femme. Tu n'arriveras pas à m'avoir... Ah !!!

Le corps de Gontran s'envola dans le ciel et frappa un

drone au passage qui explosa en plusieurs morceaux. C'était comme un joli feu d'artifice qui ravageait les cieux. Lorsque le petit Zerkane avait fini de se prendre pour un oiseau, il s'écrasa contre un ballot de paille et perdit connaissance peu de temps après.
Je rassemblai mon semblant d'énergie qui restait encore en moi et tentai d'esquiver les coups qui arrivaient contre moi. Je me pris plusieurs coups de poing dans les côtes jusqu'au moment où mon corps abandonna la bataille.
La jeune fille glissa entre mes jambes et, en se relevant, elle enveloppa, de ses bras remplis de haine, ma gorge.
Elle me fit basculer vers l'arrière, de plus en plus, alors que j'essayai tant bien que mal de résister.
Derrière moi, à seulement quelques centimètres, le rayon lumineux hurlait d'envie de m'accueillir.
Je tenais bon, mais pour combien de temps ? Ce n'était plus qu'une question de secondes avant que je lâche complètement et que je me retrouve transformée en poussières.
Ma mâchoire se serra et je laissai apparaître mes dents qui grinçaient presque de douleur.
Le rayon brûla quelques mèches de mes cheveux, la chaleur montait jusqu'à mon crâne. Ça me tordait de douleur.
J'essayai de toutes mes forces de tenir, de frapper le visage ou le ventre de ma colocataire mais elle n'en avait rien à faire, elle ne voulait que ma mort... Pour quelle raison d'ailleurs ?
Du coin de mon œil, j'aperçus que Gontran venait de reprendre ses esprits et tentait de rétablir la

communication avec Yuri et Simuald, sans succès...

— Yuri... Tu m'entends ? dit Gontran qui haletait. Allô Yuri ? Simuald ? Si vous m'entendez, désactivez la sécurité du rayon immédiatement ! On s'est fait prendre par surprise... La colocataire de Gavrol... Elle va la tuer ! Dépêchez-vous putain !

C'était peine perdue, personne ne l'écoutait.
Alors que le rayon se frayait un chemin entre mes cheveux et avait commencé à marquer mon oreille gauche au fer rouge, je criai de toutes mes forces que quelqu'un me vienne en aide.
Ça y est, c'était la fin, mon oreille avait réellement touché le rayon qui changea de couleur, passant d'une lumière blanche au rouge vif.
Une alarme retentit dans toute la prison et des drones s'envolèrent dans le ciel alors que j'étais en train de crier de douleur.

— Yuri désactive ce putain de rayon ! criai-je dans mon oreillette.

Je donnai un dernier coup de coude désespéré dans le ventre de mon ennemie alors qu'un tas de soldats approchaient à grands pas de là où nous étions.
Soudain, alors que mon sourcil commençait à prendre feu, le rayon reprit sa couleur initiale.
Gontran bondit telle une bête affamée sur notre

adversaire et ils furent tous les deux emportés dans le ciel, vers l'anneau.
La sécurité du rayon avait finalement été contournée, Yuri avait au moins réussi quelque chose dans sa vie.

— À mon signal... Feu !!

Une voix de femme cria à travers les allées du champ de vazal et des rayons rouges se dirigèrent vers moi avec un seul but : me refroidir.
J'avais à peine repris mon souffle qu'on avait encore décidé de me nuire... C'était ma journée, décidément.
Gontran était sûrement arrivé en haut et se battait encore contre ma colocataire.
Sans attendre plus longtemps, je couvris ma tête avec mes mains pour me protéger des attaques ennemies et fonçai dans le rayon.
Une main froide m'attrapa le pied en vol et monta jusqu'à mon entrejambe. Une deuxième main s'agrippa également.
Deux soldats avaient réussi à me rattraper dans le rayon et on se battait ensemble jusqu'à ce que l'un de nous décide d'abandonner.
Je triomphai et arrivai sur l'anneau tandis que les deux gardes s'étaient fait éjecter de la lumière pour s'écraser dans l'ombre un peu plus bas.
À l'heure qu'il est, ils étaient sûrement réduits en bouillie. Avec un peu de courage, leurs collègues allaient les ramasser à la petite cuillère.
En haut, le sentiment de supériorité que je ressentais me

rendait euphorique. Je souriais en regardant la vue magnifique entre les nuages. Il faisait beaucoup plus froid qu'en bas et le vent balayait mes cheveux et mes vêtements.
On pouvait voir Yorunghem 80-B un peu plus loin dans le ciel et même Yorunghem 80-C, ma planète préférée.
Elle me manquait après avoir passé des semaines dans ce trou à rats.
Je penchai mon corps dans le vide, pour admirer la ville et la prison qui revêtaient un rouge clignotant. De la fumée s'échappait de certains bâtiments, ce devait être vraiment la merde, le chaos total, en dessous. Les prisonniers devaient actuellement se rebeller contre l'autorité.
Il y avait des tonnes de buildings, de maisons sur cet anneau aéroporté.
J'avais perdu de vue Gontran et ma coloc, je ne savais pas où ils s'étaient rendus. Des drones survolaient les environs à ma recherche et me tirèrent dessus en me voyant.
Tant pis, je n'avais plus le temps de me soucier de quoi que ce soit. Ma survie et celle de Yuri en dépendait.
Alors que j'étais en train de me cacher entre deux maisons, une grande explosion secoua les alentours et un ciel de cendres s'abattit au-dessus de ma tête. Je toussai plus d'une fois pour essayer d'expulser les poussières accumulées dans mes poumons.
Mon oreille et mon sourcil me faisaient terriblement souffrir, j'étais gravement brûlée mais il fallait que je continue.

Je devais trouver la tour de communication.
Bon dieu que c'était facile de la situer, puisque c'était elle qui crachait du feu ardent. Il ne faisait aucun doute que mon ennemie jurée ait emmené Gontran là-dedans.

> — Gontran tu m'entends ou pas ? questionnai-je en regardant autour de moi.
> — Aïe arrête de me frapper toi ! Gavrol... J'aurais peut-être besoin d'aide, répondit Gontran.
> — Ah, c'est bon tu me reçois ? T'es où ?
> — Tu vois l'incendie ? Tu dois le voir de toute façon si t'es en haut, affirma Gontran qui semblait se battre et respirait brutalement.
> — Ouais effectivement je le vois, j'arrive.

Un tas de gardes faisaient route vers les flammes qui rongeaient la tour de communication.
Certains apparaissaient du rayon attracteur pour me traquer comme une bête de foire.

> — Yuri tu m'entends ou pas ? repris-je en espérant qu'on me réponde. Yuri ?! Simuald tu me reçois ?

Là, il y avait un plus gros souci que je ne le pensais. Si Gontran pouvait m'entendre et répondre... Alors Yuri et Simuald le pouvaient aussi. Néanmoins, personne ne le faisait. J'étais sûre que quelque chose de grave s'était passé en bas et il était plus que temps de régler toute cette histoire avant qu'il ne leur arrive malheur.
En aucun cas je n'avais envie d'avoir la mort de mon

meilleur ami sur la conscience, ni même celle de Simuald.
Un policier en moto passa devant moi à toute vitesse sans s'arrêter. Il était suivi par toute sa troupe de motards qui ne voulaient qu'une seule chose : en découdre avec Gontran et moi.
Une idée désespérée me traversa l'esprit et je courus alors sur la route principale pour me mettre au travers de la route du dernier policier en moto.
Sa chute fut si brutale que son crâne s'éclata contre le mur d'une maison. Son casque avait beau être très costaud et rembourré, armé de la meilleure technologie, personne n'aurait pu survivre à un tel accident.
Heureusement, sa moto, qui s'était allongée sur son corps inerte, n'était pas en si piètre état et je pus l'utiliser afin de me rendre dans cette fameuse tour de communication.
J'étais en bas de la tour quand je décidai de sauter de ma moto pour la faire s'en aller dans la face de plusieurs soldats.
Gontran était en train de jouer avec sa vie dans le hall de l'établissement puisqu'on lui tirait dessus de partout. Il s'en foutait et ripostait comme il le pouvait avec ce qu'il avait sous la main.
Mais il fallait quand même que je l'aide.
Je courus jusqu'à arriver aux côtés de Gontran et... De deux prisonniers.

— C'est vraiment la merde ici, dis-je en essayant de reprendre mon souffle.

On se cachait derrière un grand pilier en pierre qui devait

sans aucun doute faire tenir la quasi-totalité du bâtiment tellement il était gigantesque.
Cette tour était basique, enfin du moins le hall d'entrée dans lequel nous nous trouvions, puisqu'il y avait un ascenseur derrière nous, une porte menant à des escaliers pour monter. Le reste, c'étaient que des bureaux, des pièces vides qui servaient de salles de réunions et d'autres endroits dénués d'intérêt.
Notre mission était d'aller tout en haut, le plus haut possible. C'était là où ils rangeaient nos affaires et l'artefact si rare. C'était également ici qu'on allait trouver de quoi contacter notre patron.

— Ouais c'est la merde... Ah et... Ouais... Je me suis fait des potes comme tu peux le voir, affirma Gontran en montrant les deux hommes. Les gars je vous présente Gavrol ! La plus impitoyable des femmes.
— Enchantée, rétorquai-je. Comment ils sont arrivés là.
— J'en sais trop rien ça, c'est vrai ! Comment vous êtes arrivés là les gars ? questionna Gontran en tirant dans le crâne d'un policier.
— En fait c'est assez simple, on vous a juste suivi et...

Deux rayons lasers transpercèrent le pilier et vinrent se loger dans la cervelle des deux prisonniers. Ces êtres aux cheveux désormais cramés jusqu'aux pointes s'écroulèrent sur le sol.
Charmant destin pour des mecs qui auraient pu nous être

grandement utiles par la suite. Enfin bref... De toute manière, Gontran eut une idée de génie pour nous sortir de ce calvaire dans lequel on s'était foutus.

— Tu sais quoi ? Ils vont encore mieux me servir maintenant, annonça Gontran en saisissant les cadavres.

Il les manipulait comme s'il allait créer de véritables bombes à retardement avec.

— Tu fais quoi là ? demandai-je en plissant mes yeux car je ne comprenais pas ce qu'il faisait.
— Ils ont des armes ? rétorqua-t-il en ayant un peu du mal à parler car il était concentré.
— Ouais et ?
— Et bien on va en faire des armes... Les flingues ont un générateur de rayons lasers... Lorsqu'on tire dessus, il explose.
— Bah t'as pas besoin de leurs cadavres. Tu peux juste leur balancer le générateur et tirer dessus.
— Ouais... Mais déjà c'est plus drôle et... deuxièmement... Attention à toi.

Gontran saisit les deux cadavres et les jeta difficilement aux pieds des soldats.
Soudain, alors que je contemplais la réaction de nos adversaires, plusieurs d'entre eux enlevèrent leurs casques et extirpèrent de leurs estomacs un liquide jaunâtre écœurant. Ils vomirent tous les uns après les

autres jusqu'à en oublier leur mission principale.
Gontran ferma son œil gauche et sortit sa grande langue de vipère afin d'envoyer nos ennemis rejoindre les étoiles.
Un gigantesque fracas frappa nos tympans alors que de somptueuses flammes vertes et orange apparurent pour brûler nos derniers ennemis encore en vie.

— Deuxièmement, ajouta Gontran alors qu'on entendait les gardes crier et courir partout. Ici sur Mesyrion, les gens vomissent automatiquement quand ils ont un trop-plein d'émotions, de dégoût. C'est comme ça qu'ils évacuent. Ça les ralentira un petit moment, assez longtemps pour prendre l'ascenseur, allez viens.

Dans l'ascenseur, ma tête tournait, je n'étais pas très bien et j'avais du mal à digérer les émotions que j'avais ressenties. Ma colocataire démoniaque m'avait retourné le cerveau et j'avais l'impression de sentir sa présence partout où je me trouvais.

— D'ailleurs... Elle est où ma coloc ? demandai-je.
— Je sais pas, je me suis battu avec elle quand on est sortis du rayon attracteur et quand j'ai eu le dos tourné avec les gardes elle avait disparu, annonça Gontran les yeux dans le vide.
— Je... J'aurais jamais cru qu'elle me ferait ça. J'essayais de lui parler, de la mettre en confiance, j'avais presque réussi à lui soutirer des mots de sa

bouche pour savoir son prénom, d'où elle venait...
— T'es bizarre depuis tout à l'heure.

Gontran me regarda dans les yeux, cherchant un contact visuel pour que je lui confie mes peurs et mes émotions, ce que ma colocataire m'avait fait voir.

— Tout va bien. Je pensais juste pas qu'elle allait se transformer en assassin. Je sais pas ce qu'elle me veut c'est tout.
— Quoiqu'il en soit... Ses intentions sont pas bonnes, dit Gontran en croisant les bras. Si elle se repointe on devra en finir avec elle. On peut pas se permettre de rater la mission à cause d'elle. On est arrivés, tiens-toi prête.

Ouais, nous étions bel et bien arrivés à bon port. L'ascenseur s'était ouvert sur la salle de communication où de géants écrans holographiques avaient été installés. Gontran m'avait fait signe de le suivre, il avait l'air de connaître à peu près les lieux et m'emmena dans un recoin où une porte cachait un sombre endroit.
C'était en ce lieu que les gardes avaient retenu nos affaires personnelles, toutes classées selon nos prénoms.
On prit quelques minutes cruciales afin de nous changer, se vêtir de nos armures et vêtements d'origine, j'avais retrouvé mes petits bijoux d'armes à feu.

— Les gars on a nos affaires, si vous nous entendez, on reprend les vôtres aussi, annonçai-je.

Silence radio du côté de l'autre groupe. Ni de Yuri ou de Simuald j'avais obtenu une réponse. Mais le plus gros problème qui m'intriguait c'était le fait que je pouvais chercher tant que je le voulais, il n'y avait aucune affaire, aucun costume pour Yuri. Ses affaires avaient étrangement disparu et je n'avais aucune idée de l'endroit où elles avaient été mises. Il avait besoin de son costume pour utiliser ses pouvoirs sans se tuer... Mais il allait sûrement devoir faire sans j'imagine...
Dans un coffre, pas très loin des vestiaires où l'on avait retrouvé nos vêtements, un bruit très strident appela Gontran.
Ses yeux pétillants s'écarquillèrent en s'orientant vers cette boîte qui semblait lui dicter des ordres mystiques.

— Elle est là, dit-il en penchant sa tête d'un côté comme un félin le faisait.
— De quoi ?
— La... Pierre !

Gontran ouvrit le coffre d'un mouvement sec, comme s'il s'attendait à ce qu'un monstre lui saute au visage. Ses pupilles brillaient d'un bleu azur troublant ses objectifs initiaux.

— Grouille-toi au lieu de la regarder, affirmai-je en redoutant la venue imminente de nos ennemis.

Ses mains grisâtres tremblaient à l'approche du caillou, il

paraissait envoûté par cette chose.
Gontran, immobilisé face à la pierre, marmonna des phrases qui n'avaient aucun sens pour moi.
Dans le coffre se trouvaient deux sachets identiques, c'était étrange... Y'avait-il donc deux pierres ?
Ma main frappa son épaule gauche pour le faire revenir à la raison.

— Allez on y va ! On a eu ce qu'on voulait, s'exclama Gontran en bondissant sur ses petites jambes.
— Non, on n'a pas encore fini notre mission, on doit appeler Vekosse, déclarai-je en étant étonné de l'égoïsme de Gontran.

On se dirigea vers la salle principale, où des oreillettes de communication étaient connectées au bureau. Il ne nous restait plus qu'a composer le numéro de Vekosse pour l'appeler et quitter cet endroit une bonne fois pour toute.

— Allô Vekosse ? dis-je soudainement en entendant que quelqu'un avait décroché à mon appel. Vekosse vous m'entendez ?
— Ouais c'est qui ? répondit Vekosse avec sa voix rauque de fumier qui dévore des clopes tous les quarts d'heure.
— C'est Gavrol.
— Ah.
— Il faut que vous veniez...
— Vous avez attrapé ma cible ? J'espère que oui sinon vous êtes virés, annonça Vekosse en me coupant la

parole.
— On est sur Mesyrion, abruti, repris-je.

Bon... J'avoue, le mot « *abruti* » je l'avais mâché entre mes dents pour éviter qu'il l'entende.

- On a été arrêtés par la police et on est retenus dans la prison de Mesyrion avec Yuri, ajoutai-je. Écoutez patron, il faut que vous veniez nous rechercher... On peut pas passer notre vie ici.
- J'aimerais bien... Tu aimerais bien hein ? Ça sera pas possible Gavrol, pour la simple et bonne raison que... Déjà si j'ose venir pour vous aider à vous échapper, je deviens un fugitif... Hors de question.
- Putain mais vous comprenez pas ?! On va tous mourir si vous ne ramenez pas votre cul ici !
- Vous me parlez sur un autre ton Gavrol j'suis pas votre pote !
- Chef... Vekosse, je vous en supplie... Il faut que vous veniez nous sauver ! C'est une question de vie ou de mort, si vous ne venez pas vous aurez la mort de deux de vos meilleurs agents sur la conscience, vous souhaitez ça ?!
- Yuri est déjà mort ! annonça soudainement Vekosse au téléphone.

Je ne comprenais pas vraiment s'il souhaitait juste mettre un terme à la conversation, quitte à raconter n'importe quoi, ou s'il... S'il disait la vérité.

— Attends quoi ? questionnai-je en regardant la ville miniature en bas.
— Yuri... Il est mort d'accord ? Ça passe sur toutes les chaînes d'informations. Il est décédé tout à l'heure, c'est déjà trop tard Gavrol.
— Nan... Nan c'est pas possible...

Mes mains entourèrent mon visage meurtri de sentiments, de regrets et de désespoir. Gontran, à la nouvelle de Vekosse, resta bouche bée, les yeux grands ouverts. Les yeux choqués par une si mauvaise nouvelle.
Mon cœur s'enveloppa d'une tristesse immense d'avoir laissé périr mon meilleur ami.
Je comprenais désormais pourquoi il ne me répondait plus quand je lui parlais.

— Désolé Gavrol mais... Ça sera sans moi, j'ai perdu Yuri, c'était mon meilleur... Agent.
— Vous m'entendez bien Vekosse ?

Je posai cette question car sa voix me paraissait robotique, c'était comme les interférences qui avaient précédemment bloqué nos appels avec Yuri.

— Gavrol vous êtes là ?
— Oui monsieur je suis là, vous me recevez ??
— Je ne vous entends pas bien.
— Allô, dit Gontran qui prit soudainement part à la

conversation.
— Ça doit buguer à cause de ma connexion, affirma Vekosse. Oui allô ?
— Je vais être clair avec vous monsieur Vekosse je sais pas quoi là, ajouta Gontran énervé. Si vous ne venez pas nous chercher, même mort je viendrai vous hanter dans votre sommeil.
— Et j'ai affaire à qui précisément.
— Un connard qui veut sortir d'ici.
— Y'en a plein des gars qui veulent sortir de Mesyrion.
— Gontran.
— Euh... Le Gontran ? Le... Le Fameux... Celui qui... Gavrol, c'est lui ? Je... Oubliez ce que...

J'avais beau essayer de relancer l'appel, rien ne fonctionnait. On avait coupé nos communications, quelqu'un nous empêchait visiblement d'émettre ou de recevoir des appels.
J'étais assénée d'une douleur sans nom au vu de la nouvelle affligeante dont Vekosse m'avait fait part. Yuri n'était plus parmi nous... Décidément, cette journée s'était achevée en beauté.

— Putain de merde, dit Gontran en serrant ses poings et sa mâchoire.
— Ils l'ont eu Gontran... Ils ont eu Yuri, affirmai-je en regardant dans le ciel vide et noir comme mon cœur.

— S'ils ont tué Yuri... Ils ont aussi eu Simuald. Fait chier ! Qu'est-ce qu'il t'ont fait mon grand...
— On a raté bordel... On a tout raté, on est foutus, on va y rester pour de bon cette fois.

Je posai mes mains sur le bureau, abattue par tant de mauvaises nouvelles et de remords. Mon cœur se noyait dans un océan d'accablement. Difficile pour moi de nier l'éventualité de notre mort à nous aussi... On allait sûrement finir par se faire descendre par les gardes qui montaient dans notre direction.
J'étais juste là, la tête posée sur mes mains froides et agitées de malheurs.
La dernière vue que j'allais avoir de ma vie était celle d'une tour posée sur un anneau volant, surplombant la pire prison que j'avais pu visiter.
Les étoiles me souriaient et m'accueillaient déjà à bras ouverts, comme elles l'avaient fait pour Yuri avant moi.
Les nuages froids, déversant bientôt leurs larmes sur ce trou à rats, me dégoûtaient.
J'étais en train de partir en dépression quand tout à coup, mes yeux cessèrent de voyager dans l'univers et se posèrent sur l'écran que j'avais devant mes yeux.
Je pouvais apercevoir des tas de chiffres et de lettres, des noms, des prénoms qui me semblaient familiers.
Gontran tournait en rond dans le fond de la pièce en attendant la venue des gardes afin de se battre une toute dernière fois.

— Gontran ?

— Quoi ? répondit-il brusquement en s'arrêtant.
— Viens deux minutes.
— Tu fous quoi encore ?!
— Ramène-toi merde ! Deux minutes... S'il te plaît.

Gontran, à contrecœur, s'exécuta et acheva ses pas à mes côtés en regardant l'écran holographique.

— A... 135... B... N... Z... et...
— Qu'est-ce que tu fais à mon collier ? dit Gontran méchamment.
— Bouge pas ! Et... 300 !

Mes yeux furent grands ouverts, un sourire se dessinait sur mes lèvres alors que le collier de Gontran heurta violemment le sol.
Mes globes oculaires, dont quelques larmes allaient en sortir, brillèrent soudainement lorsque je compris ce qui se trouvait dans cette tour de communication.

— Yes putain ! Je le savais ! Je le savais !
— Attends c'est...
— Oui ! criai-je en coupant la parole de Gontran subjugué par ce qu'il venait de voir. C'est les numéros qui servent à retirer les colliers des prisonniers !

Je retirai également le mien peu de temps après en recherchant mon nom. Il y en avait trop... Vivien, Sqor,

Waher, Kazimor, Yuri, Simuald...

— Attends, repris-je soudainement après avoir été traversé par un éclair de lucidité. Attends attends...
— Toi aussi tu penses à ce que je pense ? demanda Gontran. On peut enfin sortir d'ici... Je vais enfin pouvoir profiter de ma vie et aller m'acheter une glace au meilleur glacier de l'Univers chez Molé !
— Non idiot. Mais ça veut dire que... On peut sauver Yuri ! Il faut qu'on lui enlève son collier !
— Oh ouais c'est vrai ? Bordel il faut qu'on y aille ! C'est pas grave si ton Vekosse vient pas. Yuri nous sauvera !
— Ou alors il nous fera tous mourir avec ses conneries... Cet imbécile... Je savais qu'il y avait une solution ! Tu retiens le numéro ?
— Euh... Pas sûr
— Alors... A128CKF456.
— Va pas trop vite !
— Je répète... A128...

Alors que j'étais en train de lire le numéro qui allait peut-être sauver Yuri de sa mort certaine, un énorme bruit d'explosion montra le bout de son nez et fit trembler tout le bâtiment.
Au même moment, j'entendis du fond de mes oreilles une petite sonnette... Exactement la même qu'avait fait l'ascenseur lorsque nous étions arrivés ici Gontran et moi.

— Euh... Gavrol...

Gontran tenta de me prévenir mais le moment que l'on redoutait tant était arrivé.
Gontran s'était préparé pour cela, il souhaitait se battre une dernière fois, afin de mourir en héros. Et bien soit, ça allait être ici et maintenant.
Des dizaines et des dizaines de soldats sortirent de l'ascenseur, tous plus déterminés les uns que les autres. Il fallait que l'on sorte de là, notre survie dépendait de Yuri.
Un grand colosse, de plusieurs mètres de haut, apparut juste devant nous, alors que les gardes s'attardaient à se mettre à couvert pour ne pas se faire tuer.
Tout le monde usa de malice, de tactique pour nous renverser, pour nous faire goûter à la mort en nous aspirant la vie.
Gontran régla le compte de plusieurs soldats et se défendit du mieux qu'il le put contre les amas d'ennemis qui s'agglutinaient tel des abeilles dans une ruche.
Le colosse s'occupa de mon cas en me prenant par la gorge et en me balançant partout dans la pièce.
Notre combat nous mena bientôt dans la salle des affaires que l'on avait visitée auparavant.
Mon adversaire m'assomma d'un grand coup de poing dans la mâchoire. Je pouvais observer des petites étoiles de toutes les couleurs qui couraient dans mes yeux, essayant elles-mêmes de fuir la menace inouïe à laquelle je faisais face. J'ignorais comment Gontran s'en sortait, j'ignorais si on allait pouvoir sauver Yuri et Simuald... Si

ce n'était pas déjà trop tard.
J'étais au sol, essayant de me mettre debout en apposant mes mains chancelantes sur un petit bureau.
Soudain, mes organes se liquéfièrent, sortant presque de mon abdomen pour s'étaler sur le sol.
Je sentis un énorme vacarme rugir dans mon ventre. Le talon de mon ennemi avait croisé le chemin de mes intestins, un coup de foudre traversa mon être et m'emmena m'écraser contre les casiers en métal qui entouraient la salle et renfermaient les affaires des prisonniers.
Sa main puissante, qui devait au moins faire le double de la mienne, empoigna mon haut.
Il me regarda, m'observa de ses yeux sombres. Ce n'était pas un humain au sens propre du terme. C'était un bipède mais aux proportions physiques démesurées, à la carrure d'un cyclope, à la force d'un dieu, à la peau d'une couleur jaune vomi.
Il me prit dans ses bras, m'enveloppa de tout son imposant corps comme s'il souhaitait me câliner. Je ne saisissais pas l'intérêt de ses agissements, j'essayais de réfléchir pour comprendre mais mon cerveau était trop occupé à survivre. Mes instincts primaires ressurgirent, je tentai de me débattre, de me débarrasser de son emprise mais rien n'y faisait... J'étais pris dans un étau qui se resserrait au fur et à mesure que le temps passait.
Mes os craquelaient, se cognant les uns contre les autres. Ma colonne vertébrale était si tordue qu'elle semblait danser de gauche à droite.
Ma cage thoracique compressée pressait mes poumons

qui passaient de rose à rouge sang.

Du liquide bordeaux s'évada hors de ma bouche et rencontra la face du colosse qui poussa un grognement soudain.

Ce dernier, rempli subitement d'une foudre intense, courut aussi vite que possible contre l'un des murs de la salle.

Le vent m'emmenait et rafraîchissait mon visage, il faisait vaciller mes cheveux grisés par la vieillesse. J'étais peut-être définitivement trop vieille et esquintée pour continuer à vivre des aventures aussi intenses. De toute façon, cela allait s'achever d'une minute à l'autre. C'est ce que j'avais dans mes pensées qui tournoyaient lorsque mon dos, réduit en miettes, heurta le mur et me fit passer d'une pièce à l'autre en un instant.

J'étais revenu dans la salle principale qui m'avait permis de contacter Vekosse.

Le colosse perdit l'équilibre et tomba au sol à côté de moi. J'avais certes une résistance et un physique qui me permettaient d'encaisser les coups de ce genre facilement, mais là... C'était une tout autre histoire, une histoire qui allait venir voir sa fin se boucler plus tôt que prévu.

La brute se releva sans grandes difficultés. J'avais les yeux rivés vers le ciel puis vers Gontran qui s'était caché derrière un mur et tirait sur les soldats.

Le mastodonte extraterrestre se dirigea vers moi en ricanant, en affichant un sourire qui allait m'être fatal, quand soudain, le mur derrière le bureau principal explosa en mille morceaux.

La déflagration me chassa de mon lieu de repos et me

mena droit dans le mur, au sens littéral du terme.

Mon visage s'écrasa brutalement contre la pierre froide et ma paupière droite s'ouvrit profondément... À tel point que mon œil aurait pu rendre l'âme si cela avait été ne serait-ce qu'un chouïa plus violent.

Du sang entra dans mon globe oculaire et m'empêcha de bien contempler mon environnement.

Des flammes engloutirent la salle, elles se promenaient afin d'emmener leurs proies dans leur antre démoniaque. Là, au milieu des braises et de la fumée épaisse qui envahissait les lieux, une ombre se dressa et terrorisa les soldats qui avaient oublié que Gontran et moi étions leurs cibles majeures.

Je ne savais pas qui c'était, j'espérais que c'était Yuri qui avait survécu et venait nous sauver d'une mort imminente.

Deux yeux violets se reflétèrent à travers la fumée noire toxique et, à ce moment-là, j'avais enfin compris qui j'avais devant moi.

Alors que les nuages troublant ma vue se dissipaient peu à peu, cette silhouette bondit sur Gontran sans attendre.

- Gavrol ! Dis... À ta coloc d'aller... Se faire foutre ! cria Gontran qui montait sur le visage de la jeune fille pour la mordre et la griffer.
- Donne-moi la pierre ! dit ma colocataire diabolique entre ses dents en attrapant Gontran par la gorge.
- Faudra nous passer dessus connasse ! m'exclamai-je avant de foncer dans le tas.

Je libérai Gontran de la pression que notre ennemie mettait sur son cou. En la poussant violemment, on heurta toutes les deux le sol en atterrissant devant les gardes qui n'attendaient qu'une chose désormais : nous faire mordre la poussière.

Dans une folie meurtrière et sans attendre, j'assénai un grand coup de poing dans le nez de la jeune fille. Je sentis entre mes phalanges le bout métallique de son piercing mais rien d'autre, aucun os brisé, aucun sang déversé.

Elle se retourna en souriant, énervée de mon comportement tandis que les gardes semblaient être psychologiquement partagés entre l'envie de nous tuer et une peur insurmontable envers ma compagne de cellule.

Certains tremblaient alors que ma colocataire me regardait d'une manière perverse.

Lorsque je tournai mon regard vers les gardes, bon nombre d'entre eux m'observaient, désemparés. Ils avaient l'air d'être bloqués dans leurs corps sans pouvoir agir, sans avoir le contrôle d'eux-mêmes. Certains commencèrent à me viser difficilement, leurs bras ne souhaitaient pas se lever vers moi et tremblaient.

Après quelques secondes de résistance mentale et physique, beaucoup tombèrent par magie comme des mouches qu'on aurait asphyxiées.

— Donne-moi la pierre ou tu finiras comme eux, annonça la jeune fille en me regardant alors que je l'avais saisis par la gorge.
— Tu peux toujours courir, rétorquai-je.

Elle me projeta soudainement avec ses mains d'une force surprenante vers un côté de la salle et reprit son combat contre Gontran et les soldats. Je les rejoignis sans plus attendre malgré mon œil qui saignait abondamment et mes nombreuses lésions. J'avais du mal à marcher et à me battre mais je continuai malgré tout.

Ma compagne de cellule se débarrassa des derniers soldats tout en nous combattant avec énergie. Elle n'en avait que faire de nos menaces et de nos coups, ça ne l'atteignait pas plus que ça. Tout ce qu'elle voulait, c'était la pierre et rien d'autre.

Moi, j'étais à bout de forces, je n'en pouvais plus et le moindre choc contre ses os durcis par les combats me donnait envie de partir de ce monde à tout jamais.

Elle l'avait très bien compris et tirait les ficelles en jouant avec moi, en essayant de me faire perdre l'équilibre tout en m'assommant de coups tous plus redoutables les uns que les autres.

Une fois de plus, j'étais par terre, me glissant pour essayer d'échapper à ma terrible destinée alors que Gontran tentait de la ralentir. Elle était beaucoup trop puissante. Elle avait réduit cette place en miettes, tués tous les soldats et m'avait pratiquement laissée pour morte.

Ma colocataire s'approcha dangereusement de moi, en marchant d'une allure fière et orgueilleuse, afin de me faire rendre mes derniers mots.

Je la regardai avec des yeux contemplatifs en la suppliant de me laisser tranquille mais elle avait en tête d'en finir une bonne fois pour toutes.

— Attends ! cria Gontran en s'interposant entre nous deux. Attends je t'en prie...

Gontran souffla et prit quelques secondes de répit pour aligner de la plus efficace des manières les quelques mots qu'il avait en sa possession pour faire reculer la jeune fille.

— Tu veux la pierre ? C'est bien ça ? demanda Gontran.

La fille resta silencieuse alors qu'elle avait cessé d'avancer.

— Bon... J'ai un marché à te proposer, reprit-il essoufflé.
— Je ne fais pas de marché Zerkane, annonça-t-elle.
— Si tu ne l'acceptes pas, on va tous mourir ici ensemble.
— Tu crois vraiment que je vais mourir ici ? Emprisonnée avec vous ? J'ai enlevé mon collier, je peux m'en aller quand je le veux.
— Ouais... Mais... Euh... J'avoue c'est pas con.
— Donne-moi cette pierre ! insista la jeune fille aux cheveux ondulés en prenant Gontran par la gorge.
— D'accord... D'accord, dit Gontran en sortant de sa poche le sachet en tissu contenant ce fameux

caillou.
— Enfin...

Cette tarée reposa brutalement Gontran sur le sol et ouvrit le sachet avec de grands yeux de satisfaction comme un enfant le fait lorsqu'il ouvre ses cadeaux d'anniversaire.
Elle contempla l'objet qui se trouvait là-dedans et remonta ses yeux gorgés de haine vers Gontran.
En grognant presque, elle jeta le sac par terre qui était rempli d'une poudre bleue brillante.

— Hop hop hop... Non non, tu ne bouges plus, dit Gontran en sortant un autre sachet identique de sa poche. Tu crois vraiment que je suis abruti à ce point pour te laisser un artefact dans ce genre ?
— Espèce d'idiot ! J'en ai besoin immédiatement ! s'exclama la jeune femme en serrant la mâchoire.
— Je connais très bien cette pierre, pour l'avoir étudié pendant des années, reprit Gontran en regardant le sac. Pour mon peuple, cette pierre est un mythe, une légende et dans ma culture... Une légende, ce n'est pas à prendre à la légère.
— Tu ne connais rien de tout ça ! Tu ne sais pas ce que j'ai traversé pour réussir à l'avoir !
— Toi non plus ! Et visiblement tu n'as pas l'air d'être au courant de ses pouvoirs.
— Espèce de...

La fille tenta de s'approcher une fois de plus de Gontran

mais ce dernier ne se laissait pas faire.

— Cette pierre... Si je la pose sur ma main, de par sa nature extrêmement instable, nous fait tous partir en fumée, on meurt et dans d'atroces souffrances... Je pense pas que c'est ce que tu veux si ? Alors on va faire un petit marché qui ne durera que quelques minutes.

Je contemplai Gontran qui avait l'air d'être le maître total de la situation alors que ma colocataire se trouvait sans voix.

— En bas, dans la petite ville, deux de mes amis sont pris au piège, continua Gontran en gardant toujours le sachet près de sa main pour menacer la jeune femme. Ce n'est qu'une question de temps avant qu'ils ne meurent et qu'on échoue tous notre mission. Alors tu vas nous aider à nous échapper et à survivre, c'est le plus important et en échange... Une fois qu'on est sortis d'affaire, je te promets que je te donne la pierre.
— Tu crois que je marche à ton petit jeu ?! dit la fille.
— T'as pas le choix, c'est soit ça, soit on meurt tous et tu n'auras jamais la pierre.
— Comment je peux te faire confiance ?
— Je suis un Zerkane, la parole est sacrée pour moi, si je ne tiens pas mes promesses je risque d'aller en enfer.

La femme aux cheveux mi-blancs mi-noirs réfléchit pendant quelques longues secondes durant lesquelles il aurait pu se passer beaucoup trop de mésaventures.
Une des mésaventures que j'avais imaginées arriva malencontreusement alors que ma colocataire n'avait pas encore exprimé son accord ou son désaccord.
Des membres des forces de l'ordre s'étaient immiscés dans la pièce.

— Feu !! cria une voix masculine et rauque.

Des lasers nous chauffèrent la peau et me touchèrent alors que j'étais encore au sol.
Gontran me glissa jusqu'à un mur pour me protéger alors que la jeune fille restait de marbre face aux attaques des policiers. Sa peau semblait se régénérer aussi vite qu'elle se séparait en deux.
C'était exactement le même procédé que celui qui permettait à Yuri de recouvrer la santé.
Elle tourna la tête avec un sourire malicieux vers les gardes et en égorgea quelques-uns au passage.
Soudain, alors que l'on était en train d'observer le massacre qu'elle faisait, elle se mit à courir en direction de la paroi qu'elle avait auparavant réduite en poussière et se jeta dans le vide.

— Elle vient vraiment de sauter là ?? demandai-je sidérée par le comportement de ma colocataire.
— Faut croire ouais, répondit Gontran tout aussi stupéfait. Il faut qu'on la suive, on n'a pas le choix,

si on réussit à l'avoir de notre côté on pourrait s'échapper à coup sûr.
— Mais... Attends... Tu veux pas sauter dans le vide là quand même ?
— Oh ça va, t'es encore en vie non ? Tu le seras encore t'inquiètes. Et puis t'as plus ton collier, tu résisteras à l'impact.
— Euh... Non mais t'es malade, on va s'écraser, on va crever là avec cette hauteur !
— Arrête... Me dis pas que t'as peur quand même ?
— Moi avoir peur ? Jamais... Mais je vais pas sauter étant donné que...

Gontran me fit l'horrible surprise de m'empoigner par les vêtements et de me balancer de toutes ses forces dans le vide.
Il sauta peu de temps après alors que j'étais en train de m'arracher les cordes vocales de peur de voir mon corps se réduire en bouillie.
Des policiers se laissèrent tomber dans le vide également, tout en nous tirant dessus. Heureusement, Gontran avait pensé à piquer quelques armes restées à terre pour que l'on se défende.
Certains soldats me foncèrent dessus et me rouèrent de coups mais je ripostai en leur ouvrant le crâne en deux ou en cramant leurs organes avec mon arme. J'avais mes mains remplies de sang et de morceaux de chair.
Gontran aussi combattait les opposants et les envoya rejoindre les cieux à coup de rayons dans la face.
Il me rejoignit après s'être délivré de nos adversaires

tandis que ma colocataire était un peu plus loin en bas.

— Elle est belle la vue hein ? annonça Gontran en criant presque.

Je ne l'entendais pas bien à cause du vent et des frottements de l'air mais il avait entièrement raison sur ce coup, la vue était magnifique.
On voyait l'intégralité de l'anneau d'un côté et si on se retournait on apercevait la ville qui tombait en lambeaux, des flammes en jaillissaient et dévoraient les bâtiments colorés.
Le ciel était dénué de massifs nuages et permettait aux étoiles de venir éclairer la nuit. La beauté de Yorunghem 80-B qui perçait les cieux et dévorait presque le satellite sur lequel nous étions me fascinait.
J'étais sous le charme.
Ma colocataire se dirigeait précisément vers la tour de contrôle où se trouvaient Yuri et Simuald.

— Comment elle sait que Yuri et Simuald sont là-bas ?! demandai-je soudainement à Gontran.
— J'en sais rien du tout ! Mais il faut qu'on y aille nous aussi !

On se rapprochait rapidement de la tour, peut-être un peu trop rapidement d'ailleurs. La jeune fille était passée au travers du toit et semblait déjà être entrée dans le bâtiment. J'ignorais si elle avait survécu à une telle chute. Ça n'allait pas être notre cas en tout cas, personnellement mon corps n'était pas capable de subir un tel choc sans y laisser sa peau.

— On va crever !! criai-je de toutes mes forces en tombant dans la tour avec une si grande vitesse qu'elle devait au moins dépasser celles des voitures les plus rapides.

Nous heurtâmes le sol, là où les corps de nos amis se reposaient actuellement, entourés de plusieurs dizaines de soldats.
Quand j'ouvris mes paupières, avec difficulté d'ailleurs, la jeune fille faisait aller ses mains en notre direction.
Des lueurs violettes s'étaient déposées sous nos corps et nous avaient empêchés de nous écraser comme des merdes.
C'étaient comme des matelas remplis d'eau qui rebondissaient un peu. Ce que l'on pouvait dire, c'est que c'était très confortable et reposant. Mais l'heure du repos n'avait pas encore sonné et on devait tenter le tout pour le tout afin de réveiller Yuri.
Gontran alla vers Simuald en position accroupi alors que tous les gardes avaient décidé de nous tirer dessus.
Nous étions entourés de lasers destructeurs mais heureusement, ma compagne de cellule avait réussi à contourner leurs forces mentales afin de leur faire cesser leurs attaques.

— Dépêchez-vous parce que je vais pas tenir longtemps, annonça-t-elle en serrant les dents et en agitant ses mains avec difficulté.

Je voyais qu'elle galérait à tous les tenir en laisse comme des chiens, certains étaient certainement plus forts que d'autres et moins réceptifs au contrôle mental. Certains ne souhaitaient pas obéir et essayaient tant bien que mal de relever leurs armes pour m'achever.
Je rampai vers Yuri en le secouant pour qu'il reprenne ses esprits mais c'était peine perdue. Mon cœur se serra immédiatement lorsque mes yeux croisèrent le chemin de son crâne transpercé par des rayons lasers. Son cerveau était apparent et noir, brûlé par les degrés. Il était ce que Vekosse avait affirmé : mort.
Des larmes, aussi chaudes que celles libérées par les nuages passant par là, s'extirpèrent de mes yeux. Des larmes mélangées à du sang qui tâchaient mes joues d'un rouge très clair frappèrent le visage de Yuri. Son regard inexpressif, vide, sa main blanche posée sur le dos de Simuald, son corps meurtri par les coups qu'il avait reçus, il s'était battu pour nous, pour notre survie, au risque de périr sous les coups de ses ennemis.
Jamais je ne l'aurais pensé capable de faire ça, jamais il ne se serait sacrifié pour nous, mais il l'avait fait.
Ou alors, il avait juste subi la mort sans la demander... Il était très égoïste c'est vrai, il avait tous les défauts du monde, mais au fond de lui... Il restait encore du bon, j'en étais convaincue.

— Dépêche-toi ça commence à être dur de tenir ! s'exclama la jeune fille qui se mit presque à genoux, elle semblait très fatiguée.

Dans un dernier soupir d'espoir, je pris le collier de Yuri et commençai à taper le code qui devait lui permettre de retrouver la vie. Seulement, ma mémoire faiblissait et je ne savais plus si le code que je mettais était bien le bon.
Alors que j'étais en train de m'attarder sur les chiffres et les lettres qui se mélangeaient dans mon cerveau, ma colocataire baissa les bras et souffla profondément, elle était à bout de souffle.
Un laser me toucha l'épaule et m'empêcha de finir ce que j'avais commencé.
Plusieurs autres rayons lasers touchèrent Gontran et la jeune femme qui avait bien du mal à garder le contrôle de ces gardes.

— A128CKF...

Je ne savais plus, je ne pouvais plus. La fatigue, les combats sans fin, les supplices auxquels mon corps avait été confronté, lui qui n'avait strictement rien demandé... Mon corps lâchait prise et commençait à s'évaporer dans un état d'inconscience.
J'entendais encore ce que disaient mes proches mais une pièce sombre, une nuit noire sans étoiles avait remplacé ma vue.
J'étais comme plongé dans un coma, dans une piscine de douleur dans laquelle j'essayais de ne pas me noyer.
Un autre rayon me toucha l'abdomen et m'accabla de souffrance.

Soudain, pour une ultime fois, ma vision revint, Gontran était à mes côtés et regardait ma blessure tandis que ma colocataire essayait de nous couvrir. Il y avait comme une barrière d'énergie sur laquelle des rayons la heurtaient.
Gontran se pencha vers Yuri et nota les derniers numéros : 456.
Le collier se détacha et Gontran le jeta de l'autre côté de la pièce.

> — Ça va aller Gavrol, dit Gontran en tenant ma blessure au ventre. C'est rien, on va te sortir de là, Yuri va revenir.

Je fis un signe de la tête en clignant des yeux comme pour dire non, je ne voulais pas partir mais je ne voulais pas rester non plus. J'étais partagée entre tellement d'émotions, mon cœur se serrait et manquait de sang pour fonctionner correctement. Je savais, je n'étais pas crédule, j'allais bientôt passer de l'autre côté.
Mes yeux contemplaient le plafond et se tournaient vers Yuri, c'était mon seul espoir, mon seul refuge, c'était grâce à lui que je tenais encore.
Pourtant, il ne bougeait pas et son crâne ouvert et laissé à l'air libre ne se refermait pas.
Gontran avait remarqué ce que j'observais et ses yeux ne mentaient pas non plus, il doutait grandement que cette mission se finisse bien.

> — Il va revenir, reprit Gontran avec ses yeux désespérés. J'en suis sûr.

De ma tête, je fis signe que non.

Me mentir ne servait à rien, quand la mort vous approche et vous chuchote à l'oreille qu'elle doit vous prendre, peu importe les circonstances, elle vous attrapera.

Je n'avais pas vécu une vie remplie de malheurs, j'avais bien vécu, j'avais connu des gens merveilleux, des événements qui me donnaient le sourire rien que d'y penser.

J'admirais le corps de Yuri, son costume débile et drôle, son masque robotique qu'il avait eu du mal à créer. Il s'était donné beaucoup de mal pour concevoir toutes les étapes du plan.

Malheureusement il avait omis de penser aux « *et si ?* ». Et ça, c'étaient les parties les plus importantes d'un plan.

Aucun de ses membres ne bougeait, ses yeux restèrent dénués de vie.

Gontran leva les yeux vers le ciel, vers le plafond troué par notre venue. Il semblait intrigué par quelque chose, un bruit, un son venu de l'au-delà, des cieux.

— C'est quoi encore ce bordel ? dit-il subitement.

Ma colocataire se retourna également dans la même direction.

Le plafond se décrocha, s'envola en miettes et nous permit désormais d'avoir une vue incroyable sur le ciel et l'anneau.

Mes yeux, aveuglés d'une lumière intense, ne comprenaient pas réellement ce qui était en train de se dérouler.

Une brise d'air fraîche et puissante me caressa les joues et joua avec mes cheveux.

Mon œil droit se ferma de douleur, à cause de ma paupière précédemment ouverte.

C'était peut-être ça le paradis, l'autre monde. On dit souvent que c'est une lumière chaude et réconfortante qui vous emmène loin de cette réalité.

Des bruits assourdissants de réacteurs, de moteurs, embrassèrent mes tympans sensibles.

Je fermai les yeux quelques instants, pour me concentrer sur le silence, pour me demander si tout cela était réel, pour demander à mon imagination d'arrêter de me faire halluciner.

Quand je les ouvris, quelques longues secondes plus tard, la lumière était partie et laissait place à une nuit ténébreuse.

Là, entre les quelques rares nuages et les étoiles courant dans les cieux, une étrange forme métallique me survolait et menaçait mes derniers soupirs de vie.

17.

Quelques secondes plus tard, de mon côté, celui du Roi de l'espace.

*D*écidément, je ne pouvais pas être tranquille dans mon petit monde sans être dérangé. Que je sois mort ou vivant, on vient me retirer de là où je vis.
J'étais jusqu'ici dans un univers différent de celui que j'avais connu, j'avais marché sans m'arrêter dans une plaine sans fin et sans rien. Tout était noir, il n'y avait que des silhouettes qui m'accompagnaient, peut-être mon ombre qui me suivait.
C'était comme si j'avais été plongé dans le noir pour une éternité.
Soudain, tandis que je me tournais pour comprendre ce qu'étaient ces ombres démoniaques aux envies plus que machiavéliques, je me sentis aspiré vers un trou trop petit pour mon corps, vers une lumière trop brûlante pour ma rétine, vers un monde trop bruyant pour mon ouïe.
Je ne comprenais pas vraiment où j'étais ni ce qui m'arrivait, j'étais bloqué comme un lion dans une cage trop petite pour lui.
Je percevais des sons, des voix graves et aiguës, des cris

et des pleurs, tous les maux du monde sûrement. C'était sans aucun doute cela l'enfer.

Un environnement où la moindre sensation, émotion, devient insupportable à vouloir t'en retirer la vie.

Ces saloperies d'enfants miaulant pour leur survie, ces adultes vicieux et mesquins parlant et radotant des conneries à longueur de journée, j'entendais tout de mes oreilles.

Un long sifflement vint me titiller les oreilles, comme si j'avais enfin pu me détourner de toutes ces voix pour devenir sourd et n'entendre que le bruit du silence.

J'avais les yeux fermés, les paupières très lourdes et fatiguées, le corps immobile et impossible à mouvoir.

Mon cerveau commandait des actions que mon esprit ne souhaitait plus accomplir.

Je ne savais pas où je me trouvais mais des voix dans le fond de mon crâne me semblaient familières.

Tout à coup, alors que mon crâne vibrait de peur à l'idée d'être paralysé le restant de ses jours, mes doigts se recroquevillèrent comme des pinces de crabe.

Malgré la difficulté importante que cette épreuve me conférait, mes doigts de pieds bougèrent eux aussi.

Mes faibles poumons prirent tout l'oxygène du monde pour l'utiliser à bon escient tandis que mes paupières laissèrent un peu de lumière entrer dans ma vision.

Un vent glaçant caressait mes poils dansant de droite à gauche comme un couple le faisait lors d'un mariage.

Mes yeux reprirent leur vision, observant un halo de lumière aveuglant qui scintillait au loin.

Des voix haletaient et gueulaient autour de moi, priant

que je revienne à moi, que je revienne parmi les vivants. Je ne le souhaitais pas le moins du monde, j'étais bien dans mon nouveau monde, bercé par le silence et le calme, endormi dans un espace sombre.
Le retour à la réalité me donnait la gerbe, me retournait les entrailles à m'en extraire mes aliments sur mon torse blessé.
La lumière s'estompa et laissa place à une pièce grouillant de vie, grouillant de morts. Autour de moi, alors que j'avais retiré ma main du dos de Simuald, Gontran m'encourageait à revenir.
Mon crâne me faisait souffrir et l'entièreté de mon corps aussi d'ailleurs.
Je n'étais même pas encore debout que je tournai ma tête à la recherche de l'être manquant... Mais il était juste à mes côtés, mourant à petit feu.
Gavrol ne savait plus respirer correctement, elle avait le ventre ouvert et priait qu'on la sauve.
Je me levai, tiré de force de mon sommeil pour revenir sauver des gens que je ne voulais plus voir, pour revenir dans une réalité que je ne voulais plus vivre.

— Ça va ? Tu te sens comment ? dit Gontran en me soutenant alors que je ne marchais pas bien.
— Ça va, répondis-je d'une voix faible. Ouais ça va, on ne peut mieux. C'est qui la meuf là ?
— Elle ? C'est la compagne de cellule de Gavrol.
— Ah ouais c'est vrai.

Effectivement, bien joué mon petit Zerkane, car j'avais

oublié l'existence de cette étrange femme aux cheveux bicolores. Elle était en train de tuer les soldats qui se trouvaient dans cette salle à moitié détruite.

Plus haut dans le ciel, alors que j'étais en train de retrouver mon équilibre au fur et à mesure que le temps avançait, un vaisseau nous surplombait. J'avais peur qu'il nous tire dessus, que ce soit les forces de l'ordre venus pour nous achever une ultime fois.

- Il faut qu'on sauve Gavrol... Et Simuald, affirmai-je alors que Gontran semblait m'amener autre part.
- Je vais le faire, toi pars dans le vaisseau, rétorqua-t-il.
- Non... Je peux pas te laisser faire ça tout seul.
- Je suis pas tout seul, je suis loin d'être seul Yuri. Pars te reposer, je suis avec la jeune fille, elle va m'aider.

Je doutais de ses propos, on ne connaissait même pas cette fille, j'ignorais ses motivations et la raison de sa venue ici.

- Allez grouille-toi Yuri ! ajouta Gontran avant de prendre son arme laissée sur le sol. Vekosse attend.

Ma survie n'était peut-être pas la plus importante mais j'imagine que le monde avait plus besoin de moi que de Gavrol. Si elle devait mourir, ce serait une énorme perte pour moi mais le temps guérit tout.

Je n'étais pas égoïste, juste réaliste, je n'ai jamais été égoïste de toute façon.

L'idée que Gavrol parte pour de bon pinçait mon cœur mais il fallait se l'avouer, vous comme moi, si j'étais revenu à la vie c'était sans aucun doute parce que mon utilité dépassait l'entendement dans l'Univers lui-même.

J'avais déjà perdu Ferzelle, je l'avais aussitôt oublié et les seuls souvenirs d'elle et moi qui trottaient encore dans ma tête actuellement étaient ceux de notre nuit de folie dans mon appartement.

Vekosse ouvrit la porte arrière du vaisseau et montra le bout de son nez en me faisant signe de monter. D'un coup d'un seul, j'abandonnai les miens à leur triste sort et atterris dans le véhicule volant.

— Encore une fois je vous sauve les fesses ! s'exclama Vekosse.
— Ouais... T'en as mis du temps pour venir, j'ai presque eu le temps de crever, répondis-je en m'asseyant sur un siège dans la cale du vaisseau.
— Tu sais ce que je prends comme risque en venant ici ? Là je suis recherché comme vous, il faut pas qu'on traîne sinon on risque de tous se faire descendre.
— Dis ça à mes collègues qui sont encore en bas...
— Ouais mais bon... S'ils peuvent sauver Gavrol c'est toujours mieux, affirma Vekosse avant de repartir contempler ce qu'il se passait en bas.

J'arrivais pas à tenir en place, à rester assis sans regarder

ce qu'il était en train de se passer.
Normalement, ils auraient déjà dû rentrer dans le vaisseau à l'heure qu'il est.
Je me levai, mes blessures commençaient à se résorber petit à petit, et je me dirigeai vers la porte du vaisseau où Vekosse se tenait.
On regardait ce qu'il se passait et ce n'était pas beau à voir.
Des drones arrivèrent sur notre position, des robots plus destructeurs que ceux que j'avais pu voir jusqu'à maintenant entrèrent dans la salle et se battirent contre Gontran et la jeune femme. Simuald était toujours au sol, il n'arrivait visiblement pas à sortir de son état d'inconscience et Gavrol bougeait dans tous les sens pour tenter de se relever mais cela était inconcevable pour elle. Alors que j'étais en train de m'arracher la peau de mes doigts avec mes ongles et que j'avais ôté mon masque pour y voir plus clair, des formes glissant dans le noir de la nuit et transperçant le ciel vinrent jusqu'à nous.
Un grand « boum » irrita mes oreilles, le vaisseau oscilla subitement.

— Putain merde on a été touché ! Il y a des vaisseaux de partout ! Faut qu'on se tire d'ici ! cria Vekosse en se dirigeant vers le poste de conduite.
— Allez Gontran allez, marmonnai-je en voyant qu'il se faisait dépasser par les événements.

Un deuxième missile manqua de nous heurter une seconde fois et toucha la tour de contrôle qui tanguait de

plus en plus.
On volait de droite à gauche en montant plus haut dans le ciel pour que Vekosse puisse tirer à son tour sur les véhicules ennemis.
C'était comme un feu d'artifice quand il en plombait quelques-uns. Les cendres venaient se déposer sur les visages abîmés de mes collègues.
Gontran ne pouvait plus tenir et la jeune femme non plus de toute manière.
Le nombre de soldats, de robots humanoïdes conçus et programmés pour tuer n'importe qui à n'importe quel prix dépassait l'entendement. Il y en avait de tous les côtés, dans le ciel, dans les rues, tout autour de Gontran et de Gavrol.
J'étais désolé pour Gavrol mais cela était ainsi et il fallait prendre une décision.

- Venez !! Dépêchez-vous ! Il faut partir ! criai-je en direction de Gontran.
- Non hors de question ! hurla Gontran. Je les laisse pas, ni Gavrol ni Simuald !

Alors qu'il affirmait cela d'une voix décidée, plusieurs rayons lasers vinrent lui brûler les jambes. Il était à genoux face à son funeste destin, je n'avais plus d'autres choix que de les laisser là.
J'avais perdu plus d'un être cher dans ma vie, ceux-là n'étaient ni les premiers, ni les derniers.
Un missile puissant explosa l'un de nos réacteurs et nous fit presque nous écraser contre la tour de contrôle.

Je courus afin d'atteindre le poste de conduite et pris les commandes à la place de Vekosse après m'être cogné contre les parois du vaisseau.

— Mais qu'est-ce que tu fais ?! demanda Vekosse stupéfait de ma décision.

Je restai silencieux, me mordant les lèvres et retirant ma longue cape en la jetant sur le sol. Je tenais les manettes et les serrai de toutes mes forces, comme si cette décision était plus compliquée que je ne le pensais.
Mon humanité ne devait pas prendre le pas sur ma survie, elle était plus importante qu'autre chose. J'avais un grand destin, je l'avais toujours su, j'étais quelqu'un de spécial et je n'allais pas laisser passer ma chance.

— Yuri ! s'exclama Vekosse en essayant de reprendre le contrôle des commandes.
— Laisse-moi ! Je fais ce qu'il y a de mieux à faire.

Nous partîmes dans le ciel en faisant des cabrioles pour éviter les tirs ennemis qui nous cherchaient à travers les nuages.
Les visages de Gontran, de Gavrol qui tendaient leurs mains vers moi une dernière fois, revinrent comme des flashs dans mon crâne et m'empêchèrent de réfléchir correctement.
J'explosai les vaisseaux qui essayaient de me nuire, de gâcher mon départ vers une autre vie.
De toute façon, Gontran et Simuald n'étaient rien pour

moi, je n'avais aucune attache.
Pour Gavrol en revanche... J'allais devoir l'oublier.

— Yuri arrête tes conneries ! Redescends s'il te plaît on va les aider ! reprit Vekosse presque énervé.
— Non ! Tu veux finir comme eux ? Tu veux mourir ?! Alors on se casse d'ici ! rétorquai-je en fronçant les sourcils et en faisant des loopings pour éviter une roquette qui venait à notre rencontre.
— Tu pouvais les sauver Yuri ! T'es un putain d'égoïste parce que t'aurais pu tous les sauver !
— Ah ouais ? Je suis un égoïste ?! Tu m'expliques comment j'aurais pu les sauver ?
— Avec tes pouvoirs Yuri bordel, réfléchis un peu !
— Sans mon costume je peux rien faire d'accord ?! Le moindre pouvoir me détruit, t'as vu le nombre de soldats qu'il y avait ? Dis-moi ce que j'aurais pu faire putain ! Utiliser ma force pour tous les tuer ? Et après quoi ? Je meurs parce que je me régénère pas assez vite ? Utiliser ma super-vitesse qui me sert strictement à rien sans mon costume à part à me bousiller des organes et à finir six pieds sous terre ? Non je peux rien faire du tout Vekosse d'accord ? Rien du tout !

Vekosse me regarda avec un dédain et un mépris incroyable, ça se voyait sur son visage qu'il était dégoûté de ce que je venais de faire.
Il ne prit plus du tout la parole durant quelques longues

minutes qui me semblaient être une éternité.

Moi, j'avais de l'eau qui gâchait ma vue, de la vulgaire flotte qui ne demandait qu'à partir, qu'à voyager hors de sa place. Mes mains suaient alors que j'avais perdu les soldats qui étaient à mes trousses.

J'étais haut dans le ciel, assez haut pour partir vers ma planète, Yorunghem 80-C.

J'admirai le soleil orné d'une lumière blanche alors que je sortais de l'atmosphère de ce satellite démoniaque.

Vekosse ne parlait toujours pas et cette lumière blanche m'aveuglait et m'appelait à un autre chemin, une autre route.

À travers les doux rayons du soleil, des souvenirs m'arrachèrent le visage et me tordirent l'esprit. J'étais comme un aimant qui ne demandait qu'à revenir à sa place.

Quelque chose m'attirait, comme les atomes entre eux, dans une direction que je me résignai à accepter.

Mes jambes tremblèrent et perdirent soudainement leur énergie alors que j'étais totalement plongé dans mes pensées.

Vekosse se demandait peut-être ce que je faisais à rester le doigt face à ce bouton au lieu d'appuyer dessus pour partir une bonne fois pour toutes.

Je mordis toujours plus profondément mes lèvres qui se régénéraient aussitôt et respirai plus intensément.

Mon esprit, ma morale, mon âme, tous tiraillés entre plusieurs voies, écoutant plusieurs voix, ne savaient que faire.

Il n'y eut aucune parole durant un petit temps, seul le

bruit de mes doutes criait de panique dans mon crâne.
Dans ces moments-là, le mieux à faire est d'arrêter de réfléchir pour de bon.
Je passai ma main droite sur mon visage pour faire circuler mon sang et bousculer mes pensées en disant haut et fort un noble :

— Putain...

Je repris les commandes sans plus attendre et fonçai vers mon choix le plus risqué et le plus compliqué de ces dernières années.
Mon doigt se perdit sur les boutons du panneau de contrôle, hésitant peut-être encore une fois à écouter mon cœur ou ma raison. J'appuyai fermement sur la commande qui allait m'ouvrir les portes de la mort.

— T'as intérêt à être là quand j'en aurai besoin, affirmai-je à Vekosse en le regardant intensément dans les yeux avant de sauter dans le vide.

Les nuages s'évaporèrent au rythme de ma descente vers les enfers. De la fumée envahit mes poumons, l'air ambiant m'empêchait de respirer correctement mais tant pis, j'étais dedans et je ne pouvais plus reculer.
Une minute s'était écoulée avant que je ne revienne vers cette maudite prison qui partait en lambeaux.
Du feu ravageait la ville, les prisonniers étaient dans les rues et se battaient contre les forces de l'ordre déjà assez occupées par notre petite escapade qui avait mené mon

équipe à sa perte.

Soudain, j'atterris une fois encore dans cette tour de contrôle, le genou posé au sol et le corps prêt à sacrifier quelques organes pour enlever la vie de ces dizaines et dizaines et dizaines de policiers.

Gavrol était proche de la mort, plongée dans le coma tout comme Simuald.

Gontran était en train de ramper au sol car ses cuisses transpercées et saignantes ne lui permettaient plus de se battre ou de se lever.

Seule restait cette jeune femme au look gothique qui lui donnait un certain charme. Avec ses mains d'où sortaient des lumières étincelantes et violettes, elle avait réussi à construire une barrière d'énergie qui n'allait plus tenir très longtemps contre les multiples attaques des forces de l'ordre.

Tous me regardèrent, ébahis de ma présence ici, certains avaient perdu espoir quant à mon retour parmi eux, surtout Gontran et Gavrol j'imagine.

Vekosse descendit du ciel dans ma direction.

Les drones, les robots tueurs, les hommes et les femmes armés et extrêmement dangereux levèrent tous leurs moyens de défense en ma direction.

Moi, je regardai la jeune fille, ses yeux vairons étaient somptueux, je n'avais jamais vu ça, c'était... Unique en son genre.

Je lui fis un dernier signe de la tête, comme pour lui demander d'abattre cette barrière d'énergie qu'elle avait auparavant construite pour nous protéger.

Le temps n'avait plus le même effet désormais, et ce

premier rayon sortant d'une arme faisait son petit bout de chemin pour me rencontrer et discuter avec moi.

Je marchai dans cet environnement en contemplant les expressions du visage des policiers qui serraient les dents et fronçaient leurs sourcils. Leurs yeux marron, verts et même rouges parfois glissaient de droite à gauche d'une lenteur désespérante.

Mes yeux se penchèrent vers Gavrol, si détruite aussi bien mentalement que physiquement, j'étais le seul qui avait le pouvoir de tous les sauver selon Vekosse mais... À quel prix ?

La voir comme ça, plongée dans le mal, endormie dans la souffrance, me retournait le cœur.

Mon amie la tristesse me souriait, ma compagne la mort m'attendait les bras ouverts car elle savait la finalité de cette épreuve.

Je pris un grand souffle en remplissant mes poumons de tout l'air possible puis je commençai ma course contre la montre.

Je rencontrai sur mon passage tous les policiers qui se désagrégeaient lorsque mon corps percutait le leur. Du sang remplit mes yeux, ma bouche, mon visage.

Ce sang n'était pas le leur, seulement celui de mes intestins qui, subissant la gravité de la plus lourde des façons, commençaient à se sectionner en morceaux.

Le temps était tellement long, et les policiers tellement nombreux... C'en devenait insupportable.

Au fil du temps, alors que j'avais réduit la moitié des gardes et des robots en poussières, les muscles de mes jambes s'atrophièrent et devinrent si faibles que je tombai plusieurs fois.

Je m'étais brisé mon bras gauche, cassé mon coude, et mon épaule commençait à se disloquer.

Dans cette réalité, tout était lourd de conséquences sans costume.

Gontran me tendait sa main et criait après moi, son cri me transperça les oreilles et vibra dans l'espace-temps qui se déformait et comprimait mon cœur.

Je mis un coup de poing à un policier et sa tête explosa, mes veines étaient si recrutées qu'elles allaient bientôt sortir de ma peau alors qu'il me restait tant de personnes à décimer.

Simuald avait ouvert les yeux tout doucement, émergeant dans notre monde avec une grande douleur au crâne. Il se tenait ses trois têtes en regardant dans ma direction.

Le cri de Gontran n'était pas encore passé, il déchirait tout, même mes oreilles qui sifflaient.

Soudain, j'entendis un énorme vacarme, comme une explosion dans mon crâne. Je m'arrêtai quelques secondes pour comprendre que... Mes tympans avaient explosé... Du sang sortit de mes oreilles tuées par les échos.

Tant pis, j'allais le faire, il ne me restait plus beaucoup de policiers désormais.

Je repris ma course et frappai quelques robots, leurs membres faits de métaux très résistants me transpercèrent tout à coup mon cœur qui fut alors atteint d'une hémorragie sévère.

Je sentis du liquide se déverser dans mon torse, descendre vers mon ventre et remonter vers mes lèvres.

Quand j'avais envoyé à la morgue le dernier soldat, je m'écroulai sur le sol car mes poumons percés par mes côtes brisées ne me permettaient plus de respirer correctement.

Je n'entendais plus rien, je criai en tenant mes oreilles alors que le temps semblait encore s'écouler tellement lentement.

Tout mon corps paraissait choquer de ce que j'avais subi en usant de ma super-vitesse mais... C'était le seul moyen véritablement efficace pour sauver tout le monde.

J'étais sur le sol, Vekosse faisait des mouvements du bras pour faire en sorte que tout le monde monte dans le vaisseau.

Simuald, avec son énorme gabarit, me prit dans ses bras et monta dans les airs pour rejoindre le véhicule volant.

Tout le monde était à bord, on me posa à côté de Gavrol évanouie et de Gontran qui me faisait des signes de la main en parlant.

Sa bouche bougeait lentement, le temps passait lentement.

C'était comme cet effet de temporalité chamboulée lorsqu'on consomme de la drogue. Aucun son n'arrivait à mes oreilles, aucun.

Ma vision devint faible et s'entoura de noir comme si j'allais entrer dans un tunnel.

Quelques secondes plus tard, la nuit s'empara de moi et m'emmena faire un voyage à la longueur indéterminée.

18.

Au même moment, sur la planète Zerk.

Je volais, les bras ouverts vers mes sous-fifres qui m'accueillaient dans mon royaume, et atterris devant eux. Ils étaient heureux, me demandaient si j'avais besoin de services quelconques, d'assouvir un besoin quel qu'il soit.

— Préparez-moi la salle de douches, je suis sale, répondis-je en poussant quelques servants avant d'entrer dans mon château.

Je vivais au côté du Roi Zerkane qui avait pris le pouvoir bien des années plus tôt afin de redonner la splendeur d'antan à cette belle planète. J'étais enfin revenu de ma « *chasse* », une mission donnée par mon Roi afin de traquer et d'abattre les groupes de Rebelles souhaitant renverser le pouvoir.
Le hall d'entrée avait toujours été conçu pour attirer l'œil et éblouir les paysans qui venaient parfois se perdre sur nos terres.
Orné de bijoux, de métaux précieux et accompagné d'une

architecture aux dimensions démesurées et au look ambitieux, ce bâtiment royal avait un certain charme.

Mon costume était sale et avait bien besoin d'être lavé par les femmes de ménage.

J'avais du sang séché sur mes gants, des morceaux de peau sur mon masque que je retirais tout en me dirigeant vers la douche.

Je rentrai dans la salle de bain, l'eau chaude coulait et me donnait envie d'y passer des heures. La vapeur se collait aux murs et aux miroirs parfaitement nettoyés.

Lorsque ma main ferma la porte, mes yeux se perdirent sur le corps nu d'une femme Zerkane à la peau lisse, aux dents acérées et au crâne dépourvu de cheveux.

Elle m'attendait et me sourit lorsque nos regards se croisèrent et se frappèrent l'un contre l'autre. Je fus naturellement attiré par elle.

— Viens te doucher avec moi, me dit-elle en me faisant un signe du doigt pour m'attirer dans son piège.
— Je n'ai pas vraiment le temps pour ça femme, répondis-je. Tu n'as rien à faire ici.
— Allons, ne sois pas si rabat-joie.

Cette femme s'approcha doucement de moi, tout en caressant ses parties intimes. J'avais encore l'intégralité de mon costume sur moi, je ne voulais pas l'enlever devant cette personne. Si quelqu'un venait à apprendre que quelque chose s'était passé entre une servante et moi, j'allais être radié du royaume.

— Tu as eu une dure semaine... ajouta-t-elle en se mettant très près de moi, trop près. Tu peux te reposer.
— Il faut que tu t'en ailles, si quelqu'un nous voit...
— Chut... Arrête de parler mon roi.

La femme approcha sa main de mon intimité et fit glisser ses mains pour me faire craquer. Elle avait compris mes failles et les exploitait avec beaucoup de tact. Elle savait comment s'y prendre.
Elle saisit entre ses mains mon organe reproducteur et commença à faire des gestes insensés pour que je m'abandonne à elle.
Moi, soudainement pris d'un élan d'excitation, empoigna sa fine gorge et la plaqua contre le mur, sous l'eau qui pleurait à la vue de mes actes.
Elle était... Spéciale et excitante. Mon cœur tout entier battait entre ses mains voluptueuses.
Elle était à genoux devant ma splendeur et n'eut d'autre choix que d'avaler mon organe. Elle se mit subitement à siffler avec sa langue comme un serpent prêt à mordre sa proie.
C'en était trop pour moi, je ne pouvais plus résister désormais.
Au diable les mœurs et les interdits du Roi... Cette servante avait raison, c'était moi le Roi, ce trône me revenait de droit.
Je la soulevai soudainement et la collai contre mon corps haletant d'envie. Elle empoigna tout mon être et, d'un coup d'un seul, sous une chaude lumière transparente de

joie, nous ne fîmes plus qu'une unité.

J'allais, je revenais, je créais ma route dans cet irrésistible sentier.

Cette servante ondulait du bassin et se trémoussait sur moi sans aucune difficulté, c'était comme si elle avait fait ça toute sa vie. La femme idéale.

C'était une bataille d'une violence inouïe, elle m'arracha mon costume et planta ses griffes dans ma peau qui se régénéra immédiatement. Je ne sentais rien, aucune douleur, seulement qu'un désir immense.

Je sentis son souffle chaud dans mon cou, elle tenta de m'enlever mon masque mais je ne me laissai pas faire et lui donnai des coups de reins de plus en plus violent.

Le mur derrière nous se creusa et s'abîma, il ne pouvait retenir tant de brutalité.

La servante ronronnait comme un chat et criait un peu, elle ne pouvait contenir tant de jouissance.

Je la saisis encore à la gorge alors qu'elle essayait une seconde fois de voir mon visage.

Mes attaques si intenses firent craquer son dos et ses jambes, ses yeux se gorgèrent de sang, ses griffes m'ôtèrent la vue quelques instants.

Aveuglés par ses coups, mes yeux crevés ne pouvaient plus savoir ce que je faisais. Il ne me restait que le toucher et l'ouïe.

Je montai ma main, la faisant glisser jusqu'à son crâne alors qu'elle s'exclamait et témoignait du plaisir qu'elle ressentait en elle.

Je sentais cette pleine jouissance, ce point de non-retour que j'avais atteint et, alors que je libérais en elle un fluide

essentiel à la reproduction, je serrai son crâne chauve contre la paroi qui peinait à tenir debout.
Au toucher, je perçus un énorme craquement, je doutais que cela soit le mur qui avait cédé pour de bon.
C'était comme si j'avais plongé ma main dans un sable mouvant.
Et la servante, qui ne s'exprimait plus, n'arrangeait pas la situation.
Quelques secondes plus tard, mes yeux qui s'étaient reformés correctement me permirent d'admirer ce que j'avais commis.
Je contemplais la scène, la servante au visage réduit en bouillie, au crâne ouvert en deux dont le cerveau m'avait sauté à la bouche.
L'eau, qui s'aventurait sur cette scène de crime, nettoya difficilement les traces et dilua le sang sur le mur d'où quelques failles importantes s'étaient formées.
La porte de la salle de bain s'ouvrit et moi je restai debout face à la splendeur de mes actes.

— Monsieur, dit une voix masculine derrière moi. Oh mon Dieu !
— Pas d'inquiétudes, annonçai-je confiant. Que quelqu'un me nettoie ça. Elle a osé exiger de moi que je lui offre mon intimité, que cela serve de leçon aux prochaines qui viennent me déranger durant ma douche.
— D'accord... Oui Monsieur, je passerai le message. Quoi qu'il en soit, le Roi souhaite vous parler sur-le-champ.

— J'arrive.
— Il va quand même falloir que je prévienne le Roi de ce massacre, affirma ce servant en rouvrant la porte de la salle de douches.

En l'observant intensément, j'usai de ma super-vitesse pour refermer la porte avant qu'il ne prenne la fuite vers mon supérieur.

— Écoute-moi bien, rétorquai-je en saisissant son haut de ma main droite. T'as intérêt à garder ça pour toi mon grand... À moins que tu ne veuilles manger les restes de ta femme coupées en morceaux ce soir au dîner ? Rappelle-toi juste de ce que j'ai fait à ta sœur l'année dernière.
— Euh... Non... Non Monsieur... Je ne dirai rien...
— On est d'accord. Alors maintenant nettoie-moi cette merde.

J'avais nettoyé mon costume, il était comme neuf et paré à m'accompagner de nouveau au combat.
Les blessures que la servante m'avait faites s'étaient toutes intégralement résorbées.
J'arrivai aux pieds du Roi, il était assis sur son trône et ne se séparait jamais de sa grande couronne décorée de plusieurs pierres précieuses et colorées.
Des gardes entouraient Son Altesse et lui servaient parfois à boire ou à manger tout en faisant du vent avec les grandes feuilles d'un arbre exotique.

— Votre Altesse, dis-je en m'agenouillant devant lui.
— Mon bien-aimé *Conservateur*, répondit-il avant de se retourner vers les gardes et de faire un signe de sa main gauche. Laissez-nous.

On attendait que les autres Zerkanes vêtus d'armures partent pour continuer la conversation.

— Tu sais pourquoi je t'ai fait venir ? demanda-t-il tandis que je levais les yeux vers lui.
— J'ai fait ce que vous m'aviez dit ce matin, j'ai tué un groupe de Rebelles.
— Bien... Bien... Un autre groupe a tenté de m'assassiner tout à l'heure alors que j'étais en déplacement. On les a retrouvés tout près d'ici, ils se cachent dans une grotte dissimulée derrière une cascade d'eau au Nord.
— Très bien, je vais aller régler cette histoire Mon Roi.
— Tu ne m'as jamais déçu, contente-toi de ne jamais le faire... Tu es ma création, mon protecteur... Mon Conservateur. Va et reviens avec de bonnes nouvelles... Va chasser du gibier mon fils.
— Oui Votre Altesse.

Je me levai et partis dehors avant de m'envoler dans les airs à la vue des servants et des gardes qui m'admiraient et me louaient presque comme un Dieu.
« *Chasser du gibier* », c'était la façon que mon Roi avait de définir son envie d'aller tuer les résistants.

Je me rendis devant cette cascade.

Sur la roche, autour de l'eau qui jaillissait, des fleurs et des lianes vertes et bleues rampaient afin d'échapper à la vision d'horreur dont bientôt elles allaient être les témoins.

J'observais, je contemplais la beauté de ces lieux. Cette planète avait néanmoins tout à envier des autres dans la galaxie, elle avait largement perdu de sa superbe.

Les anciens dirigeants avaient mené Zerk à sa perte en détruisant et en consommant la presque totalité des ressources naturelles.

Notre Roi avait annexé les dirigeants et prit de force leur place afin de remettre la planète sur le droit chemin.

Il menait parfois des expéditions sur d'autres planètes, dans un immense vaisseau de la taille d'un corps céleste, afin d'aspirer leur énergie et prendre leurs ressources.

C'était le prix à payer pour donner à manger au peuple et arrêter la pauvreté et la famine qui détruisait Zerk à petit feu.

J'essayais d'écouter, de voir si des voix sortaient de cette cascade mais le bruit de l'eau s'écrasant contre le sol, se jetant dans le fleuve, m'en empêchait.

Alors, je fonçai à travers l'eau et entrai dans cet antre.

Il y avait des Zerkancs de partout, ils s'étaient retranchés ici et survivaient enterrés en ce lieu miteux. Des matelas étaient posés sur le sol, des caisses contenant des armes et des munitions les entouraient.

Tout le monde tourna son regard vers moi, un regard stupéfait et apeuré.

Je pouvais les comprendre, c'était la dernière fois qu'ils

allaient admirer la lumière du jour.

Les premiers qui commencèrent à crier furent les enfants, descendants d'une noble lignée de Zerkanes résistants qui, de ma main royale, périrent.

Ils hurlèrent mon nom « *C'est le Conservateur, il nous a retrouvés* ! » et me prièrent de les laisser en paix dans leur misérable cave froide.

J'en attrapai un, un bébé Zerkane à peine âgé de trois ans, par la gorge. Il me griffait avec ses ongles à peine aiguisés et pleurait en regardant mes deux grands yeux, mon masque le terrifiait peut-être.

Avec ma super force, je jetai ce déchet contre l'une des parois d'où l'humidité mélangeait désormais la condensation à des organes d'enfant innocent.

Le choc fut si intense que celle qui semblait être sa mère courut vers son rejeton sans attendre en criant de toutes ses forces.

Elle ramassa à la petite cuillère le corps de son môme arraché brutalement à la vie, et abandonna quelques larmes sur ce que, dorénavant, il en restait.

C'est-à-dire rien que du haché.

Je marchai tranquillement vers la femme aux yeux imbibés d'eau, sa tristesse fut si palpable que des veines sortirent de son crâne.

Les autres rebelles restèrent immobiles, tétanisés par ma présence, et ne prirent même pas la peine de se défendre.

Je posai soudain ma main sur l'épaule de la veuve ayant perdu son orphelin et caressai sa peau lisse sans imperfections.

Ses pensées étaient tellement occupées par une tout autre

chose qu'elle laissa ma main se balader autour de son cou.

Elle leva d'un coup ses yeux vers moi, son visage brisé par la perte de son fils me faisait sourire sous mon masque.

Sous les yeux ébahis des autres femmes, des hommes et des enfants puérils désormais nécrosés par ma magnificence, je décapitai avec la seule force de ma main cette triste femelle.

Au-delà d'annihiler complètement le groupe au nom du Roi, j'avais un but précis et personnel que je souhaitais accomplir depuis longtemps.

Nous admirâmes la tête de la mère heurtant le sol rugueux de la grotte, ses yeux pleurant et ses paupières sautant quelquefois.

Je posai mon pied droit sur son crâne sans l'écraser alors qu'elle était encore consciente pour quelques instants.

Les rebelles sortirent de leur état de choc et se décidèrent à agir une bonne fois pour toutes.

Ils saisirent tous, en ouvrant les caisses en bois, des armes et m'attaquèrent avec toutes les munitions possibles.

Pour riposter, je tirai avec mon pied dans la tête de la mère morte et l'envoyai frapper le visage d'un autre Zerkane.

Il se passa quelques longues minutes avant que je ne vienne à bout de presque tous les Zerkanes Rebelles.

Ils ne m'avaient même pas donné du fil à retordre... Difficile tout de même puisque ma capacité d'auto-guérison si efficace m'empêchait de mourir quelle que soit la condition.

Mon objectif en tête m'empêcha de tuer le chef, dernier survivant, qui avait en sa possession des indices essentiels pour moi.

— Dis-moi Zerkane... Où est Gontran, votre célèbre allié ? demandai-je en portant par la gorge le chef de ce groupe.
— Je... Je ne sais pas je le promets, répondit-il en essayant de respirer correctement. Il a quitté la planète depuis longtemps... Je ne... Je ne l'ai pas revu depuis.
— Arrête de me mentir, je sais que vous avez gardé contact entre vous !
— Jamais ! Je vous le jure, je ne mens pas ! C'est lui qui est parti et il ne nous a jamais recontactés !
— Hm... Tu ne me facilites pas la tâche Zerkane...

Je savais qu'il mentait, je pouvais le lire dans ses yeux terrorisés. Cette fois, je n'allais pas laisser passer ma chance.
Je le laissai retomber sur le sol, en arrêtant de l'étrangler, et me retournai vers tous les cadavres qui recouvraient le sol grisâtre.

— Je sais que tu me mens, ajoutai-je.
— Quoi ? Moi... Non je vous le jure...

J'interrompis ses sornettes, il n'allait pas réussir à me bercer avec sa musique qui ne tenait pas la route.

Je lui attrapai ses côtes flottantes en enfonçant mes mains dans son abdomen et les tordis.

Il hurla à la mort mais ne céda pas à la tentation, il avait le mental dur et les idées claires. Mais ça n'allait pas continuer ainsi.

Mes doigts puissants brisèrent ses côtes, s'enfonçant alors dans ses organes comme un scalpel s'enfonce dans la peau pour la découper soigneusement.

Il cracha du sang sur mon masque et m'observa avec dégoût tout en respirant difficilement.

> — Il... Il a été capturé... Et emmené sur Mesyrion... Il nous a appelés pour nous annoncer qu'il s'était évadé... Il... Il va vers une autre planète... Près de Yorunghem 80-C... Ultrag...

Ses paroles cessèrent de s'aventurer jusqu'à mes oreilles, il rendit son dernier souffle en me regardant et en pleurant presque. Je n'avais pas senti ma force... C'est cela d'être un homme aux pouvoirs extraordinaires.

Alors que je l'admirais s'éteindre tout en allant, j'ôtai mon masque et, avec un grand sourire de satisfaction, je le remerciai de sa coopération. Grâce à lui, j'allais enfin mettre la main sur ce Gontran, voleur intergalactique, que je recherchais depuis tant d'années.

19.

Un peu plus tard, sur Ultrag, une planète proche de Yorunghem 80-C.

J'ouvris lentement les yeux, admirant le plafond d'une petite maison que je ne connaissais pas le moins du monde.

Gontran et Simuald se tenaient à mes côtés et me regardaient me reposer sur un lit pour le moins inconfortable.

J'avais mal partout, au ventre, au dos, mes entrailles me tordaient de douleur.

J'essayai de retrouver mon énergie en me levant, mon corps en avait besoin, j'avais passé assez de temps endormi.

— Doucement, dit Gontran en m'accompagnant avec Simuald pour me mettre en position assise.
— Gavrol, comment elle va ? demandai-je tandis que je l'apercevais sur un autre lit un peu plus loin dans la chambre.
— Elle va s'en remettre, il lui faudra un peu de temps mais elle va s'en sortir.

Je me mis sur mes jambes, tentant petit à petit de retrouver mon équilibre.

— J'ai dormi combien de temps ?
— Assez longtemps pour qu'on arrive chez un vieil ami docteur, annonça Vekosse qui apparut dans la pièce avec un autre homme.
— D'accord mais ça me dit toujours pas combien de temps...
— Vous avez dormi une journée entière... Monsieur ?
— Yuri, dis-je à cet homme âgé d'environ cinquante ans. Moi c'est Yuri.

Je marchais de nouveau, mais chaque pas me remplissait d'une véritable douleur au niveau des jambes et du bassin. J'avais l'impression d'avoir tout juste émergé de plusieurs mois de coma.
Ma tête tournait, mes jambes hésitantes avaient beaucoup de peine à m'emmener de l'autre côté de la chambre.

— Ménagez-vous Yuri, vous venez à peine de vous réveiller, déclara le docteur en s'avançant vers moi.
— C'est bon ça va.

Je me glissai jusqu'au lit de Gavrol, m'asseyant sur une chaise à côté d'elle.
J'avais honte, honte d'en être arrivé là, ma vie... Ma vie ces derniers jours, ces dernières semaines, avait été si sombre, parsemée de moments douloureux où je ne

savais plus où me mettre, quelle décision prendre.
Je n'avais plus de but, plus d'objectif il fut un temps, aujourd'hui non plus.

- C'est terrible ce qui nous est arrivé... dis-je en posant ma main sur le lit de Gavrol. Si ça se trouve elle va pas se réveiller.
- Elle devrait y arriver, rétorqua le docteur de sa voix rassurante.

Je contemplai son visage, sa paupière était gonflée et avait eu besoin de plusieurs points de suture pour guérir. Heureusement, avec la technologie de notre monde, et l'expérience dont avait fait preuve le docteur, elle devrait bientôt être remise sur pied.
La jeune femme de la prison et compagne de cellule de Gavrol entra à son tour dans la chambre avec une allure déterminée et dirigeant ses pas vers Gontran.
Elle saisit le petit Zerkane par le cou qui agitait ses jambes pour se défaire de son emprise.

- Qu'est-ce que tu fais... Arrête ! supplia Gontran.
- On avait un deal... Maintenant que je t'ai sorti de la prison, donne-moi la pierre ! s'exclama la jeune femme.
- Mais t'es tarée !
- Toi ?! dis-je en me relevant plus facilement que la fois précédente, mon corps semblait en meilleure forme avec le temps qui passait. Tout ça... C'est à cause de toi !

— Qu'est-ce que tu racontes ? réprimanda la fille en lâchant Gontran.
— Ouais... Tu m'as bien entendu... T'as joué ton double jeu pour faire genre... Mais je sais que c'est à cause de toi que l'alarme s'est activée ! C'est toi qui a mené Gavrol là où elle est maintenant.
— Oh pas bien... ajouta Simuald en ouvrant ses bouches.
— Ah ouais ? Tu veux jouer à ça ? questionna la coloc de Gavrol. Je voulais la pierre, je savais que Gavrol et Gontran pouvaient me permettre de l'obtenir, qu'ils allaient m'amener à elle. Mais je vous ai protégé dans la salle de contrôle, j'ai presque failli mourir !
— Elle a pas tort... dit Gontran timidement sur le côté.
— De quoi elle a pas tort ?! Elle dit n'importe quoi ! Je vous ai sauvés ! Vous étiez sur le point de mourir ! Vekosse dis-leur.

Vekosse resta silencieux et posa son regard sur le sol comme s'il souhaitait dire la vérité sans pour autant détruire ceux qui n'allaient pas la supporter.
Je savais que j'avais raison, cette femme avait mené notre équipe à sa perte et on avait bien failli y passer si je n'étais pas revenu pour tous les tirer d'affaire.

— Entre vous deux, je sais pas qui est le mieux placé pour parler. Mais... Tu nous as quand même laissé Yuri... affirma Gontran alors qu'un long silence

frappait les murs de la maison.
- Quoi ? dis-je en ne comprenant pas pourquoi Gontran n'était pas de mon côté. À quoi tu joues ?
- Tu sais très bien Yuri... Arrête de faire l'innocent. T'es toujours comme ça, à faire passer tes intérêts avant ceux des autres, tu es égoïste.
- Moi ? Je suis pas égoïste...
- Si tu avais su faire le bon choix au bon moment on en serait pas là à l'heure qu'il est.
- Vekosse ? dis-je en pointant ma main vers mon patron pour qu'il m'aide, en vain. Je vous ai tous sauvés ! Je... Je...
- Arrête Yuri s'il te plaît, reprit Gontran.
- Tu devrais être de mon côté pas du sien ! m'exclamai-je en regardant soudainement la jeune fille. On sait même pas ce qu'elle veut, ce dont elle est capable !
- J'étais de ton côté Yuri d'accord ? Mais j'ai vu ce dont tu fais preuve à chaque fois ! Toutes ces choses horribles que tu fais ! À chaque fois tu arrives à repousser tes limites pour être encore plus égoïste que le jour précédent ! Ouais j'avoue tu nous as sauvés, tu es venu tel un héros mais c'était déjà trop tard... Gavrol t'implorait de revenir... Je l'ai vu lever sa main vers le ciel elle aussi, vers le vaisseau, vers toi... Tu t'es barré comme un lâche, tu nous as laissés tomber. Elle au moins... Même si on sait pas ce dont elle est capable... Elle nous a protégés jusqu'au bout, c'est grâce à elle que Gavrol n'est pas encore morte à

l'heure qu'il est ! Pas... Pas grâce à toi.
— Ah ouais ? Ah ouais... Et moi ?
— Oh ça y est... Encore toi, tout tourne autour de toi.
— Qui était là pour moi quand avec Simuald on se faisait défoncer hein ? Pendant que vous, vous étiez tranquillement en train d'attendre près du rayon que je débloque la sécurité ? J'ai tout fait ! Tout !
— T'as rien fait du tout ! Rien que de t'assurer que pour toi tout allait bien !
— J'ai échafaudé ce plan de A à Z...
— Avec notre aide...
— J'ai contourné la sécurité pour que vous puissiez passer tranquillement...
— Heureusement... Au moins une bonne chose de faite, même s'il a fallu que Gavrol te gueule d'arrêter la sécurité du rayon à l'oreillette !
— Je l'ai fait Gontran je l'ai fait !
— À quel prix ? Elle était en train de se faire brûler le visage à cause du rayon !
— Vous étiez où hein ? Je répète ma question... Puisque visiblement t'as la réponse à tout ! Vous, vous étiez où quand j'ai sacrifié ma vie pour vous, pour que vous puissiez mener à bien la mission et appeler Vekosse ? Vous étiez où quand j'ai senti mon cerveau fondre sur place à cause des rayons lasers que les gardes m'envoyaient ? Personne n'était là pour moi, personne ne m'a sauvé...
— On l'a fait, Gavrol a donné sa vie pour t'enlever

ton collier.

Je n'arrivai plus à parler, à placer un seul mot car ma gorge se nouait d'énervement et de tristesse. J'ai dit tristesse ? Hors de moi cette émotion, j'étais simplement colérique.
Il n'y a aucune tristesse qui puisse m'atteindre.
Gontran me mettait les nerfs, comment pouvait-il être contre moi ? J'avais donné ma vie pour cette mission, pour triompher et c'était comme ça qu'il me remerciait ?

— Tu veux que je te dise Gontran ? continuai-je avec un regard rempli de haine en m'approchant de Gontran. T'as beau me critiquer, dire de moi que je suis égoïste et rempli de vices... Tu n'es pas mieux que la plupart des types de ton espèce.
— Je suis mieux que toi, dit-il en me regardant dans les yeux.
— T'as peur, t'es un réfugié, un trouillard qui a abandonné son peuple par peur d'affronter ses démons. Je sais qui tu es Gontran, plus que quiconque ici.
— Tu ne me connais pas Yuri.
— Oh si ! Assez pour dire que t'as laissé tes pauvres parents mourir des mains du Tyran, tu t'es barré loin d'eux.
— Espèce de...
— Arrêtez ! dit la jeune femme en essayant de nous séparer alors qu'on avait commencé à se battre.
— Pousse-toi ! criai-je en poussant de toutes mes

forces la colocataire de Gavrol.
- Parle encore une fois de mes parents espèce de connard et tu verras ce que je vais te faire ! s'exclama Gontran en me pointant du doigt.
- Ah ouais ? J'ai vu ce que t'as fait, je l'ai vu grâce à la lentille... Tu parles de moi mais tu as plus de sang sur les mains que tout le monde réunit ici ! affirmai-je avec un petit sourire pour le provoquer. T'es un lâche, encore pire que moi ! T'as laissé ton peuple à l'agonie !
- Comme toi Jörkenheim ! T'es même pas un vrai Yorune et tu viens parler de ma vie ? Regarde-toi en face ! Moi au moins j'ai conscience de ce que j'ai fait et j'essaie de m'améliorer ! T'as laissé ta planète, tu t'es barré aussi ! T'es pas mieux que moi !
- Ne m'appelle pas comme ça...

La jeune fille ainsi que Simuald tentèrent de nous séparer mais on revenait à la charge à chaque fois. Je provoquais Gontran pour qu'il s'énerve et qu'on mette les choses à plat une bonne fois pour toutes.

- Ah ouais ? Jörkenheim... ajouta Gontran avec un regard sournois. Tu veux qu'on parle de ta misérable mère ? Tout le monde le sait sur Yorunghem...
- Arrête... dis-je en devenant soudainement immobile.
- Ta mère... Ta pauvre mère, continua-t-il alors que

tout le monde implorait Gontran de cesser ses menaces. Tu lui en as fait voir des choses...
— Arrête Gontran.
— Yuri, dit Simuald. Toi pas s'énerver !
— La pauvre... Elle t'a élevée seule et c'est comme ça que tu honores sa mémoire ? Tu crois qu'elle est fière de toi ? Elle doit tellement être déçue de te voir faire tout ça, elle qui est morte de ta faute !

Simuald pouvait le remarquer, j'avais les yeux rouges, le soleil faisait briller de mille feux l'eau qui s'accumulait sous mes paupières inférieures telles des rivières prêtes à se jeter vers un torrent infernal.
Ma tête vibrait et souhaitait exploser de rage, mes mains serrées invitaient mes ongles à se planter dans ma peau. Je ne pouvais pas contenir plus longtemps ma furie en ébullition.
Malgré tout, je n'avais pas envie de faire éclater une bagarre juste à côté de Gavrol qui avait déjà bien du mal à se reposer avec nos différends.
Je cessai mon regard insistant envers Gontran et tournai le dos à ses mauvaises intentions en me dirigeant vers l'extérieur.
Tout le monde resta bouche bée, personne ne s'attendait à ce qu'une dispute éclate à ce point. Je claquai la porte avec violence et allai expulser ma haine vers cette magnifique petite planète.
C'était sans aucun doute que je pouvais affirmer cela : toute l'équipe avait dû entendre mon cri qui avait résonné à travers les arbres et avait fait trembler les

oiseaux qui migrèrent vers un autre horizon.

Je n'avais pas encore pu admirer l'extérieur, le décor sublime qui entourait le chalet en bois du docteur et ami de Vekosse.

La maison dans laquelle on se trouvait était entourée de verdures, d'un énorme jardin avec des petits animaux à quatre pattes que je ne connaissais pas et qui couraient partout.

Elle avait été construite sur une grande montagne qui semblait s'élever tellement haut dans le ciel que les nuages m'enveloppaient d'une douce brume rafraîchissante.

Je m'étais arrêté, les yeux et le corps penché vers le vide, sur le bord de la falaise, à côté d'un grand arbre. On était très haut et si je décidais de sauter je m'écraserais sûrement sur le sol en me brisant tous les os de mon corps.

Je pris la décision de m'asseoir, de contempler le vide, l'horizon, la vue magnifique d'une planète qui ne semblait habitée d'aucune civilisation intelligente. Il n'y avait aucun bâtiment, aucune maison, aucune créature au loin. Seulement des arbres, des forêts, des champs aux mille et une couleurs.

Mes pieds dans le vide dansaient au rythme du vent. Des pétales et des feuilles orangées se décrochèrent de l'arbre qui me dominait de sa hauteur et vinrent me chatouiller le visage.

Une petite rive qui courait à côté de moi se jeta dans le vide avant de heurter violemment le sol en soufflant parfois des fleurs violettes et jaunes qui avaient du mal à tenir la route.

Il faisait frais, je n'avais plus mon costume, personne ne l'avait retrouvé parmi mes affaires dans la prison.

Les oiseaux sifflotaient et tournoyaient loin entre les nuages et venaient parfois me rencontrer moi et mon désespoir.

J'avais les bras ballants, le regard dénué de sens et d'envie, je respirais au rythme de la brise qui caressait mes joues.

« *Pourquoi moi ?* » me demandai-je.

Pourquoi tout le monde est contre moi alors que j'ai fait en sorte que tout aille bien ? Pourquoi tout le monde pense que je suis un simple égoïste arrogant et narcissique alors que je suis bien mieux que ça...

Je n'aurais jamais pensé que Gontran puisse retourner sa veste, retourner mes arguments contre moi pour me mettre à genoux face à lui... Il cherchait sûrement à s'attirer les faveurs de cette fameuse fille qui ne voulait rien de plus que cette vulgaire pierre pour laquelle on avait tant sacrifié.

J'entendis, du coin de mon oreille, des branches se casser et s'écraser sous le poids d'un être, de quelqu'un, dont je ne pouvais pas connaître l'identité sans me retourner.

Je pensais que c'était Gontran qui était venu pour s'excuser de tout ce qu'il avait osé me dire... À propos de ma mère.

Les branchages craquelèrent encore.

J'essayai de me concentrer en tournant un peu la tête pour savoir qui cela pouvait bien être.

De grosses bottines aux semelles épaisses s'arrêtèrent

juste à côté de moi.

> — C'est vraiment beau ici, dit la femme que j'avais reconnu comme étant la compagne de cellule de Gavrol. Ce serait dommage de sauter...
> — Ouais vraiment dommage, répondis-je froidement.
> — Je peux m'asseoir avec toi ?

Je ne savais pas ce qu'elle me voulait mais elle me dérangeait dans mes pensées. Je n'avais pas envie de parler, seulement que de me plonger dans mon esprit pour ne plus avoir à affronter mes démons.
Je n'eus même pas le temps de lui donner mon accord qu'elle avait déjà pris la décision de me rejoindre.
Ses frêles jambes s'aplatirent sur le sol verdoyant, ses collants et ses bottines étaient dépareillés et cela allait avec ses cheveux bicolores.
Elle portait encore les mêmes habits que durant le Carnaval de Mesyrion et sa peau blanche faisait ressortir ses imperfections sur ses mains.
Des blessures, des brûlures tachetaient çà et là sa peau de marques brunes et donnaient un certain charme à cette jeune femme.
Elle n'était pas parfaite, elle avait ses défauts, notamment ses cheveux ondulés que je n'aimais guère.
Je préférais les cheveux parfaitement lisses qui, pour moi, étaient le reflet d'un soin tout particulier apporté à ces derniers avec les meilleurs produits capillaires.

> — Je suis désolée, reprit-elle en me regardant

soudainement. J'ai pas vraiment eu le temps de me présenter depuis le début... Je m'appelle *Kazimor*.

Cette jeune fille me tendit la main.
Je n'avais pas la tête à faire connaissance, à serrer une main qui allait peut-être une fois encore me planter un couteau dans le dos.
Alors, je contemplai sa main quelques furtives secondes avant de replonger mon regard dans mes pensées.
Elle remit sa main sur ses jambes et contempla également l'horizon.

— C'était violent la dispute tout à l'heure, j'ai cru que vous alliez vous frapper.
— J'aurais pu, j'aurais voulu... Je n'aurais rien fait si seulement... Il... Il n'avait pas parlé de sujets qui fâchent, rétorquai-je.

Kazimor me regardait de façon insistante quand je parlais, ça me gênait un peu.

— À propos de ta mère c'est ça ? demanda-t-elle.

Je ne souhaitais pas en parler, je plissai mes yeux alors qu'elle m'avait fait repenser à mon passé. Elle semblait savoir que quelque chose n'allait pas vis-à-vis de ça.

— À quoi elle ressemble ?

À la suite de sa question, mes yeux se rivèrent vers son

visage fin et expressif.
Elle voulait en savoir plus sur moi, mais pour quoi faire ?
Je contemplai encore une fois ses yeux vairons, l'un était vert tandis que l'autre était d'une couleur plutôt orangée. Elle s'était maquillée de traits d'eye-liner sophistiqués et originaux qui accentuaient la beauté de ses yeux.
Elle avait une frange rideau sublimant ses traits faciaux, des cheveux qui se baladaient au vent et cachaient parfois sa vision avant de se coller sur ses lèvres aux formes envoûtantes.
Ces dernières, sensuelles, ondulaient telles des vagues dans un océan agité par l'attraction de la Lune.
Cette femme en avait profité pour mettre un rouge à lèvres d'un noir mat qui allait parfaitement avec son style vestimentaire. Ou peut-être était-ce la couleur naturelle de ses lèvres, je n'arrivais pas à savoir.

— Pourquoi ? Tu veux sonder mon esprit c'est ça ? demandai-je en soufflant du nez et en souriant un petit peu.
— Non ! Si j'avais voulu le faire je t'aurais touché la peau, rétorqua-t-elle en souriant également, dévoilant ainsi des dents blanches et étrangement très symétriques, trop symétriques peut-être.
— Ah ouais ? Tu peux si tu veux... Mais je pense pas que t'aies envie de voir ce qu'il y a dans ma tête en ce moment.
— Pas faux, annonça-t-elle en rigolant encore un peu.

Je repris mon sérieux tout d'un coup, en regardant les

cieux, les oiseaux qui virevoltaient et plongeaient entre les arbres en bas.

— Elle... Elle était très gentille... Peut-être même un peu trop... C'était une femme forte, indépendante... Je n'ai jamais pu faire ce qu'elle a fait... Elle a tout donné pour m'élever. Gontran a raison dans ce qu'il dit.
— Les gens ne peuvent pas tout savoir tu sais... ajouta Kazimor en me regardant avant de plonger elle aussi son regard vers le vide. Ils parlent... Mais toi seul peut savoir ce que tu vaux.
— J'ai abandonné mon peuple... Comme lui d'ailleurs, mais lui il avait une bonne raison au moins.
— Va revoir ton peuple alors, rien ne t'en empêche, va revoir ta mère.
— J'aimerais... J'aimerais beaucoup mais... Elle... Elle est partie.
— Comment ça ?
— Elle est partie pour de bon.

Kazimor me regarda avec incompréhension, elle ne voyait pas où je voulais en venir.

— Ah ouais euh... C'est une expression, dis-je en comprenant son regard. Chez moi, ça veut dire qu'elle est partie là-haut.
— Oh... Je comprends... Je suis désolée.

— C'est rien ne t'excuse pas.
— Je pensais qu'elle était partie... Je sais pas... En voyage par exemple.
— Ah !

Je commençai à rire à ce qu'elle me disait. Elle était un peu bizarre c'est vrai, surtout de par ses blagues.
Cette jeune femme était assez réservée, silencieuse et ne parlait pas beaucoup mais lorsqu'elle souhaitait faire rire les gens autour d'elle c'était assez subtil.

— C'est un long voyage à ce rythme-là alors, dis-je soudainement déstabilisé par son comportement.

En fin de compte, elle me paraissait être extrêmement fermée.
Elle balançait des blagues et cessait de rigoler juste après, me laissant alors seul à rire et à essayer de relancer la conversation. Sa capacité à devenir froide et distante en quelques secondes sans aucun remords me laissait sans voix, c'était comme si on était sur la même longueur d'onde puis, d'un seul coup, plus rien, rien que la nuit et le silence.

— C'est vraiment beau ce coin, reprit-elle en contemplant la planète. Ça me rappelle d'autres planètes que j'ai visitées.
— Et toi... Tu viens d'où finalement ?
— C'est... Assez compliqué à expliquer.
— Oh tu sais... Tu peux me raconter, on a tout le

temps vu que je ne compte pas revenir au chalet.
— Tu comprendrais mieux si je...

Soudain, elle approcha sa main de la mienne. Je ne savais pas quoi faire ni comment réagir, je paniquais. J'avais peur d'être pris au dépourvu, peur qu'elle me blesse.

— C'est comme ça que tu comptes sonder mon esprit ? demandai-je ironiquement.
— Du calme, répondit-elle en arborant un beau sourire. Je peux ?
— Euh... Oui, affirmai-je incertain de la situation.

J'avais compris ce qu'elle souhaitait faire et, alors que je lui avais à peine donné mon autorisation, sa main se glissa délicatement sur la mienne, saisissant mes doigts fébriles.

— Ce sera plus simple pour moi si je te montre directement, annonça-t-elle en se concentrant sur mes yeux.

Une lueur violette émana de la paume de sa main et m'emmena voyager vers un environnement que je ne connaissais pas le moins du monde.
C'était comme si j'avais pris de la LSD, transporté vers un espace aux dimensions étranges et aux couleurs perçant ma rétine.
J'apparus au centre d'un lac, les paupières s'ouvrant difficilement, un vent glacial gelant mes doigts.

La voix de Kazimor retentissait en moi, faisant un écho afin de me décrire ce qu'il se passait.
Je revivais la naissance de Kazimor, née d'une origine inconnue, dans un monde reculé de toute civilisation intelligente.
Je flottais sur l'eau, j'étais dans la peau de cette jeune fille et je me demandais ce que je pouvais bien faire là.
Kazimor avait vu le jour dans un fleuve, à l'aube d'un hiver aux températures intensément froides.

— Cet espace, cette planète, c'est mon lieu de naissance, affirma Kazimor au travers de mon crâne alors que je m'échouais vers la terre ferme. Un beau jour d'hiver, là où le Soleil se reflète sur l'eau gelée qui avait emprisonné les larves dans les feuilles des arbres, je vis le jour. Comme tu peux le constater, je ne sais rien de ma vie avant ce jour... Je n'ai jamais su qui j'étais avant cet événement, je n'ai jamais su d'où je venais.

Mon corps me faisait mal, il était affaibli par la météo, je n'avais aucun vêtement sur moi.
J'étais entouré d'arbres et me tenais debout, grelottant au centre d'une majestueuse forêt blanchie par la neige qui s'était abattue dans les environs.
Les rayons de lumière orangés s'aventuraient entre les branchages et venaient chauffer chaque parcelle de ma peau blanche et pure.
Je pris une grande inspiration et recouvrai la santé en peu de temps, je n'avais plus aucune douleur.

Des animaux couraient et essayaient de m'échapper entre les arbres, en escaladant les environs pour prendre de la hauteur.

— Je ne sais pas si j'ai des parents, de la famille quelque part dans l'Univers. J'ai erré comme ça, nue et vide, remplie de questions durant plusieurs nuits jusqu'à ce que je tombe sur un tombeau, vestige d'une ancienne civilisation peut-être.

Je fus immédiatement transporté vers un tombeau dont l'entrée avait été sculptée dans la glace et arborait des formes toutes plus étranges les unes que les autres.
À l'intérieur, un gigantesque vaisseau s'était allumé et chauffait la glace qui fondait peu à peu, créant même des éboulements qui menaçaient de me recouvrir vivant.

— C'est ce vaisseau qui m'a permis de partir d'ici, de me construire une vie, un avenir. J'ai été ensuite embauchée dans divers jobs... J'ai travaillé dans l'illégalité pendant des siècles avant de trouver un sens à ma vie...

Un nouvel environnement s'offrit à moi, une pièce close qui ressemblait à un musée où la technologie était mêlée aux œuvres d'art.

— Au détour d'une mission pour voler un artefact rare, je fus rattrapée par la garde. J'avais à peine eu le temps de mettre la main sur ce que j'étais venue chercher... Une pierre convoitée par les pirates les plus dangereux... Une pierre aux propriétés incroyables...

J'avais devant moi, emprisonnée entre des vitres très résistantes, une pierre bleutée qui brillait.
Le problème, c'est que cette pierre m'appelait, sa voix résonnait à travers moi et me demandait de la prendre, de l'accepter, d'obtenir un pouvoir qui était sans égal... Qui me promettait... De voir d'où je venais réellement.

— Cet artefact, reprit Kazimor. Cet artefact me promit de me donner le savoir, la capacité de revenir dans mon passé... D'enfin comprendre d'où je viens, mes origines... Comme je l'ai toujours voulu. J'avais enfin trouvé mon but dans ma vie... Il me fallait cette pierre. Malheureusement, je fus arrêtée et emmenée à Mesyrion pour y passer le restant de mes jours... Jusqu'à ce que je croise votre chemin... J'avais eu écho de ce que Gontran avait réussi à accomplir. La pierre a bien voyagé depuis la dernière fois où je l'ai aperçu...

Soudain, Kazimor arrêta de sonder mon esprit et me redonna l'accès entier à mon corps.
Je la regardai de haut en bas, en comprenant pourquoi elle nous avait attaqués, sans pour autant lui faire confiance.

Quelque chose ne tournait pas rond, j'avais un mauvais pressentiment.

Après tout, pourquoi devrais-je lui faire confiance alors que je la connais à peine ? J'étais presque certain qu'elle était au courant de ses origines, qu'elle avait des parents et une famille.

— Je comprends, dis-je. Ça doit être horrible de ne pas savoir d'où l'on vient, de ne pas savoir ce que l'on doit faire pour être heureux et se sentir accompli...
— Ouais... C'est pas terrible, surtout quand on apparaît nue dans un lac, répondit-elle en souriant, les yeux dans le vide.
— Oui c'est sûr...

Un petit silence fit son apparition durant quelques secondes.

— Je pense que tu devrais parler à Gontran, t'expliquer, affirma Kazimor.
— Je sais pas... J'ai l'impression que peu importe ce que je vais dire il va rester sur sa vision des choses... J'ai pas l'impression qu'il puisse me comprendre.
— Tout le monde peut comprendre Yuri... Avec un peu d'effort tout le monde peut comprendre.
— Je sais pas, annonçai-je en regardant l'horizon et en pensant à mon passé. J'ai déjà du mal à me comprendre moi-même...

20.

Le soleil s'était couché sur la planète et la nuit enveloppait la montagne qui se rafraîchissait.
Dehors, les animaux étaient vite partis se réfugier dans leurs tanières pour échapper au vent glaciale.
Et quand je dis glaciale, je n'ai pas peur d'employer ce mot pour justifier le fait que si je sortais dehors, sans mon costume, je pouvais littéralement geler sur place jusqu'à en devenir un glaçon vivant.
C'était très risqué pour les personnes normales, sans pouvoirs, de s'aventurer hors de la maison.
J'avais continué à discuter avec Kazimor toute la fin de l'après-midi avant qu'elle ne me convainque de revenir à la maison.
Gavrol s'était réveillée et allait beaucoup mieux, elle m'en voulait encore pour ce que j'avais osé lui faire en prison...
Je l'avais sauvé mais ça ne comptait visiblement pas pour elle.
On s'était tous réunis autour de la grande table en bois dans le salon, comme une famille le faisait, accompagné d'un bon repas que le doc avait cuisiné pour nous.

Simuald avait du mal à tenir en place, sa carrure imposante l'empêchait de se mettre convenablement à table. À chaque fois qu'il entreprenait un quelconque mouvement, il faisait bouger la nourriture qui manquait presque de se retourner.

— Bon euh... Je regardai Kazimor avant de parler. Je voulais... Je voulais m'excuser pour ce que j'ai dit tout à l'heure et sur ce que j'ai fait en prison.
— C'est rien, on a l'habitude, dit Gontran en mangeant.
— Non mais justement, je compte m'améliorer... Je sais que je vous ai tous déçu.
— Pas moi ! dit Simuald en me faisant un clin d'œil.
— Même toi Simuald... J'en suis sûr... Et surtout toi Gavrol... T'as toujours été présente pour moi et je t'ai abandonné.
— Ouais, on peut dire ça ouais... annonça Gavrol froidement en me regardant.
— Je vous promets que je vais essayer de m'améliorer, de ne plus vous décevoir.

Kazimor sourit à mon discours, elle semblait contente de ce que j'étais en train d'annoncer.

— Tu sais... reprit Gontran en mâchant une sorte de pomme de terre. Laisse-moi rectifier quelques trucs par rapport à tout à l'heure. Je n'ai pas abandonné mon peuple, il m'a abandonné. Tu ne sais pas ce que j'ai vécu, ce que j'ai vu, tu ne

connais pas ma planète, alors la prochaine fois ne t'avise pas de parler de mon peuple de la sorte.
— Ne t'avise pas non plus de parler de ma mère alors... rétorquai-je.
— J'ai parlé de ta mère parce que tu m'y as obligé Yuri.
— Arrêtez maintenant, mangez, ajouta Gavrol.
— Manger oui ! s'exclama Simuald.
— Et je connais ton peuple Gontran, plus que tu ne peux le croire, repris-je.
— Tu le connais très mal.
— Je le connais très très bien, les Rebelles, le Tyran qui a pris le pouvoir... Mais vas-y je t'en prie, raconte-nous ton histoire puisque tu fais le malin.
— Je vais te replanter le contexte pour que tu comprennes bien et que tu réfléchisses à deux fois la prochaine fois avant d'insulter l'endroit d'où je viens.
— Je t'en prie, je suis tout ouïe.
— Je suis un Zerkane, tu n'es pas sans savoir que ce peuple est en guerre depuis des années maintenant, notamment à cause d'un dictateur, un Tyran qui a décidé de prendre le pouvoir en éradiquant ses prédécesseurs. Je suis né dans une famille de résistants, mon père et ma mère... Ils étaient les premiers à se dresser contre l'oppression, contre le pouvoir... Ils ont échafaudé je ne sais combien de plans pour détruire le Tyran, pour renverser la tendance et ramener la planète

sur la bonne voie...
- Ça je le sais, dis-je ironiquement. Tu radotes.
- J'ai vu mes parents mourir devant mes yeux...
- Comme beaucoup.
- Laisse-moi parler Yuri !
- Laisse-le Yuri, dit Vekosse.
- Oh ça va c'est bon, rétorquai-je.
- Tu ferais mieux d'écouter attentivement, parce que ce que je vais te dire risque de changer ta vision des choses, annonça Gontran sérieusement.
- Ok...
- Ils ont été tués, mais pas par le Tyran... Enfin... Pas par lui directement. Depuis quelques années maintenant, le Tyran est suivi de près par un être aux pouvoirs surnaturels. Le problème... C'est qu'il y a une chose que je ne comprends pas bien... Quand nous nous sommes rencontrés toi et moi Yuri... J'ai cru avoir en face de moi ce mec...
- Comment ça ?

Ce qu'il était en train de raconter m'intriguait, je ne comprenais pas bien pour quelles raisons avait-il pu me confondre avec quelqu'un d'autre.

- Yuri... Ce gars qui a tué mes parents... Lui et toi... Vous êtes les mêmes, affirma Gontran alors qu'il avait cessé de manger pour se concentrer sur moi.
- Je n'ai jamais tué tes parents, je n'ai tué aucun Zerkane, rétorquai-je.

— C'est ce que je pensais aussi... Mais j'ai vu comment tu agissais au fil du temps... Je ne sais pas qui est cette personne mais vous êtes identiques, je l'ai vu... J'ai vu son costume, ses pouvoirs, sa façon d'agir, de se comporter face à un danger... Vous êtes exactement les mêmes.
— C'est qui ce mec ? demanda Gavrol alors que je restai bouche bée face à ce que Gontran disait.
— Il se fait appeler : *Le Conservateur*.
— Hé ! Il est garanti sans conservateurs celui-là ! m'exclamai-je en faisant un clin d'œil à Gavrol.

Gontran explosa de rire face à ma blague, c'en était presque exagéré tellement il se tordait dans tous les sens possibles en riant. Il avait presque fait valser les plats des gens autour de la table en percutant cette dernière avec ses petits genoux.
Soudain, Gontran plongea son regard dans le mien et s'arrêta de rire instantanément. Il ne bougea plus d'un poil.

— C'est pas drôle, annonça-t-il.

Le sarcasme dont faisait preuve ce petit Zerkane commençait à m'énerver mais je refoulai mes émotions pour ne pas faire surgir de nouveaux différends.

— Cet être est immortel, on a beau le tuer il revient à la vie. Personne ne sait comment le détruire, tout le monde a essayé... Tout le monde le craint, reprit

Gontran.
— Comme moi.
— Non, toi personne te craint Yuri, dit Gavrol.
— Oh ça va... Je parlais pas de ça.
— J'ai survécu en m'exilant hors de ma planète car j'étais recherché par le Tyran... Son toutou de service me traquait partout où j'allais alors je suis parti hors de la galaxie... J'ai erré partout jusqu'à ce que j'apprenne qu'une pierre très rare pouvait... Me sortir de tout ça... C'est là où vous entrez en jeu.

Gontran posa cette fameuse pierre contenue dans son sac en tissu sur la table.
Elle scintillait et m'hypnotisait.
Apparemment, il n'y avait pas qu'à moi qu'elle faisait autant d'effets puisque quand je contemplai Kazimor, elle avait les yeux rivés sur la roche et son comportement paraissait avoir changé du tout au tout.
C'était comme si cet artefact faisait remonter en elle des émotions, des instincts primaires, comme si elle ne se contrôlait plus et ne voulait qu'une chose : la pierre.
Son regard noir, vidé d'empathie, en disait long sur sa volonté d'obtenir le caillou bleu.
Elle pourrait tuer pour l'avoir près d'elle, c'était le but de sa vie et cette pierre chuchotait à ses oreilles des maux qu'elle ne pouvait dorénavant plus effacer.

— Des années durant... J'ai été comme un réfugié, à fuir ma planète et sa dictature, essayant de trouver l'oasis qui allait me permettre de refaire surface... Cette pierre les amis... Est l'élément le plus important que l'on ait actuellement.

Alors que Gontran racontait encore son histoire, des phrases dénuées de sens que je n'arrivais pas à comprendre firent leur apparition et vinrent jusqu'à mes oreilles.
Cette langue m'était étrangère.
Les autres semblaient ne pas les entendre, peut-être uniquement Kazimor qui faisait une drôle de tête. Sa mâchoire s'était serrée et elle faisait aller sa langue dans sa bouche comme si elle était énervée.
Je savais que quelque chose ne tournait pas rond et que Gontran n'aurait pas dû mettre cette roche sur la table.

— Est-ce que tu comprends Yuri ? demanda Gontran. Est-ce que tu comprends pourquoi j'ai abandonné ma planète ? C'est pas simplement de l'égoïsme comme toi... Je n'avais pas le choix, il fallait que je le fasse...

Ces voix dans ma tête... Elles me tétanisaient, elles me hantaient... Je sentais une source de colère et de vanité incommensurable monter en moi par je ne sais quelle magie. Je n'étais plus maître de moi-même et les paroles de Gontran me paraissaient être de la brume légère qui se volatilisait dans l'air.
Ma vue tremblait, je sentais mon souffle chaud parcourir ma gorge et s'immiscer à travers mes poumons. Mon

cœur battait au rythme des paroles qui devenaient de plus en plus présentes en moi. Un véritable concert de musique résonnait dans mon crâne.
Kazimor, à qui je jetais des petits coups d'œil furtifs, ne tenait plus en place et gigotait dans tous les sens.

— Le Conservateur... Il... Il... Yuri ? Tu m'écoutes ?! dit soudainement Gontran en voyant que je n'étais plus trop présent.

Je ne savais pas répondre, je ne pouvais pas répondre, quelque chose m'en empêchait.
Mon corps était paralysé, je ne regardais désormais plus que la lueur qui se dégageait de la pierre.
Elle me parlait, sa lumière était comme une couverture qui me chauffait le corps et m'enveloppait. Je me sentais bien.
Non.
Plus que ça.
Je me sentais partir quelque part où je n'avais plus à affronter quoi que ce soit... Un endroit où la paix intérieure allait m'être offerte.
Mes yeux ne clignaient plus et de violentes larmes de sécheresse sortirent de mes pupilles rouges et vinrent s'étaler lourdement sur mon plat.

— Euh... Yuri il t'arrive quoi là ? reprit Gontran. Lâche tout de suite la pierre.
— Yuri arrête... dit Gavrol.
— Non mais vous n'allez pas vous y mettre à deux

non plus ! s'exclama Gontran alors qu'une deuxième main s'était posée sur le sachet contenant la roche.

Kazimor avait la même envie que moi et elle caressait le sac en tissu du bout de ses longs doigts comme pour me faire comprendre que je n'aurais pas le dernier mot.
J'avais envie de l'avoir pour moi, hors de question qu'elle me vole ça.
Je pris sa main et la rejetai violemment en la regardant avec des yeux de haine et de jalousie. Cette pierre était ma raison de vivre, mon ultime but qui m'appelait.
Cette roche si somptueuse me criait de la libérer, de l'enlever de son sac de protection et d'enfin la saisir entre mes mains pour me délecter de tant de richesses et de pouvoirs.
Kazimor revint soudainement à la charge en chassant également ma main mais je n'avais pas dit mon dernier mot.
Je me plongeai dans son regard, ses pupilles dilatées vibraient comme la langue d'un serpent prêt à attaquer sa proie.

— Oh Oh... Pas bon ça, affirma Simuald en nous observant.
— Les gars... dit Gavrol. Arrêtez... Non !

Ni une ni deux, je bondis au-dessus de la table en saisissant Kazimor par la gorge. Je ne savais pas ce qu'il me prenait. Des heures plus tôt j'aurais pu être épris de compassion et d'amitié pour cette fille, ou d'autres sentiments encore... Mais dorénavant je ne souhaitais que sa mort.

Je voulais son sang sur mes mains, afin de goûter au plaisir de lui retirer la vie.

C'était comme si l'intensité de mes émotions était décuplée et inondait tout mon corps sans que je ne puisse y renoncer, sans que je ne puisse dire non.

Je l'étranglai alors qu'elle me frappait au visage et me griffait.

Ma peau s'ouvrait et se refermait au rythme effréné des coups d'ongles qu'elle m'assénait.

— Arrêtez !! cria Gontran qui vint essayer de nous séparer avec l'aide de Simuald.

Je poussai Gontran avec mes mains en frappant son faible torse. Il trébucha et se cogna le crâne contre le sol en pierre froide et granuleuse.

Kazimor, grâce à ses pouvoirs, envoya Simuald s'écraser contre les murs de la maison avant de m'éjecter à mon tour.

Elle et moi, on avait une attitude animale et on adorait ça.

Soudain, Gavrol s'interposa face à moi pour m'arrêter dans mes actions.

Le problème, c'est qu'elle avait pris la décision un peu trop tard et j'avais déjà entrepris de mettre une grande droite dans le visage de Kazimor.

À la place, c'est mon amie de toujours qui se prit le coup de poing dans la mâchoire. La pauvre, à peine rétablie

elle s'écrasa une fois de plus dans un sommeil profond alors que je continuais de me battre contre la jeune fille aux cheveux blancs et noirs.
J'usai une fois encore de mes pouvoirs en assénant, le plus vite possible, des coups dans le corps de Kazimor.
Je sentis certaines de ses côtes se briser et elle fonça dans l'un des murs de la cuisine qui céda sous son poids.

— Stop ! cria Simuald en arrivant vers moi.

Je tentai de lui diriger un coup dans l'une de ses têtes en sautant sur lui mais il esquiva.
Mon corps heurta le sol douloureusement et Simuald me prit par le visage afin de me porter.
Tout à coup, il m'écrasa contre le sol avec une si grande brutalité que l'arrière de mon crâne s'ouvrit et que ma colonne vertébrale se réduisit en pièces.
Ce monstre me fit manger le sol plusieurs fois avant de me jeter comme un vulgaire déchet sur la table de la cuisine.
Mon corps guérit en quelques secondes et je courus aussi vite que je le pus, ralentissant le temps au passage, jusque Kazimor qui était dehors.
Elle m'avait vu venir et m'arrêta sur-le-champ avant de me projeter dans tous les sens.
J'étais fatigué et j'avais presque oublié le but de notre bataille, je me devais de prendre la pierre avant Kazimor.
Alors, sans attendre, je me levai et contemplai Kazimor qui avait, sur ses lèvres envoûtantes, un sourire mesquin qui se dessinait.

Les voix dans ma tête, que j'avais su faire disparaître en combattant Kazimor et en mettant à genoux toute l'équipe, ressurgirent soudainement de l'intérieur de la maison.

Gontran s'était relevé et possédait la pierre dans la paume de sa main droite.

Gavrol était un peu plus loin, étalée sur le sol et entourée de Vekosse et du médecin qui surveillaient qu'elle n'avait pas succombé à ses blessures.

Simuald, quant à lui, se mit en garde aux côtés de Gontran pour assurer ses arrières.

Je lançai un dernier regard chargé de satisfaction, de jalousie et d'émotions malsaines envers Kazimor avant d'utiliser ma super-vitesse pour atteindre l'artefact.

Bien sûr, je fis attention à ne pas me détruire les organes comme je l'avais fait dans la prison. Il n'y avait aucun risque à utiliser un petit peu ma super-vitesse tant que je ne courais pas trop vite ou trop longtemps.

Le temps se dilata et me permit d'apercevoir les expressions du visage de Gontran qui s'accentuaient au rythme de ma course.

Plus je m'approchais de lui, plus sa main se refermait et sa bouche s'ouvrait pour peut-être crier une dernière phrase avant de partir dans l'au-delà.

Et oui... En effet... La pierre me chuchotait de réduire en morceaux son détenteur afin d'en prendre pleinement possession.

Des éclairs bleutés me suivirent à cause de l'espace-temps qui se dilatait de plus en plus tandis que j'étais arrivé devant Gontran.

Sa main s'était presque refermée sur elle-même, protégeant la pierre contenue dans le sac, mais je pouvais encore la saisir.

Le temps m'était compté.

Mes doigts glissèrent dans les airs comme s'ils allaient s'envoler pour enfin empoigner l'artefact. Kazimor ne pouvait plus rien contre moi désormais, car j'avais réussi avant elle à m'en emparer.

Je touchai de mes doigts sensibles le sac lorsqu'une onde de choc d'une grande brutalité me dévia de ma route et me fit, une fois de plus, goûter au sol.

Je glissai et terminai ma course en heurtant Vekosse qui perdit l'équilibre et me rejoignit dans ma souffrance.

Les douleurs que je ressentais lorsque l'on m'attaquait durant ma course étaient décuplées si je n'avais pas mon costume et me firent alors me tordre de douleur.

La violence de ce souffle que j'avais ressenti avait aussi touché Gontran et Simuald.

Tout le monde était au sol et personne ne comprenait ce qu'il venait de se passer.

Gavrol avait repris conscience et contempla le toit de la maison qui s'était affaissé et dévoilait le ciel ténébreux qui ne laissait s'échapper que de faibles étoiles en fin de vie.

Moi, j'observai les environs, je ne savais pas ce qu'il s'était réellement passé et je commençai à comprendre que tout ceci était de ma faute. J'avais encore fait du mal à ma meilleure amie, à l'équipe...

Je ne savais pas quoi faire et je ne pouvais sûrement, à l'heure qu'il est, plus rien faire pour me faire pardonner.

Tout ceci était de la faute de Kazimor, elle m'avait poussé à discuter, à m'excuser, je n'aurais pas dû, j'aurais plutôt dû la fermer pour de bon afin que l'on évite de parler de cette foutue pierre.
Mon esprit torturé revint à la raison alors que mes poumons respiraient pleinement la fumée qui enveloppait les environs.
Tout le monde regardait vers le centre de la maison, où l'on aurait dit qu'une météorite avait frappé le sol.
Là-bas, au delà de cette poussière épaisse à couper au couteau, une étrange silhouette difforme se dessinait peu à peu.
Le vent que Kazimor avait décidé de provoquer poussa les particules qui troublaient notre vue.
Sous mes yeux interloqués, un être humanoïde charismatique avait surgi des cieux.
Sa posture, sa manière de bouger ses mains et ses bras m'interpellaient et me rappelaient quelqu'un...
Je ne comprenais pas bien qui cela pouvait être mais j'allais bientôt le savoir.
Je m'étais relevé et, alors que la poussière n'était bientôt plus, d'intenses sentiments d'effroi et de stupéfaction envahirent mon être et m'immobilisèrent sur place.
Soudain, j'entendis Gontran affirmer sa panique d'une seule et unique phrase :

— Oh non pas lui !

Ma bouche et mes yeux s'ouvrirent grandement comme pour saisir la gravité de la situation à son plein potentiel.

Je pouvais enfin apercevoir qui s'était retrouvé à nous arrêter dans notre combat. Tout un tas de questions m'accablèrent en le voyant.
Cet être... Cet homme... Il portait un costume bien particulier... Un costume que je connaissais très bien...
Ce masque doté de grands yeux, cette cape s'envolant au gré du vent, ces couleurs rougeâtres, ces gants et ces bottes amovibles au style bien distingué.
C'était...

— Barrez-vous ! C'est le Conservateur ! cria soudainement Gontran

Gontran se remit debout et commença à courir en direction de Kazimor encore dehors.
Il voulait qu'on le protège, il savait qu'il allait peut-être vivre là ses derniers instants.
Il n'y avait pourtant pas à avoir peur, c'est ce qui fait tout le charme de la vie... De savoir que l'on peut mourir du jour au lendemain.
Gontran ne l'avait pas accepté, surtout pas des mains du Conservateur qu'il avait tenté de fuir toute sa vie.
Je comprenais désormais pourquoi Gontran me disait que cet homme me ressemblait, c'était moi tout craché.
Il avait le même costume que moi, la même façon de se déplacer, d'un pas confiant.
C'était comme si on était liés, lui et moi, d'une manière que je n'arrivais pas vraiment à saisir pour l'instant.
Je pris la décision, encore et encore, de me racheter auprès de l'équipe et de protéger mon ami.

Le Conservateur fonça avec sa super-vitesse vers Gontran mais heureusement, j'avais les mêmes pouvoirs et j'allais lui faire mordre la poussière.

J'arrêtai mon ennemi en agrippant sa gorge et, avec la vitesse, on fut projeté quelques mètres plus loin dans l'herbe fraîche du soir.

L'air glacial qui s'aventurait entre les murs brisés de la maison commençait à faire frémir la peau de mes collègues... Il fallait qu'ils se protègent, qu'ils aillent dans un endroit clos sans quoi... Ils allaient mourir dans les minutes suivantes.

Gontran tremblait intensément et claquait des dents, ses oreilles pointues se coloraient de petites paillettes blanchâtres qui allaient s'étendre jusqu'à geler l'entièreté de son corps.

De l'eau effleura mes cheveux bruns et se colla contre chaque centimètre de ma peau.

Le Conservateur profita que j'étais au sol pour me monter dessus et m'écraser de tout son poids.

— Gontran, Kazimor, rentrez et mettez tout le monde à l'abri ! Vous allez mourir !

Le Conservateur m'arrêta dans mes paroles et m'administra quelques coups de poing au visage. Ses phalanges, dures comme du marbre, ouvrirent mes lèvres en deux et rencontrèrent mes dents qui furent éjectées jusqu'au fond de ma gorge.

Du sang remplit les gants de mon ennemi alors que j'étais en train de m'étouffer.

Malgré tout, je me sortis de cette situation peu confortable en le poussant avec mes jambes.
Mes pieds, collés sur son torse, le firent s'envoler dans les airs.
Il était étonné d'enfin avoir devant lui un adversaire à sa hauteur peut-être...
Je le rejoignis dans le ciel en m'envolant et notre combat continua de plus belle.
Son masque, bien trop résistant, ne cédait pas sous les coups que je lui dirigeais avec vivacité.
Par contre... Il semblait ne pas aimer lorsque mes poings rencontraient ses entrailles.
Notre bataille nous ramena jusqu'à la maison où tout le monde semblait nous attendre.
Je pris l'ascendant en m'asseyant sur le corps de mon ennemi tandis que Simuald tenta de l'immobiliser comme il le pouvait.

— C'est toi qui m'as volé mon costume ?! demandai-je en le frappant au visage.

Le Conservateur prit un des pieds de la table à manger et l'éclata contre mon crâne.
Sonné, je tombai au sol et lui, il s'envola vers Gontran.
Enfin... C'était sans compter la présence de Simuald qui happa la cheville du méchant et l'attira vers lui.
Avec un grand sourire démoniaque, Simuald allongea ses trois têtes et grogna en expulsant sa bave sur le masque du Conservateur.
Simuald l'étrangla et, d'un mouvement bref et animal, il

ouvrit sa gueule et la referma aussitôt comme un requin avalant sa proie.

Il combla sa faim d'un grand morceau de bras d'homme, se nourrissant de sa chair chaude et juteuse.

On entendit, pour la première fois, un son sortir de la bouche du Conservateur.

C'était définitivement un homme qui se cachait sous ce costume et il criait qu'on le laisse tranquille.

Notre adversaire utilisa subitement son autre bras encore en un seul morceau afin d'appuyer douloureusement sur la pierre que possédait Simuald entre ses deux yeux.

Simuald hurla et pleura toutes ses larmes de tourment en lâchant le Conservateur qui revint sur le sol.

Moi, j'examinai mon ennemi, la façon qu'il avait de réagir, il était haineux et colérique. Il voulait en finir avec Simuald.

Le Conservateur observa son bras déchiqueté et ce dernier, sous mes yeux ébahis, repoussa intégralement en quelques secondes.

C'était vraiment un miroir de moi-même, un calque parfait qui me déstabilisait au plus haut point.

Soudain, cet homme leva ses yeux vers Simuald et s'envola vers lui à toute vitesse.

Sans attendre, j'usai de mes pouvoirs et emmenai le Conservateur se promener à l'extérieur de la maison durant quelques minutes le temps que je trouve une manière d'en finir avec lui.

Il me donnait du fil à retordre et ne se laissait pas faire, il avait une envie immense d'ôter la vie de Simuald mais je n'allais pas le laisser s'en sortir aussi facilement.

Notre combat titanesque nous ramena, une fois encore, dans le salon de la maison.

Kazimor avait su reprendre ses esprits et tenta de protéger tout le monde du fléau qu'incarnaient le Conservateur et moi-même.

Il imitait toutes mes techniques de combat, copiait mes esquives, il ripostait sans que je ne sache comment faire pour reprendre le dessus.

Il me porta dans les airs et me fit retomber sur son genou. Mon dos heurta sa jambe et se brisa immédiatement, me laissant paralysé et incapable de bouger durant plusieurs secondes.

Sa haine et son envie de meurtre m'étonnaient... Je ressemblais vraiment à cela quand je combattais ? Si j'étais son parfait reflet, alors je me trouvais ridiculement brutal.

Je devais être un héros, pas un vulgaire pantin contrôlé par ses émotions.

Mon dos commençait à peine à se remettre de cet affront que j'observai de mes yeux Gontran finalement capturé par notre ennemi.

Cet homme avait tant de puissance qu'il avait réussi à détruire la barrière de protection qu'avait créée Kazimor et avait assommé Simuald qui s'était écroulé au sol.

— Lâche-moi ! Lâche-moi enfoiré !! hurla Gontran en essayant de se débattre de l'emprise que le Conservateur avait sur lui.

Les secondes commençaient à s'estomper dans le sablier

du temps, alors, je volai aussi vite que je le pus vers mon adversaire pour l'empêcher de prendre Gontran avec lui.

— Lâche-le !! criai-je en fonçant vers mon adversaire.

Malheureusement, mon châtiment arriva plus vite que prévu et je ne l'avais pas vu arriver d'ailleurs.
De sa main encore libre, le Conservateur profita de la vitesse que j'avais pour m'asséner un coup de poing dans mon front.
Mes os furent réduits en poussières et la main de mon ennemi s'enfonça en un éclair dans mon cerveau avant de ressurgir de l'autre côté de mon crâne.
Le Conservateur me jeta de l'autre côté de la maison, comme l'on jette un sac d'ordures ménagères dans une benne puant les excréments et les relents de nourriture.
Bien sûr, j'étais encore vivant mais dans un état végétatif et je contemplai le Conservateur partir dans les airs avec Gontran étranglé. Il faisait aller ses petites jambes et griffait le bras de notre ennemi sans pour autant réussir à s'échapper de son étreinte mortelle.
Kazimor, grâce à ses pouvoirs, s'envola vers notre ennemi pour espérer rattraper le temps perdu. Malheureusement, ce dernier empoigna la main aux ongles aiguisés de Gontran et l'enfonça dans les yeux de la jeune femme.
Kazimor, perdant son équilibre, s'écrasa sur l'herbe gelée en dehors de la maison.
Vekosse avait beau sortir son arme afin de tirer sur le Conservateur, sa peau se régénéra aussitôt sans aucun

problème.

— Au secours ! À l'aide !!
Ce fut la dernière phrase que j'entendis sortir de la bouche de Gontran avant qu'il ne s'évapore dans les nuages.
Non seulement j'avais perdu un ami, mais j'avais aussi et surtout perdu la pierre qu'il possédait et qui dorénavant se trouvait être entre les mains du seul ennemi qui ait réussi à me mettre à terre en si peu de temps.
Moi, *Space-Lord*, je regardai le ciel, sans pouvoir bouger et en attendant que mon cerveau se reconstruise de lui-même. Toute l'équipe vint me voir pour me demander si je les entendais, si je pouvais répondre... Mais aucun son ne sortit de ma bouche.
Simuald sortit de son état d'inconscience.
Derrière Vekosse, passant au travers du trou dans la toiture, une petite boule brillante s'écrasa en produisant un son strident.

— Oh oh ! dit Simuald en comprenant ce qu'était cet objet.
— Putain fait chier... rétorqua Vekosse en se retournant vers la petite boule brillante.

J'avais également compris ce que c'était.
Le Conservateur avait décidé de nous envoyer six pieds sous terre, de nous faire voyager dans les abysses des enfers.
Tout le monde commença à courir mais il était déjà bien

trop tard... On avait visiblement tous commandé un aller simple vers la mort et ce son qui retentissait dans mes oreilles en était la preuve.

Une grande explosion au souffle ardent vint frapper mon corps et m'éjecta hors de la maison qui n'était plus qu'un tas de poussières rejoignant la terre fraîche et couvrant les derniers insectes encore vivants.

J'étais bien trop faible pour continuer à vivre.

Les autres membres de l'équipe étaient tous sortis à temps pour ne pas subir ce que j'avais vécu.

Pour ne pas se voir mourir.

Même si au final... Ils allaient contempler leurs corps se congeler sur place dans quelques courtes minutes.

J'entendais Simuald qui grognait un peu de douleur.

Les autres ne bronchaient pas, ils n'étaient sûrement pas morts mais juste évanouis.

Mon crâne, qui peinait à se refermer, laissait passer l'air froid d'un vent hivernal.

Mon cerveau gela et je perdis petit à petit mes fonctions cognitives en admirant une dernière fois le ciel noir dont quelques aurores boréales se dégageaient au fur et à mesure que la température baissait.

Je respirai profondément en laissant couler en moi une dernière fois un voile de panique terrorisant mon cœur.

Les couleurs que je percevais devinrent plus intenses, faisant refléter les aurores dans mes yeux d'un orange, d'un violet ou encore d'un vert exquis qui me faisaient rêver.

Soudain, alors que mes paupières s'alourdissaient tels des morceaux de béton armé, une forme disparate écarta les nuages et m'empêcha d'admirer une dernière fois les étoiles scintillantes.

C'était une forme qui empêchait toute lumière de parvenir jusqu'à mes yeux, c'était sûrement juste le fruit de mon imagination, un tour de passe-passe que mon cerveau me jouait pour survivre tant bien que mal.

Un son de réacteur que je reconnus fit écho dans mes oreilles tandis qu'une tempête soufflant mes cheveux était apparue.

Cette forme ovale naissant d'entre les nuages et me surplombant me faisait flipper.

Alors que ma vue se troublait et que je n'avais plus que quelques secondes avant de sombrer dans les bras de Morphée, un rayon de lumière intense s'abattit sur mon corps tout entier et m'enveloppa de ses doux bras voluptueux.

Je flottais dans les airs comme si la gravité s'en était allée.

Ma carcasse s'allégea subitement, tous mes muscles se relâchèrent, bien que je ne souhaitasse pas être entouré de cette lueur d'espoir.

Dans un dernier effort considérable afin de rester conscient, j'admirai les environs pour comprendre ce qui m'arrivait.

Malheureusement, ma conscience harassée et désespérée s'éteignit.

Alors, je quittai cette planète et mon enveloppe charnelle, basculant à tout jamais dans une réalité que j'avais déjà côtoyée plusieurs fois depuis le début de mon aventure, afin que celui que l'on nomme *Dieu* puisse juger tous mes péchés, aussi nombreux soient-ils.

Space-Lord reviendra...